Sarah Butler

Dez coisas que aprendi sobre o amor

TRADUÇÃO:
PAULO POLZONOFF JUNIOR

Novo Conceito

Título original: *Ten things I've learnt about love*

1ª Impressão — 2015
Impressão e Acabamento Intergraf 280715

Produção Editorial:
Equipe Novo Conceito

Dados Internacionais de Catalogação na Publicação (CIP)
(Câmara Brasileira do Livro, SP, Brasil)

Butler, Sarah
Dez coisas que aprendi sobre o amor / Sarah Butler ; tradução de Paulo Polzonoff Junior. -- Ribeirão Preto, SP : Novo Conceito Editora, 2015.

Título original: Ten things I've learnt about love.
ISBN 978-85-8163-777-8

1. Ficção inglesa I. Título.

15-04609 CDD-823

Índices para catálogo sistemático:
1. Ficção : Literatura inglesa 823

Novo Conceito
Rua Dr. Hugo Fortes, 1885
Parque Industrial Lagoinha
14095-260 – Ribeirão Preto – SP
www.grupoeditorialnovoconceito.com.br

Para Anne e Dave

“Então aqui estou eu sem casa e meio grato por sentir que posso estar feliz em qualquer lugar.”

JOHN CLARE

Dez coisas que direi para meu pai

1) *Conheci um homem em Cingapura que tinha o mesmo cheiro que você — fumaça de cigarro e camurça.*
2) *Eu me lembro daquele feriado na Grécia — ruínas intermináveis e você tendo de explicar a diferença entre coluna dórica, jônica e coríntia vezes sem fim.*
3) *Queria que você falasse mais sobre a mamãe. Queria que você tivesse guardado algo dela.*
4) *Ainda tenho o livro que você comprou para mim no meu aniversário de 10 anos, quando eu queria ser astronauta — "Uma Viagem pelo Sistema Solar".*
5) *Sei que você esperava que ao menos uma de nós fosse médica, como você.*
6) *Tenho um sonho recorrente. Estou do lado de fora da sua casa. Há uma festa; posso ouvir as pessoas conversando e rindo lá dentro. Toco a campainha e você demora um século para atender.*
7) *Fui eu quem roubou a fotografia do seu estúdio.*
8) *Eu costumava espiá-lo — observá-lo cuidando do jardim ou sentado na sua poltrona; ou à sua mesa, de costas para a porta. Sempre queria que você se virasse e me visse.*
9) *Desculpe por ter estado distante.*
10) *Por favor, não...*

Meu pai mora sozinho numa luxuosa casa perto de Hampstead Heath. As casas ao redor são grandes e arrogantes, com entradas de garagem que parecem longas línguas, suas cercas vivas altas apenas o suficiente para que as pessoas não vejam o que há lá dentro. Todas têm grandes janelas e pesadas cortinas, glicínias e clematites.

Entrei na fila para apanhar um táxi do lado de fora do desembarque e fumei três cigarros durante a espera. Quando finalmente chegou minha vez, entrei no carro e me percebi tonta e enjoada com a nicotina. A motorista toca o Réquiem de Mozart. Quero pedir a ela que desligue o som, mas não sei como explicar, por isso alongo as pernas no lugar onde deveria estar minha bagagem, apoio a cabeça na porta e fecho os olhos. Tento me lembrar da cor exata da minha bagagem: é uma espécie de azul-marinho sujo — eu a carrego comigo há anos; deveria saber de que cor é. Dentro dela estão calças jeans, shorts, vestidos e um traje à prova d´água. Dez pacotes de cigarros russos. Um par de chinelos bordados para Tilly. Máscara. Um batom quase no fim. Uma pedra quase perfeitamente esférica que peguei para dar a Kal e depois me amaldiçoei por chorar. Um *Rough Guide to India* sem uso. Uma lanterna de cabeça. Uma fotografia de todos nós, incluindo minha mãe, de uma época de que não me lembro: é a única coisa pela qual eu sofreria se perdesse.

Chegamos cedo demais. Pago a motorista e saio para a rua. À medida que ela se vai, tenho vontade de erguer a mão e dizer "pare, mudei de ideia, vamos para algum lugar, qualquer lugar", e depois me sentar na poltrona de novo e observar Londres da janela.

São onze passos até a casa do meu pai. No fundo, duas árvores parecendo doentes em vasos azuis. Uma enorme árvore obscurece boa parte da janela da frente, mas ainda procuro por ele sentado no sofá, um cigarro virando cinza numa das mãos. Ele não está lá. Meu estômago dói; minha boca tem sabor de pó e sono. Tiro uma folha de uma das árvores dos vasos — pintadinha de amarelo — e a rasgo.

A porta da frente da casa do meu pai é pintada de um castanho-avermelhado escuro, como sangue que secou. Dois painéis de vidro jateado — emoldurado por uma delicada trepadeira verde — não revelam muito do que há lá dentro.

Quando tinha treze anos, ele me levou para a escola em Dorset. Eu me lembro de voltar para casa depois do primeiro semestre. Ele tinha de trabalhar, por isso Tilly me pegou, seus dedos nervosos no volante, sua novíssima carteira de motorista guardada no porta-luvas. Parei no último degrau, olhando para o mesmo botão de metal da campainha que estou vendo agora, enquanto Tilly procurava suas chaves. Pensei em como a porta não parecia nossa porta da frente e apertei a campainha para ver como ela soaria do lado de dentro.

Pego um cigarro do meu bolso, mesmo que não haja tempo a perder. O isqueiro resvala no meu dedo. Inalo rápido demais e tusso — uma tosse magra de fumante —; coloco minha mão contra o peito.

Dez maneiras como as outras pessoas podem me descrever

1) Vadio.
2) Preguiçoso.
3) Sem-teto.
4) Azarado.
5) Insone.
6) Sem posses.
7) Escória.
8) Marginal.
9) Incompreendido.
10) Perdido.

Sou um velho de coração meloso, não há outra maneira de descrever. E a verdade é que me sinto mais em casa aqui — à beira do rio, onde há lama e confusão — do que nos quarteirões chiques como o do Tube, com suas telas reluzentes e seus seguranças.

Eu ando por aí. É o mais próximo que chego de qualquer espécie de estratégia. A cada lugar, eu imagino você. Não tenho muita coisa para dizer, apesar de haver coisas que eu possa citar — a cor do cabelo, a altura, a idade. Sei seu nome; poderia ligar para você e observá-lo virar. Ficaríamos aqui e deixaríamos os ciclistas passarem correndo, ouvindo as barcas batendo umas nas outras como sinos, e conversaríamos.

Na semana passada, quando achei que estava morrendo, só conseguia pensar em você. Não é fácil pensar em mais nada quando você sente como se houvesse um velho sentado sobre seu peito, mas você me atraiu — sempre me atraiu.

Aconteceu rio acima, no Embankment, em frente à Casa do Parlamento: o pedaço do hospital com sua amurada alta, onde as extremidades dos bancos são esculpidas com carinhas de pássaros, sentado em pilhas de tijolos de modo que você pudesse ver do outro lado do rio. Eu andava para o oeste, com um vago plano de ir até a ponte Albert encontrar um lugar para passar a noite em uma esquina tranquila de Chelsea. Os policiais são difíceis lá, mas, se você conseguir se esconder, às vezes eles o deixam em paz. Estava apenas caminhando. O médico disse que a irritação emocional pode despertar tudo, mas não tenho certeza se estava irritado naquele dia; não naquele dia em particular.

Apoiei-me na parede e levei ambas as mãos ao peito, lágrimas nos olhos como se eu fosse uma criança, e não um homem se aproximando dos sessenta e ainda capaz de sobreviver nas ruas. Esperava que você estivesse ali, que tivesse parado e perguntado se eu estava bem, mas você não estava; de qualquer modo, estou acostumado às pessoas não prestarem atenção. Levantei-me e olhei para o rio e pensei em você e em como, pelo que sei, você já está morto. O mundo está cheio de perigos. Acidentes de carro. Facas. Aneurismas. Câncer. Continuei olhando para o rio, pensando no que poderia ter sido e com medo de cair morto a qualquer instante. Acho que não é de surpreender que eu o tenha perdido; não pretendo gritar e espernear — não faz o meu tipo e, de qualquer modo, quando você vive como eu vivo eles chamam de circunspecção manter a cabeça abaixada. Não, eu só murmuro como um bebê.

Não me leve a mal, não sou sempre assim. Gosto de uma bebida e um trago. Gosto de me deitar no pavimento e olhar as estrelas. Só achei que estava tendo um ataque cardíaco; achei que morreria sem encontrá-lo.

Penso nela também, com seu nome escarlate. Saímos uma vez — um fim de semana em Brighton —, um tempo arrebatador, perfeito. Tomamos sorvete e comemos peixe e batatas fritas. Nós — parece errado dizer isso para você —, mas nós fizemos amor num hotelzinho barato com vista para o mar.

Estou mentindo quando digo que foi perfeito. Foi cinzento e triste. Fiquei com raiva: palavras duras no quarto alugado. Assim os olhos dela se fechavam e seus lábios se enrijeciam. Acho que era difícil para ela também.

Uma vez que tenha me apaixonado, acho quase impossível me desapaixonar; aprendi isso sobre mim mesmo. Não é algo que torne a vida mais fácil.

Não gosto de médicos, mas, depois daquilo no Embankment, me obriguei a ir. O consultório tinha cheiro de carpete novo — doce e ríspido. Sentei-me perto de uma mulher com seus quarenta anos e ela se levantou e foi para o outro lado da sala. Tento não deixar que essas coisas me incomodem. Peguei uma pilha de jornais e comecei a procurar por você. Nada.

O nome da médica tinha a cor de arenito banhado pelo sol. Ela tinha belos olhos, e suas mãos, quando ela me tocou, eram macias e frias. É normal estar irritado, disse ela, é assustador; na primeira vez, todos acham que vão morrer. Chorei novamente, lá naquela salinha com uma maca sobre a qual havia uma folha de papel. Ela sorriu e me deu um lenço. Foi o toque dela ou o negócio com meu coração ou a mulher na sala de espera o que me emocionou, e suspeito que ela soubesse disso. Ela me fez todas as perguntas que os médicos fazem a um homem como eu, as quais, acho, nunca são as perguntas que importam.

Ela deu um nome a isso: angina, frio como gelo, do início ao fim. Ela me mostrou um frasquinho vermelho e me disse que ajudaria — um rápido borrifo sob a língua e eu não me sentiria pressionado contra a parede, agarrando o peito. Peguei a receita e saí. E continuei fazendo o que fazia havia anos. Escrevi seu nome mais vezes do que sou capaz de lembrar. Sempre, no começo, escrevo seu nome.

Dez coisas que sei sobre minha mãe

1) *O nome dela era Julianne — pronunciado como se ela fosse francesa, o que não era.*
2) *Ela era bonita (encontrei uma fotografia no estúdio do meu pai, deles dois e de nós três. Estou segurando na mão dela e olhando-a. Peguei a foto ao ir para a escola e ele nunca mencionou isso. Está na minha mochila, que eu perdi).*
3) *Meus cabelos são da mesma cor que os dela.*
4) *Meu pai a amava — ele nunca mais encontrou ninguém.*
5) *Ela nem sempre pensava antes de agir. Sei disso porque, aos catorze anos, subi numa árvore em Hampstead Heath usando sapatos simples, sem sola emborrachada. Subi alto demais, caí e quebrei a perna. A caminho do hospital, o papai disse: "Você é como sua mãe, Alice. Você não consegue parar e pensar cinco minutos sobre o que poderia acontecer?".*
6) *Depois que ela morreu, o papai reuniu tudo o que tinha a ver com ela — incluindo as almofadas azul-turquesa e douradas que Tilly e Cee tanto adoravam — em sacões pretos de lixo e sumiu com eles de carro. Ele nunca os trouxe de volta.*
7) *No verão, ela ficava com pintinhas nas bochechas e nos ombros, do mesmo modo que eu (meu pai me contou isso e depois se ruborizou como eu nunca vira antes. Eu não soube o que dizer).*
8) *Ela e o papai discutiam muito (de acordo com Cee; Tilly diz que não se lembra, mas ela sempre fica em cima do muro).*
9) *Ela estava dirigindo um Citroën GSA. Ela tinha carteira de motorista havia cinco meses e vinte e um dias. O veredicto foi morte acidental, o que soa acidental demais para o meu gosto.*
10) *Se não fosse por mim, ela não estaria dirigindo.*

O câncer é no pâncreas do meu pai. Cee me contou pelo telefone — comigo na recepção de um albergue em Ulan Bator, ela no corredor do papai, a linha cheia de estática. Nem mesmo sei o que é o pâncreas, mas nunca vou admitir isso para Cee.

Cee acha que eu sou um caso perdido. Você está desperdiçando seus talentos, ela me diz, voando para o outro lado do mundo num piscar de olhos. O tempo vai pegá-la, me diz ela — e o que ela quer dizer é que eu deveria ter filhos antes que meus ovários sequem. Você fez a coisa certa com Kal, mas precisa começar a pensar em se acomodar, diz ela. O pó se assenta, o sedimento se assenta — mas eu não digo nada. O que havia de errado com Kal, pergunto. Ela apenas suspira, como sempre faz, daquele jeito que me faz sentir como se eu tivesse cinco anos de novo.

Apago meu cigarro e aperto a campainha. É Tilly quem atende, e eu sou grata por isso. Ela está usando calça jeans e uma volumosa camiseta alaranjada. Seu rosto parece cansado e pálido. O corredor estende-se em quadrados pretos e brancos atrás dela, e eu me lembro de nós duas brincando de amarelinha, rindo do frio das lajotas na sola dos pés.

— Alice. — Tilly estende os braços. Ela é macia como um marshmallow. Apoio minha testa por um instante contra seu peito e sinto o cheiro ameno de seu perfume. Cee está descendo pelas escadas. Sapatos branquíssimos, calça preta de linho e uma camisa turquesa sem mangas. Seu cabelo parece recém-cortado — pintado num tom de vermelho. Ela tem os olhos do nosso pai, um tom marrom-escuro de compostagem. Disseram-me que tenho os olhos da minha mãe.

Não vou chorar. Eu me afasto de Tilly. Cee está de pé com um copo vazio na mão, a pele avermelhada sob a maquiagem.

— Você deveria ter ligado — diz Tilly. — Eu teria pegado você. Estou com o carro aqui e é horrível ficar sentada num táxi ouvindo porcarias.

— Estou bem — eu falo. Ficamos ali, estranhas, em silêncio. Olho para as escadas.

— Ele está dormindo — avisa Cee, e eu sinto um tom familiar de raiva. Estamos todas muito próximas. Não é um hall de entrada estreito, mas tenho dificuldades para respirar.

— Como foi seu voo? — pergunta Tilly. — Dei uma olhada... quase sete mil quilômetros. Não é incrível?

A coisa de que mais gostei na Mongólia foi o horizonte — o mais vasto que jamais vi; terra e céu infinitos. Fecho a porta da frente. Havia esquecido como ela fica emperrada.

— Você tem que... — começa Cee.

— Eu sei. — Puxo-a na minha direção, levanto a maçaneta e a fecho.

Cee olha minha bagagem — uma pequena mochila preta — e depois me olha.

— É tudo o que você tem?

Imagino o setor de bagagens — luzes fluorescentes, filas de carrinhos, a borracha preta gasta da esteira. Fiquei de pé esperando minha mochila aparecer. As pessoas pegavam suas bagagens e desapareciam. Esperei até que houvesse somente quatro coisas dando voltas na esteira: duas malas duras, um pacote comprimido envolto em papel-jornal e fita adesiva e uma mala rosa com fitas gastas. Esperei até que a tela anunciasse outro voo e cidade e um novo grupo de pessoas se reunisse. Um novo conjunto de malas começou a aparecer. Pensei em pegar uma delas e sair andando, mas não fiz nada disso.

— Vou subir — anuncio, e passo por elas, mantendo-me perto da parede para que nossos corpos não se toquem.

— Alice, ele está dormindo. — Cee coloca a mão no meu braço.

Livro-me da mão de Cee.

— Não vou acordá-lo.

Subo quatro degraus. A escada pintada de branco, o tapete vermelho no meio preso por varinhas de latão. Kal riu disso na primeira vez que veio aqui — um interminável almoço de domingo. Eu me sinto importante toda vez que vou ao banheiro, disse ele, e eu ri, porque nunca tinha pensado naquilo antes. Queria que ele estivesse ao meu lado, segurando meu braço. Ainda tenho o número dele no meu telefone. Às vezes simplesmente fico sentada, olhando para ele.

— Alice. — É a voz de Tilly. Seu rosto se contorceu numa careta de raiva. — Só... — Ela une as mãos. — Só esteja preparada, querida.

✿✿✿

O quarto do meu pai fica na parte da frente da casa, no primeiro andar. Ele tem duas janelas altas que dão para a rua, sobre o topo da parede de tijolinhos vermelhos no lado oposto e com o jardim atrás. Abro a porta o mais silencioso que posso e entro. As grossas cortinas verdes estavam fechadas e a luminária próxima do sofá lança um círculo amarelado sobre o carpete. Não quero olhar para a cama. Olho para o armário: os triângulos em miniatura de madeira pálida esculpida nas arestas, o espelho oval, os puxadores de metal. Olho para o horrendo teto rosa e seu candelabro de pobre com seis velas falsas em suportes empoeirados.

Certa vez, Cee me disse que, antes de eu nascer, na outra casa, ela e Tilly podiam entrar no quarto dos nossos pais nos sábados pela manhã. Elas costumavam se enfiar entre o papai e a mamãe e exigir que contassem histórias. Depois das histórias, se nosso pai não estivesse trabalhando, ele se levantava, colocava o roupão sobre o pijama azul e descia. Tilly e Cee rolavam pelo espaço quente que ele deixava, aguardando por seus passos nas escadas e o bater de uma bandeja. As histórias e o café das manhãs de sábado terminaram depois que nos mudamos e eu cheguei. Quando perguntei por que, Cee simplesmente fechou a boca e deu de ombros, como se de algum modo fosse minha culpa.

O quarto tem cheiro de pele e suor. Está quente demais. Apoio as mãos nas costas do sofá e fico ouvindo: um barulhinho dos canos de água; um passarinho cantando para seu par do lado de fora; o som do meu pai, respirando.

A última vez que o vi foi alguns dias antes de voar para Moscou. Jantamos num novo restaurante espanhol no South End Green. Tapas; um exuberante vinho tinto. Há uma recessão a caminho, Alice, disse ele, não sei se é a melhor hora para abandonar seu emprego. É simplesmente tentador, eu disse, e tenho minhas economias. Preciso sair daqui. Você sempre precisa sair daqui, disse ele, por quê? Contei-lhe sobre Kal, mas isso não explicava as outras vezes. Tento me lembrar agora se ele parecia pálido ou magro, se parecia doente ou preocupado. Não me lembro.

O homem na cama não se parece com meu pai.

Meu pai tem traços firmes, um queixo quadrado, sobrancelhas espessas. Ele é um homem grande: alto, não gordo, mas volumoso. Seus ombros são largos, seu peito, sólido. Quando ele o abraça — o que não é com frequência, mas também não é nunca —, você pode sentir a força de seus braços. Este homem é pequeno demais para ser meu pai.

No chão à direita da cama há uma caixinha branca e azul. Um tubo fino sai da caixa e entra por debaixo do lençol que cobre o homem na cama. Um segundo tubo termina num daqueles saquinhos plásticos que se veem em hospitais, meio cheio de um líquido amarelo.

O homem na cama respira como um velho. Seu rosto é magro, a pele rente à forma de um crânio que não reconheço. Há uma cadeira no lado esquerdo da cama. Alguém deve tê-la trazido da sala de jantar. Parece errada ali, com suas costas altas e seu assento acolchoado. A sala de jantar também deve parecer fora de sincronia, sem uma cadeira.

Ao me sentar na cadeira, ela range alto. Eu me mantenho imóvel. Ele não acorda. Quero tocar sua mão, mas ela está sob o lençol, por isso fico sentada olhando para meus próprios dedos — pilhas de anéis de prata, as unhas roídas demais.

— Acabei de entrar — digo. Minha voz parece fina, desequilibrada. — Da Mongólia. Acabei de chegar. — Sinto uma onda repentina de fadiga. — Não sei nem mesmo que dia é hoje. — Rio, mas isso parece errado, então paro. — Vim o mais rápido que pude, o celular ficou sem sinal durante uma semana... mais do que isso. — Seus cabelos estão desgrenhados contra o travesseiro; seus lábios, secos e rachados. Posso sentir a respiração profunda no meu peito. Quero chorar. Quero me deitar no chão e fechar os olhos. Quero fugir.

— Vim assim que recebi as mensagens.

Eu me lembro de estar sentada no banco de trás de um jipe na Mongólia, com um casal de suecos e um cara da Palestina, meu celular inutilizado e esquecido no fundo da mochila, a estrada — mal era uma estrada — nos jogando para a frente e para trás, e ao nosso redor o nada. Apenas quilômetros e quilômetros de nada. A alegria disso.

— Está tão escuro aqui, papai. Não acha que está escuro demais? — Eu me levanto e abro as cortinas. Começou a chover, finas linhas de água do outro lado do vidro. — Estou vendo que é outro belo verão inglês, hein? — eu comento.

— Alice?

Dou meia-volta.

— Papai? — Fico onde estou, com uma das mãos na cortina. Queria não tê-las aberto. A luz revela a forma de seu rosto, criando sombras profundas nas reentrâncias da pele, que tem uma cor errada, amarela demais. — Papai. Como estão...

— Horríveis. — Parece que ele está com gripe, frieza e rouquidão.

— Meu telefone estava sem sinal — digo. Ele tosse e vejo seu rosto ficar tenso de dor. — O que posso fazer? O que posso conseguir para você?

Ele vira a cabeça para a esquerda.

— Isto? — Caminho até a mesa de cabeceira e pego um palito de madeira com um cubo rosa na extremidade.

— Mergulhe... no copo — pede ele.

O copo contém uma camada fina de líquido rosa. Mergulho o cubo e entrego o copo a meu pai. Ele leva a esponja à boca. Posso ver todos os ossos sob sua pele. Talvez aprendamos sobre o pâncreas na escola. Tenho a sensação de que é de um vermelho-escuro, que ele se afunila numa das extremidades. Não lembro o que ele faz.

— Sinto muito... por arruinar... suas férias — diz ele. Ele toma fôlego a cada poucas palavras. A esponja rosa cai sobre o lençol e mancha o algodão. Eu a pego e a coloco de volta na mesa de cabeceira.

— Eu não estava de... — paro, sento-me na cadeira da sala de jantar e cruzo as pernas. Não sei o que fazer com as mãos, por isso as escondo sob as coxas. As arestas dos meus anéis cravam a pele. — Sabe que na Mongólia ninguém é dono da terra? Não há cercas — comento.

— Aquele homem... foi com você?

— Kal?

— O indiano.

— Ele é britânico. Eu lhe contei, papai, nós nos separamos. Eu lhe contei isso. — Levanto-me e vou até a janela, apoiando a cabeça contra o vidro. Ele está frio. Eu me imagino sentada com Kal do lado de fora de uma iurta, observando o sol transformar a terra num rosa-alaranjado.

— Há águias também — acrescento. — Grandes águias ao lado da estrada... quando há uma estrada. Elas têm enormes garras. Podem matar um camundongo com elas.

Eu o ouço se mover e me volto. Ele está me olhando. Os olhos amarelados.

— Você sabe... que eu amo... você — diz ele. — Tanto... quanto as outras.

Agarro-me à cortina e a aperto. É como se houvesse algo de pesado em meu estômago, maior até do que ele. Ouço sua respiração raspar a garganta. O cano de água parou de pingar.

— É importante. Sempre... disse... à sua mãe... que era importante.

— O quê?

— Que você... soubesse... que você soubesse... disso.

Ele costumava me comprar um docinho de menta em forma de ratinho da Thorntons todas as sextas-feiras à tarde. Não sei por que me lembro disso agora, mas me lembro: o barulhinho da embalagem, a alegria de comer o nariz — chocolate amargo e menta doce.

Não falamos. Suas pálpebras tremem e se fecham e sua respiração se transforma num ronco fraco. Aproximo-me da cama e olho para ele.

— Por favor, não — sussurro. — Por favor, não.

Alguém bate na porta. Espero que seja Tilly ou Cee, mas é uma enfermeira, uma mulher baixinha usando calça azul e uma camisa larga também azul.

— Você é Alice — diz ela. — O sr. Tanner me contou tudo sobre você.

— Mesmo?

Ela passa correndo por mim.

— Dormindo novamente — comenta ela. — Vamos mudar isso, sim? — Eu me afasto da cama. Ela pega o saco plástico e levanta o lençol. — O senhor abriu as cortinas hoje, sr. Tanner? Isso é ótimo, não é, um pouco de luz. E sua filha está aqui, isso é especial.

— O que ele disse? — pergunto.

— Ele está dormindo agora. — Ela nem sequer fala mais baixo. Posso ver o corpo do meu pai; magro sob os pijamas de algodão.

— Quero dizer, a meu respeito.

Ela gira uma válvula no saco plástico e começa a tirá-lo do tubo. Observo o líquido amarelo escorrer pelas laterais.

— Tenho que... — Aceno na direção da porta.

Ela nem sequer me olha.

— Claro que tem, querida. Que bom que você está aqui, ele estava ansioso por isso.

Fecho a porta atrás de mim. O corredor tem o mesmo cheiro de sempre — madeira encerada com um quê de fórmica. Subo as escadas rumo ao sótão, mas Tilly me impede.

— Você conheceu Margaret? — pergunta ela.

— A enfermeira?

— Ela é boa.

— Sim.

— Cee preparou chá.

Kal costumava chamar Tilly e Cee de "os Termos e Condições". Como estão os Termos e Condições, perguntava ele sempre que eu voltava de uma reunião de família. Ansiosas e irracionais, eu dizia, e ríamos, sempre.

— Eu gostaria de... — olho em direção ao sótão.

— Ah, Alice. — Ela me abraça, meus braços colados ao corpo.

— Ele entende, né? Sobre meu celular. Sobre não ter sinal. Tilly? Ele não acha... — Eu me afasto dela e fico olhando para a parede de madeira diante de mim. Parece suja e velha. — Só não quero que ele pense...

— Preparei biscoitos — diz ela. — Aqueles de aveia. — São os preferidos do papai. Eu o imagino deitado na cama, ouvindo Tilly na cozinha, o cheiro dos biscoitos subindo as escadas e entrando no quarto dele.

— Mostre-me o caminho, Capitão. — Levo os dedos à testa numa saudação de mentira. Tilly sorri, vira-se e segue à minha frente escada abaixo.

Dez coisas que descobri que evocam seu nome

1) Um livro na biblioteca Newington com uma capa cor de gelo.
2) Uma fileira de canecas pintadas de dourado, numa vitrine em Camden Town.
3) A tiara de plástico rosa de uma criança na confusão da estação Euston.
4) Um estudante com os braços em volta de uma árvore na Southwark Bridge Road – azul-marinho.
5) Fatias finas de ardósia cinza, daquele novo quarteirão comercial na Angel.
6) Um caco de vidro azul-claro na amurada do rio, Cremorne Gardens, Chelsea.
7) Um bracelete de ouro falso, a pintura se desfazendo nas extremidades, fora da estação Battersea Park.
8) Um balão estourando – rosa, a borracha fina como a pele – na rampa que dá acesso ao Tate Modern.
9) Um floco de tinta azul-escura de um mural na Elephant Road, perto da estação.
10) A extremidade do cinto de couro cinza-escuro, com as laterais gastas, no carro parado em Waitrose, Balham.

Hoje meu coração está forte. Sigo a forma do rio, procurando cores. Desde que eu seja discreto, ninguém dará muita atenção a um velho enchendo os bolsos com porcarias. Há pessoas na minha situação que ficam no mesmo lugar, que desenham uma linha invisível ao redor de si mesmas e não a ultrapassam, mas não sei onde você está, por isso continuo me movendo.

Cada letra tem uma cor. Não sei se é a mesma coisa para você. Não tenho certeza se você entenderá, mas não penso muito nisso. Aqui, perto do sinal de perigo de inundação — uma embalagem de doce azul-clara ainda grudenta de açúcar. A letra A é da cor da água gélida. Aqui, perto do prédio sem janelas, um único brinco dourado. L é dourado. E, perto do quebra-mar, um laço rosa e uma filipeta azul. I é rosa-avermelhado. C é azul-marinho. E é cinza-escuro — peguei uma pedrinha com a forma de uma ponta de flecha.

Há um iate clube, já não tão novo, que se deita sobre o rio como uma mulher levantando a saia da água. Arranjo as cores da melhor maneira possível, no caminho perto do portão de entrada, e depois sigo adiante. Do outro lado da esquina há uma praia cheia de tesouros.

Gostaria de encontrá-la aqui, ficar ao seu lado com a sujeira da cidade aos nossos pés. É um bom lugar para cores. Aqui: o cinto alaranjado manchado pelo sol; um pedaço de plástico com o tom exato de roxo; um pedaço de pano tão claro que o azul é quase branco; um pedaço verde de corda. Mais para baixo há vidro e cerâmica. Uma garrafa queimada, o vidro preto. Mais para baixo ainda há pedra, metal e tijolos quebrados. Pregos tão enferrujados que se soltam. Se você bate neles assim, forte, pode quebrar a camada alaranjada de ferrugem e ver a forma por debaixo. Encontro uma pederneira, o canto volumoso como o nó dos dedos. Magnólia, em meio a pedaços de papel.

A primeira letra de cada palavra expressa sua cor; você ainda pode ver o restante, só que mais fraco. Então é bom que o cinto alaranjado seja o maior; não é fácil encontrar o equilíbrio certo. Cinco buracos envoltos em metal. Faço mais dois. Há mais algodão e fios nesta cidade do que você imagina — uso-os para unir as palavras. Eu os coleto enquanto ando, enrolando-os numa bola multicolorida que mora no bolso da direita da minha jaqueta; não o mesmo do retrato — aprendi a cuidar das coisas que importam.

Desço até uma velha enseada para descarregamento de barcos, passo por uma bota de couro, estilo caubói, com laços laterais, um pedaço faltando da sola como se alguém tivesse mordido. A água tem cor de aço. As luzes vermelhas piscam melancolicamente no alto de Canary Wharf e os blocos espelhados refletem um céu sem cor. Tem sido um verão úmido: consigo sentir a chuva acumulada em meus ossos; minhas botas sofrem.

Aperto o cinto, com cuidado para não parti-lo, depois me abaixo — algo que fica mais difícil de fazer, você descobrirá isso um dia — e o coloco na água. Por um instante, acho que ele afundará e estou pronto para pescá-lo, mesmo que isso signifique um ou mais dias de botas molhadas. Ele hesita, depois pega a corrente e segue seu caminho. Eu observo e penso numa imagem que vi certa vez, um frenesi de linhas pretas finas: um mapa mostrando vinte e quatro horas de trajetos de ônibus num raio de um quilômetro a partir da estação de Waterloo — pelo menos era isso que dizia a etiqueta. Era mais belo do que você pode imaginar.

Ao me virar vejo um coco com pele hessiana, perto da amurada. Imagino um menino no deque da balsa, mexendo no coco com mãos que um dia estarão marcadas por vento, sal e vida, mas que agora têm uma pele tão macia quanto a da orelhinha. Imagino-o jogando o coco de uma mão para a outra, sentindo o arranhão e a agradável curva da forma. Ele surgira dos intestinos do navio, para longe do ruído das caldeiras e do barulho da carne contra as madeiras de corte, a luz das facas e as palavras duras de seus colegas. O vento limpa o suor de sua testa, brinca com seu cabelo como sua mãe costumava fazer, e ele se lembra repentinamente de um aparador de madeira arranhado, rosas vermelhas de plástico num vaso de latão, poeira acumulada entre as pétalas. Ele deveria estar na cozinha empunhando o martelo para despedaçar o coco. Em vez disso, porém, fixa os olhos no horizonte — um tom de azul quase igual ao do céu —, ergue o braço direito e joga o coco.

Equilibro o coco numa pedra e o abro. Nunca fui de economizar coisas. Talvez seja herança do meu pai. Ainda assim, isso me é de boa serventia atualmente — hesite, e alguém o tirará de você. Não gosto muito de coco, mas como ele todo. Fiapos ficam presos entre meus dentes e tenho de tirá-los com a unha. Depois, volto ao barranco e coloco cada pedaço da casca na água. Eles flutuam como minúsculos barcos até o mar.

✿✿✿

O problema com as cidades, ao menos com cidades como esta, é que é quase impossível descrevê-las. Não que eu não tente, só que não é nada simples.

Em geral, não falo sobre você para as pessoas, nem sobre o texto. A última vez que falei sobre isso foi para um homem que não via fazia muito tempo, um homem que bebia sidra barata enlatada. Ele me perguntou como eu sabia que você estava aqui em Londres. Como você sabe que ela não está em Milão ou Dubai, Paris ou Tóquio, perguntou ele, Manchester ou Roterdã, Barnsley ou Nova York? Ele continuou por um tempo, citando o nome de todas as cidades nas quais podia pensar, olhando para cima como se visse os lugares ocultos entre as telhas sujas. Ela pode não estar em cidade alguma, disse ele. Pedi que ele parasse, mas ele não parava, por isso me levantei e saí do hall da igreja, com seu piso laminado e seus quadros de aviso de feltro, suas longas mesas dobráveis e cadeiras plásticas.

✿✿✿

Eu lhe envio um cartão de aniversário todos os anos. Não sei o dia exato, mas posso fazer uma boa estimativa. A coisa mais difícil é o envelope: todo aquele espaço em branco. Escrevo seu nome — tenho isso, ao menos —, mas não tenho o endereço. Coloco-o numa caixa do correio e sonho, nessas noites, com o envelope sendo colocado numa caixa de correio e você se aproximando dela.

Dez comidas que me deixam estressada

1) *Qualquer tipo de marisco que você precise quebrar ou abrir — tanto para tão pouco.*
2) *Cogumelos chineses — bolas úmidas e grudentas na boca, elas me deixam louca.*
3) *O curry de camarão de Kal, não que eu não goste dele — é delicioso —, mas é receita da sua mãe e por isso ele sempre a menciona e então eu tenho de fazer um comentário e a gente briga.*
4) *Glacê de cereja, porque não há nada como cerejas.*
5) *Melancia, porque eu sinto que tenho de comer as sementes, mas não posso, então acabo cuspindo-as na mão sem saber o que fazer com elas.*
6) *Qualquer coisa que eu tenha de cozinhar, se for para mais de uma pessoa.*
7) *Bolo de aniversário. Velas feias. Bombons. Cobertura manuscrita. Nunca dá nada certo.*
8) *Cereal de café da manhã. Com açúcar ou integral, é entediante. Sou uma moça de torrada e marmita.*
9) *As trufas de xerez da Tilly. Ela passa tanto tempo tornando-as perfeitas que você não quer tocar nelas, e daí ela fica brava quando Cee diz que só quer uma colheradinha.*
10) *Na verdade, comer praticamente tudo na companhia das minhas irmãs me deixa estressada.*

Acordo cedo na cama de solteiro que eu fingia que era um transatlântico, e é como se alguém tivesse jogado pedras sobre mim. Meu estômago ronca, mas não quero ver ninguém, por isso me escondo no sótão. Está cheio de móveis velhos e caixas de papelão. A cadeira de balanço ainda está sob a claraboia. Eu costumava me encolher nela e balançar rapidamente, esperando pelo desastre. Geralmente o papai ou a Cee subia as escadas e me dizia para parar. Às vezes eles não estavam por perto e eu balançava até ficar enjoada ou entediada. Sento-me na cadeira agora e deixo o peso do meu corpo balançá-la para a frente e para trás. Está sujo aqui, e quente, apesar da chuva e do ventinho frio lá fora. O carpete é o mesmo — um verde feio e brilhoso demais. Ele está gasto sob os apoios da cadeira de balanço. A chuva bate em código Morse na claraboia. Sempre adorei me sentar aqui, ouvindo a chuva; costumava me acalmar.

Kal me acalmava, até mesmo Cee tem de reconhecer isso. Todas as vezes que saíamos para beber ou comer com os amigos, havia um instante em que eu o olhava — acenando com os braços, contando alguma história — e sentia uma espécie de imobilidade. Sinto falta disso.

Estico as pernas e penso na minha mochila. Queria falar com alguém sobre isso, mas há uma pilha de coisas a serem feitas. Odeio pilhas. De qualquer modo, não havia tempo. Eu me pergunto se eles se deram ao trabalho de me procurar ou se minha mochila está simplesmente num canto qualquer. O que eles farão com ela? Tirarão as coisas de dentro? Darão as coisas para a caridade? Verão se gostam de alguma coisa e depois jogarão o restante no lixo? Acho que uma mochila pode simplesmente se perder no sistema. Apesar de ter de estar *em algum lugar*. Mesmo quando não se sabe onde está alguma coisa, ela ainda assim está em algum lugar.

Esqueci se as alças são do mesmo azul-marinho do restante, ou pretas. Fecho os olhos e tento lembrar. Digo a mim mesma que isso não é importante, mas me incomoda.

Lá embaixo, alguém bate à porta da frente. Cee. Ela mora em Berkhamsted. Marido. Três filhos. Um trabalho de meio expediente no setor de recursos humanos de uma empresa de engenharia. Deram licença a ela. Licença compassiva, e ele nem ainda...

Decido descer por vontade própria. Não a quero subindo aqui.

A cozinha tem cheiro de coisa assada. Há doze bolinhos esfriando perto da pia. Cee está sentada à mesa de pinho, tirando o laptop do estojo. Tilly está remexendo na cafeteira.

— São de trigo e mel — avisa Tilly com um sorriso forçado. — São da Good Food. Quer café?

Faço que sim e me sento diante de Cee, que me lança um olhar e começa a desenrolar o cabo do computador. Ela é o tipo de pessoa que enrola o cabo no adaptador todas as vezes que termina de usá-lo.

— Cee quer nos mostrar um plano — comenta Tilly.

Cee liga o computador e ele emite um zumbido.

— Agora que você está aqui podemos dividir as tarefas. — Ela está usando calça jeans e uma camisa branca presa por dentro da calça. Seu rosto parece emaciado.

Coço o queixo e fixo o olhar num risco fino no tampo da mesa — do tamanho do meu dedo mínimo. Eu me pergunto quem o fez.

— Fiz algumas pesquisas — diz Cee. — Acho que devemos falar com o médico a respeito da boca dele. Está terrivelmente seca.

— Ele não tem aquela coisa rosa, presa no palito? — pergunto.

Cee torce a boca.

— Acho que devemos pensar em outras soluções. E ando lendo sobre o tal analgésico transdérmico.

Podia pedir a ela que explicasse. Em vez disso, olho para a geladeira, grande, branca e feia, no canto da cozinha. Eu me lembro de quando o papai a comprou, e ninguém de nós ousou lhe perguntar o que ele faria com tanto espaço.

— Alice?

Eu volto à terra. Cee está me encarando. Sorrio.

— A conversa — diz ela, e sei por seu tom de voz que ela está se repetindo — está aqui. Ela aponta para um daqueles receptores portáteis, pendendo da extremidade da mesa como uma espécie de aparelho incendiário. — O papai tem o botão do sinalizador ao lado da cama. Para o caso de precisar de nós. Isso foi ideia de Steve. — Ela levanta o queixo um pouquinho, como sempre faz quando está tentando defender um argumento. — Se você estiver sozinha, talvez queira mantê-lo com você. Há um clipe atrás. Margaret vem três vezes por dia, cuida do cateter e tudo o mais — ela torce o nariz ao mencionar o cateter. — Tilly tem sempre muita comida. E, agora que você está aqui — ela sorri; me parece um sorriso irônico —, vou trabalhar pela manhã e venho à tarde.

— Vim o mais rápido que pude — eu falo. — Ulan Bator é longe pra caralho, sabe?

— Não sugeri nem por um instante... — diz Cee. — Só estou dizendo que agora que você *está* aqui...

— Acho que talvez você pudesse ler para ele, Alice. — Tilly coloca três pratos, um deles cheio de bolinhos, e três xícaras de café sobre a mesa. — Ele iria gostar disso e você é tão boa lendo em voz alta. — Ela se senta e me olha como se implorasse.

— O importante é a companhia e fazer com que ele se sinta amado — diz Cee.

— Ele é amado. — Abro a parte de cima do bolinho e o mordo. Dou uma olhada na cozinha do meu pai. É velha, dos anos 1970, acho. O forno fica isolado. Os balcões são de fórmica branca ladeados por pinho. Não é o tipo de cozinha à qual minha geração aspira. Nada de superfícies de granito importado da Itália, nada de azulejos portugueses, nada de pia dupla com torneira mista. O piso é de linóleo, daquele tipo que nunca parece limpo, por mais água sanitária que se use. É a cozinha de um velho. Não consigo deixar de pensar na cor da pele dele.

— Como ele ficou tão mal em duas semanas? — pergunto.

Cee estica a mão para o prato de bolinhos, mas recua.

— Ligamos assim que ele recebeu o prognóstico, se é isso que você quer saber — diz ela.

— Ele estava perdendo peso antes disso — comenta Tilly. — Mas não tanto que se notasse, e ele pareceu cansado algumas vezes. — Ela faz que não com a cabeça. — Depois ele já estava nos ligando do hospital.

— Ele com certeza devia saber que havia algo de errado — falo. Tilly pega um segundo bolinho e tira o invólucro de papel. Olho para meu café. — Ele é médico, pelo amor de Deus. É um cirurgião. Ele sabe sobre... sobre saúde.

Cee tamborila os dedos no tampo da mesa.

— Ele fuma, Alice. E bebe.

— Alice, por que você não nos conta sobre sua viagem? — sugere Tilly.

— Agora não. — Bebo meu café. Está fraco demais, por isso vou até a pia e jogo o resto fora. A janela da cozinha dá para o jardim, um retângulo de grama, as floreiras cheias de ervas daninhas. Meu pai é uma pessoa mais do interior da casa. Quando penso nele, penso em paredes de madeira, livros, o barulho do jornal sendo endireitado. Vejo um melro atravessar o jardim e parar para afundar o bico no solo. Posso ouvir minhas irmãs se ajeitando nas cadeiras e dá para imaginá-las trocando olhares, Tilly silenciosamente pedindo a Cee que fique calada.

— Eles vivem em tendas — comento, ainda olhando para a janela. Minha voz soa mais alto do que o esperado. — Na Mongólia — acrescento. — Eles vivem em tendas. E a cada três meses pegam as coisas, colocam tudo sobre os camelos e vão para outro lugar.

— Por que fazem isso? — pergunta Cee.

— Gosto disso — digo. — Gosto da ideia de sempre seguir adiante.

Cee começa a dizer alguma coisa, mas Tilly a interrompe.

— Como eles decidem para onde ir?

Eu me viro e dou de ombros.

— Não sei — respondo. — Acho que para onde tem água. — Encosto-me na pia e roo as unhas.

— Então por que eles simplesmente não ficam no primeiro lugar aonde chegaram? — pergunta Cee. — Se tem água lá.

— Quanto tempo vai demorar para que ele...? — pergunto.

Tilly esfarela o restante do bolinho no prato.

— Disseram de três a oito semanas — responde Cee, finalmente.

— E isso foi há duas semanas?

— Isso mesmo.

A chuva continua durante toda a manhã: essa porcaria de chuva inglesa — fina e parca e o céu plácido, branco e entediante. Saio depois do almoço. Digo a Tilly e Cee que preciso comprar roupas, o que é verdade, e talvez feche a porta e desça os degraus com a intenção de fazer justamente isso. No entanto, entro no metrô e fico nele, passando por Warren Street, Goodge Street, Leicester Square.

Em Charing Cross, uma mulher com olhos eslavos entra com um carrinho de bebê. O bebê usa um vestidinho rosa e calça branca e me encara sem piscar. Eu o encaro também. A mãe me olha. Ela espera que eu sorria, faça algum barulho, acene. Mas eu apenas encaro a menininha — e me sinto estranhamente bem.

Desço em Kennington e pego as escadas em vez do elevador. Em cada canto, é possível encontrá-lo — seus sapatos pretos engraxados, a barba aparada, o guarda-chuva que deixei para trás afastado da calça dele e pingando no chão. Não encontro ninguém. Já faz seis meses. Mais. Podia resolver isso, mas não vou.

Tudo é dolorosamente familiar. O quadro branco na entrada da estação; o lixo transbordando com pacotes e embrulhos de comida; a grade de metal na banca de jornais; o pavimento se estreitando contra a parede de tijolos; e depois a distância da rua Alberta até Penton Place — um prédio semipronto se elevando no horizonte; os muros grafitados e os toldos azuis na ponta da fileira de apartamentos, onde havia outro prédio.

Ao chegar à Amelia Street, meus cabelos estão molhados e eu não sei direito o que fazer. É possível que ele esteja no trabalho. Mesmo que não esteja, porém, não posso bater na porta: desculpe, Kal, voltei da Mongólia, estava passando e fiquei curiosa ao saber que você se casou. E, por sinal, meu pai está doente e não suporto isso. Abaixo a cabeça e me apresso, caminhando do lado oposto da rua, perto dos jardins. Passo a palma da mão pelos portões e fico ouvindo o barulho das folhas ao vento. Se ele olhar pela janela, me verá. Ajeito os ombros e ergo o queixo. É uma bela rua: uma linha de pórticos arqueados vermelhos e janelas brancas. Os vitorianos se importavam com os detalhes, diria Kal, orgulhosamente, você não vai ter nada disso nesses prédios novos que são construídos em poucos meses. Ele me levou para a laje na primeira vez que o visitei. Eu usava algo curto demais para aquela época do ano. Ele ficou atrás de mim, envolveu-me pela cintura, e nós giramos 360 graus, desde o Big Ben, passando pelo Crystal Palace e de volta novamente. Apontei as constelações: as que conseguíamos ver e as que não conseguíamos. Você é mais feliz externamente do que internamente, disse ele, e eu olhei para as estrelas e percebi que ele tinha razão.

Encontro a janela do nosso quarto. Do quarto dele. Os gerânios ainda estão lá, com suas pétalas vermelhas. Sempre foi ele quem cuidou das plantas, então não é de surpreender que elas estejam crescendo, mas ainda assim fico decepcionada por isso.

Os jardins estão mais para um parque, na verdade, abertos a todos. Nunca os usamos — preferíamos o telhado, deitados sobre as escadas, observando as nuvens. Eu os observo agora, os portões rangendo com a minha presença, e sigo por um caminho de cascalho, cheio de ervas daninhas, que serpenteia por um semicírculo de grama. Escolho um banco — cheio de merda de passarinho e líquen, arranhões nas tábuas, braços verdes de metal. Se não fosse verão, teria uma visão clara do apartamento, mas é na entrada da escada comum que estou mais interessada. Dali eu posso ver quem entra e quem sai.

Estávamos juntos havia um ano quando me mudei: muito bem pensado, a despeito do que Cee diria. Sabia que seria difícil, conversamos a respeito disso. Haveria regras, disse ele — eu não podia atender o telefone, haveria ocasiões em que eu teria de sair correndo. Não falamos sobre como ele pegava todas as minhas coisas e as jogava no armário, sobre como eu voltava e sentia que nunca tinha estado lá, mas eu deveria ter imaginado isso. Quando saí, Tilly foi a única que não pareceu aliviada. O que faz sentido, acho, considerando-se que ela é, também, a mulher invisível em seu relacionamento.

No mês anterior, havíamos decorado o quarto. Nada de mais. Paredes azuis, piso laminado de carvalho, uma nova penteadeira. Sento-me no banco, roo as unhas e imagino cada detalhe do quarto: as moedinhas sobre a penteadeira, o armário embutido com dobradiças de aço, a marca da cabeceira na parede. Kal regava os gerânios todas as manhãs, de roupão, as pernas para fora como um pássaro desajeitado. Acho que ele ainda faz isso.

Ele desaparecerá na Índia e se casará com alguém desconhecido, e daí o que será de você?, costumava perguntar Cee, com as mãos na cintura.

Eu revirava os olhos e a acusava de ser racista; mesmo assim, o tempo todo havia uma parte de mim — por mais que eu não quisesse — que sentia pânico sempre que ela mencionava o assunto.

Levanto-me, ergo os braços e saio do jardim. Pretendo passar reto pela escada, mas em vez disso a subo, porque... por que eu não deveria? Não há problema nenhum. Passo os dedos pelas paredes. Meus pés deixam pegadas no concreto, mas ele não as notará. Há um tapete novo diante da porta — faixas multicoloridas. Ele não teria comprado um tapete sozinho. Mas a etiqueta que fiz — *nada de mala direta, por favor* — ainda estava presa à caixa do correio, a escrita começando a se desgastar. Qualquer nova namorada, qualquer esposa, a teria tirado, claro. Não há campainha, apenas um batente barato de latão com a forma de uma raposa. Estendo a mão e acaricio a cabeça do batente, depois me viro e desço correndo as escadas, chegando à rua antes de fazer algo estúpido.

Dez coisas que possuo

1) Uma bola de fios de algodão, com todas as cores que se possam imaginar.
2) Um canivete, as lâminas quase cegas.
3) O anel de casamento da minha mãe – uso-o no pescoço, preso a um fio.
4) Uma japona.
5) Calças marrons, curtas demais.
6) Uma camisa azul-clara.
7) Um par de sapatos de couro marrom, quase perfeitos. Há um buraco na sola do pé esquerdo.
8) Onze libras e 36 pence.
9) Uma sacola plástica branca.
10) Um desenho que fiz, há vários anos, da sua mãe.

Em dias como este é importante continuar se movendo. Atravesso a península, passando por apartamentos com sacadas coloridas, ruas vazias, intermináveis painéis, até onde as chaminés se reúnem e o ar fica empesteado com o cheiro de açúcar queimado. Gostaria de trazê-la aqui. Você poderia se sentar num dos cilindros de concreto pichados e nós poderíamos conversar. Talvez eu lhe dissesse que, quando tinha doze anos, encontrei uma lata de tinta spray alaranjada com a qual escrevi minhas iniciais na parede do nosso parque local. D. W. O W enfiado no vão do D. Aquilo ficou lá durante meses, e eu me emocionava sempre que passava por ali.

✿✿✿

Eu me preocupo com você. Eu me preocupo que você não esteja feliz, que esteja com fome, que esteja doente. Eu me preocupo com o fato de você não estar na cidade. Eu me preocupo que você esteja aqui, mas odeie isso. Eu me preocupo que você esteja morta.

✿✿✿

Continuo até Greenwich, encontro um cachecol lilás sob uma cerca do Royal Naval College. Ao abri-lo, vejo que um fio se soltou bem no meio. Na praça cheia perto do Curry Sark, pego uma tarraxa de prata. Vejo um homem abandonar um sanduíche semicomido na lixeira preta. Carne e cebola. Ainda quente. Ao mordê-lo, tento não pensar na minha mãe, o rosto avermelhado na cozinha, olhando para a comida que nunca saía certa, por mais que ela tentasse.

Na esquina da Evelyn Street com a New King Street, encontro um cadarço cinza, a extremidade ainda com o invólucro plástico. Isso me faz lembrar a escola — calças curtas e pernas frias.

Em Rotherhithe, ando pela rua comprida e silenciosa que margeia o rio. Os prédios à minha direita — com suas vistas particulares para o rio — dão as costas para a rua. Do outro lado, há bandeiras de São Jorge e toalhas de chá nas vidraças. É provável que você more ao lado do rio.

Imagino que você tenha um emprego que exija um terno. Tento imaginá-la, baixinha como ela, com seus cabelos ruivos, os saltos altos batendo no pavimento. Uma saia curta; as dobras bem passadas da blusa de algodão. Minha imagem de você se desgasta. Não consigo ver seu rosto.

Não me lembro de comprar o último terno que tive, mas consigo ver o volume da proteção de plástico na arara de roupas no canto do meu quarto. Lembro-me da sensação dele — o peso do paletó e o cinto que tive de começar a usar para evitar que as calças caíssem da cintura. Eu me lembro de destruí-lo. Se as tesouras fossem mais afiadas, teria sido mais gostoso.

Sob o banco de uma pracinha de pedra, onde a luz passa pelas folhas e atinge minha pele, encontro um grampo de cabelo infantil dourado. É assim que se diz? Um grampo? Fico preocupado, às vezes, que eu me torne alguém que se esqueceu do nome de muitas coisas. Pensei em criar uma espécie de litania na minha cabeça, uma lista de palavras que continuo repetindo para o caso de as perder. Não faço isso por sua causa; porque a ideia de você se afastando de um velho louco resmungando bobagens para si mesmo é pior do que o medo de se esquecer das palavras.

Às vezes, segurar um objeto pode fazer com que suas mãos se pareçam com as de um estranho. O grampo — bem, você vai ver, mas os dois pedaços são na verdade uma peça única de metal dobrada; e na dobra há uma florzinha com cinco pétalas douradas com um centro vermelho. Eu o seguro entre o polegar e o indicador e vejo como minha pele parece cansada e velha. Vejo a sujeira entranhada nas rugas. Vejo que minhas unhas são grossas e amareladas, a área em torno delas desfiada e dolorida nas partes em que puxei a pele com os dentes — um hábito de infância.

Seria melhor se o cachecol fosse dourado e o grampo, lilás, mas não posso esperar que as coisas sejam sempre exatas. Deixo-os na sarjeta, na esquina da Mill Street. Estico o cachecol. Faço um círculo com o cadarço e coloco a tarraxa prateada e o grampo dourado dentro dele.

Isto, como você provavelmente não sabe, está acontecendo há algum tempo. Não tanto quanto a sua idade, admito. Houve um tempo, durante a maior parte da sua vida, se sou honesto, que guardei meu conhecimento de você e o tranquei com o restante das muitas coisas com as quais decidi, por vários motivos, não me incomodar. Imagino minha mente como uma catacumba — um labirinto de corredores escuros com memórias apodrecendo em seus caixões de pedra, várias prateleiras deles.

Tinha vinte e sete anos quando fiquei sabendo de você. Tudo era para ter sido diferente — eu queria, mas sua mãe era insistente e eu não conseguia encontrar as palavras certas para fazê-la mudar de ideia. Saí de Londres, claudiquei até Leeds e tentei fingir que nunca a amei. Eu dirigia uma van de entregas. Andava pela cidade e pensava em calcário e tijolos. Passei uma noite num banco do Roundhay Park; ninguém me incomodou. Encontrei um grupo de artistas que haviam acabado de sair da faculdade. Fumamos maconha e fiquei acordado a noite toda. Eu tive um relacionamento com uma delas: Melissa — ela tinha cabelos mais curtos do que os meus e vários brincos em cada orelha. Não acabou bem. E nesse tempo todo você estava crescendo, e eu tinha de me esforçar para não ficar pensando nisso.

Daí meu pai fodeu tudo. Passei o inverno em Preston. O pavimento úmido. Árvores nuas. O queixo da minha mãe tão tenso que eu achava que ela esmagaria os próprios dentes. Eu me perdi depois disso.

✿ ✿ ✿

Não ouça meus resmungos. Não devo incomodá-la. Certa vez conheci um budista — ele sentado no triângulo de grama onde a Stamford Street encontra a Blackfriars Road, os olhos fechados, meditando. É isso aí, ele me disse. Aqui e agora, você e eu, o tráfego: é isso aí. Este é o único momento e lugar que temos para fazer as mudanças que precisamos fazer em nossa vida. Gostaria de dizer que aceitei isso. Mas não. Todavia, é algo que me ocorre — seu escalpo manchado, os olhos de um azul-claro como o mar refletindo nuvens de chuva. Aqui, agora. É tudo o que há.

A Tower Bridge está dividida ao meio, erguida em direção aos céus. Os carros se enfileiram pela Druid Street. Os motoristas tamborilam impacientemente nos volantes. Turistas trocam olhares felizes; eles tiram fotos dos amigos apontando para o navio e o milagre da ponte dividida ao meio. Vejo a fumaça de um cigarro na janela aberta de um carro. O homem relutantemente me dá um quando lhe peço, um quê de medo nos seus olhos. Ele o acende antes de me dar. Trago a fumaça fria. Acho que eles me acalmam, os cigarros. Também matam você, disse-me o médico. Dei de ombros e disse que alguma coisa tem que me matar, o que é verdade, só que a verdade é que não estou preparado ainda.

A ponte volta ao normal. Várias motos reunidas roncam seus motores. A cidade volta à ação.

Depois do trabalho na galeria de arte, comecei a dirigir um táxi. Não um táxi preto. Meu carro tinha assentos azuis e uma cabine de gosto duvidoso. Tinha um rádio no meu painel, seu cabo enrolado como o de um telefone. Uma voz sem corpo mencionava corridas e destinos.

Trabalhava à noite. O tráfego era melhor, o dinheiro era melhor, os passageiros — na maioria — eram piores. Procurava por você em cada lugar da cidade, de Heathrow a Golders Green, passando por Westway; a cada segundo estava à sua procura. Observava as pessoas que entravam no meu táxi, fragmentos de rostos refletidos no espelho. Eu me consolava com as histórias deles: um antigo colega de escola sentado no mesmo vagão do metrô, um ex-colega descoberto num café do subúrbio. Londres, os passageiros diziam, é uma cidade incrível: milhões de pessoas e ainda assim você consegue se deparar com alguém que conhece.

Espero até que a multidão perto da ponte se disperse. Paro no meio e encosto meu corpo no parapeito. Jogando a cabeça para baixo em direção à água. Estaria mentindo se dissesse que nunca pensei nisto: jogar-me na rua, para baixo de um caminhão; ficar nu na neve; sentar-me por um instante no parapeito da ponte, respirando o mundo uma última vez antes de me deixar cair. Mas há sempre a memória de você.

Observo a água passando por baixo de mim. Meu pai me levou para pescar uma vez. Não sei lhe dizer onde ou quando, somente que o sol estava quente o bastante para me queimar o rosto, que eu ainda não era maior do que ele, que comemos sanduíches de sardinha tirados de uma caixa amarela, que peguei um único peixe e que pela primeira vez ele não pareceu decepcionado comigo.

Na Whitechapel High Street, homens desmontam barraquinhas de mercado — um barulho de metal contra metal. Eles dobram coberturas verdes e brancas em quadradinhos, empilham caixas dentro de vans brancas estacionadas sobre as calçadas e com suas placas de um alaranjado vivo. Pego uma maçã e duas bananas. Encontro uma luva de couro verde-oliva, a costura se desfazendo onde o polegar encontra o indicador. Uma caneta prateada do lado de fora da biblioteca. Tiro um pedaço da casca de uma árvore. Metade de um envelope amassado, a escrita preta sobre o papel marrom.

Passo pela Vallance Road, pelo prédio de concreto com toldo verde, e depois entro no parque. No círculo central escolho um banco que dá para a Derbyshire Street; para além dela, a Bethnal Green Road; para além dela, Hackney e o canal. Deixo a luva no banco e uso a caneta para segurar o envelope, quebro o pedaço de casca de árvore em dois e coloco os pedaços sobre a luva verde. Deixo tudo ao meu lado.

Gostaria de lhe pagar uma xícara de chá, em algum lugar com belas xícaras e açucareiros sobre a mesa, e gostaria de me sentar diante de você e lhe contar tudo.

✿✿✿

Hora de se mover. Deixo a luva no banco e caminho rumo a Hackney. Na entrada de London Fields, no fim do trecho de lojas onde a rua se alarga como um estuário, há uma praça com uma parede de tijolos e dois bancos de madeira. Perto dos bancos há três árvores: duas menores, com troncos mais finos, e uma grande — um plátano, ainda cheio de folhas. Numa das pequenas árvores, na forquilha onde o tronco se divide em dois, vejo um Buda de terracota com cerca de trinta centímetros de altura. No plátano, mal visível entre as folhas, vejo um relógio. Sem baterias. Sei porque me levanto e o observo e os ponteiros não se movem. Agora, acho que está cinco horas adiantado ou sete horas atrasado. E a imagino passando no exato momento do dia em que ele está dando a hora certa.

Sento-me num dos bancos e olho para o relógio e me pergunto se há outras pessoas, como eu, que deixam mensagens pela cidade na esperança de que alguém as entenda. Eu me pergunto o que o relógio e o Buda alaranjado significam. Ao me levantar, encontro uma concha de ostra no chão sob o banco. Passo os dedos por seu interior perfeitamente branco. Depois disso fica fácil — uma sacola plástica com um tom de azul; um isqueiro verde; uma meia de criança, branca sob a terra; um pedaço de fio acinzentado; um elástico marrom de cabelo.

Imagino meu pai, de pé na janela da sala que ele usava como estúdio — como se ele fosse uma espécie de aristocrata com uma biblioteca, mas as janelas de PVC o entregavam. Simplesmente não sei o que fazer com você, Daniel, disse ele. Eu tinha vinte e dois anos. Tinha acabado de perder outro emprego. Você precisa criar bases para si mesmo, Daniel, disse-me ele, repetidas vezes. Você precisa ter uma base estável. Você precisa ser capaz de prover, a si mesmo e à sua família. Ele era um hipócrita do caralho — disse eu para minha mãe depois que ela o encontrou no mesmo recinto, o vômito congelado no carpete, a pele branca como a pilha de contas na mesa. Ela me olhou como se eu a tivesse estapeado.

As nuvens ficaram pesadas. Elas lançam sombras sobre as ruas. Posso sentir o cheiro da chuva. Há um abrigo em Angel aberto hoje à noite; tenho de chegar lá antes que comece a chover. Tiro um quadradinho da sacola plástica, fico de pé sobre o isqueiro até que ele se quebre e pego um triângulo verde. Tiro um fio de lã da meia, transformo-o numa mola e faço um nó com o laço de cabelo até que ele se pareça com uma bola dura e marrom. Cada cor se assenta bem no branco da ostra. Volto para o canto perto da rua e estendo as mãos para onde a terceira árvore se divide em duas. Então equilibro a concha e seu conteúdo entre os galhos, preenchendo um espacinho triangular. Ela vai reter a chuva. Talvez, voltando para casa, você olhe para cima e a veja.

Dez motivos por que odeio minha irmã (Cee)

1) Os azulejos do seu banheiro têm desenhos de golfinhos.
2) Se ela tivesse de escolher um disco para levar para uma ilha deserta, escolheria Foreigner, "I Want to Know What Love Is", como se não pudesse viver sem o disco.
3) Ela deu a seus filhos nomes começando com a mesma letra.
4) Quando eu lhe perguntava sobre a mamãe, ela me olhava com pena e ao mesmo tempo arrogância, e eu mal podia ouvir o que ela me dizia.
5) Ela compra ovos, tira-os da caixa e os põe num vaso de cerâmica na forma de uma galinha, que fica em cima da geladeira.
6) Ela costumava me dizer que nossa casa era mal-assombrada.
7) Ela me faz sentir como se eu tivesse feito algo de errado.
8) Ela lê o "Daily Mail". Então você imagina o que ela pensa de mim e Kal.
9) Ela acha que eu sou uma fodida.
10) Ódio talvez seja uma palavra forte demais. Lembro-me dela lendo para mim, quando tinha gripe ou ficava mal do estômago. Ela fazia as vozes e caretas para me fazer rir.

É um som modulado, eletrônico, menos agudo do que a campainha do meu pai, mas quando toca olho para a porta. Só quando já estou no corredor é que percebo que é ele, tocando o sino lá de cima. Meu coração acelera e corro. Ao chegar a seu quarto, encontro-o apoiado na cabeceira, um travesseiro nas costas, os olhos abertos.

— Ah, Alice — diz ele, como se não esperasse que eu estivesse ali.

— O que aconteceu?

— Bem, não estou... morto. — Ele consegue dar um sorrisinho. — Quero... falar... com Matilda... e Cecilia.

— Posso ajudar. — Ele me olha como se eu fosse uma criança, pequena demais para entender. — Diga-me do que você precisa, papai. Eu o farei.

Ele faz que não com a cabeça.

— Eu só... tenho uma coisa que preciso... dizer... para suas irmãs.

— Tilly está no mercado. — Minha irmã mais velha já havia cozinhado para um exército. A geladeira está cheia de vasilhas de sopa, fritadas, risotos e latas repletas de biscoitos, lascas de limão e bolinhos. Não há necessidade nenhuma de ir ao mercado, mas quando eu lhe disse isso ela pareceu tão magoada que não insisti. — E Cee está no trabalho. Ela estará aqui mais tarde — acrescento.

— Não importa... outra... hora.

Estou perto do sofá, com seu desgastado estofado com estampa de rosas.

— Não entendo, papai.

Ele faz que não novamente. Minha antologia de Seamus Heaney está na sua mesinha de cabeceira. Ando lendo meus preferidos para ele: "The Peninsula", "The Salmon Fisher to the Salmon", "Bogland". Papai não é fã de poesia, então talvez não seja justo, mas ele não reclamou.

— Quer que eu leia para você?

— Eu mataria... por um... cigarro — declara ele.

— *Papai.*

— Você parece... suas irmãs. Sempre... sensatas... suas irmãs.

Não como eu.

— Não vai... me fazer... mal agora... não é? — diz ele.

Pego os cigarros no meu quarto.

— Melhor... abrir as janelas — sugere ele. — Se não... teremos problema. — Ele ri, mas eu não consigo rir de volta.

Acendo um cigarro para ele e lhe passo o cinzeiro da mesinha perto do sofá. Ele traga, tosse. Sento e fico olhando, girando o anel no meu dedo do meio. Ele me encara.

— Deixe-me... aproveitar, Alice. Fume um... comigo.

Lembro-me das campanhas de Cee para fazê-lo parar de fumar. Ela recortava artigos com imagens explícitas de pulmões pretos. Ela gritava na mesa de jantar. Ela roubava os cigarros dele e os cortava em pedaços. Talvez tenha sido por isso que comecei a fumar — para me aproximar dele. Tiro outro cigarro do pacote e acendo.

Ele fuma metade do cigarro e o deixa cair no cinzeiro. Eu o amasso para ele, dou outro trago no meu e o amasso também.

— O que você... vai... fazer? — pergunta ele.

— Sobre o quê?

— Com sua... vida. Você vai voltar... para... a Malásia?

— Mongólia. Não sei. Vou decidir depois... — Levo os dedos à boca. — Papai, você não sabia que havia algo de errado? Quero dizer, essas coisas levam tempo para piorar assim, não é?

— Não roa... suas unhas... Alice.

Escondo as mãos sob as pernas.

— Mas você é médico — afirmo.

— Preciso... deitar... — Ele se remexe com dificuldade sob as cobertas, tentando se deitar.

— Espere. Vou ajudá-lo.

Ele parece uma criança, frágil e leve. Passo meus braços ao redor do seu peito e o deito. Não é preciso nenhum esforço. Fico sentada na beirada da cama olhando para o desenho de uma bigorna na capa do livro de poesia. Procuro o canto de um pássaro, mas não encontro; ouço apenas a respiração do meu pai, áspera como uma lixa.

— Lembra-se do ratinho de menta que você me comprava? — pergunto. — Não como um daqueles faz anos.

Ele segura minha mão. Observo seu dedo amarelo resvalar na carne entre meu polegar e meu indicador.

— Vai me dizer o que é? — pergunto.

Seu dedo para.

— Posso falar para a Cee e a Tilly mais tarde.

— Você... me lembra... sua mãe — comenta ele.

Ele quase nunca fala sobre minha mãe. Não tenho ideia do que dizer.

— Seu... cabelo — continua ele. — Suas irmãs... sempre tiveram ciúme... disso.

Raspei a cabeça aos dezessete anos, nas férias da escola. Fiquei no banheiro, a pia cheia de cachos castanhos, e olhei para meu couro cabeludo pálido e a forma surpreendente do meu crânio no espelho. Isto vai lhes mostrar, disse para mim mesma. O que exatamente eu queria provar não lembro. Mas estávamos somente eu e o papai em casa e, quando desci para jantar, louca por uma briga, ele só me olhou, mal levantou as sobrancelhas, e continuou como se nada tivesse acontecido.

— Como ela era? — pergunto. Tento não parecer ansiosa.

Ele está olhando para o teto. Não tenho certeza se ele me ouviu.

Minha mãe morreu quando eu tinha quatro anos. Ela devia estar indo me pegar na aula de balé. Lembro-me de estar no hall da igreja segurando uma bolsa rosa com uma bailarina bordada na frente, ouvindo a música da aula seguinte e os pés das meninas no piso de madeira, esperando. Tudo fica borrado, então, exceto pelo rosto do papai, pálido e assustado — o modo como ele me olhou como se não soubesse quem eu era.

Foi Ella Summers, do balé, quem me disse que mamãe fora enterrada na terra com vermes, trancafiada numa caixa escura, e que eu jamais a veria novamente. Chorei, gritei, levei as mãos aos ouvidos e disse a Ella Summers que a odiava, mas sabia, pelo modo como o triunfo transpareceu em seus olhos, que ela estava dizendo a verdade. Tive pesadelos durante semanas depois disso. Tilly e Cee se revezaram para me levar para suas camas, segurando meu corpo trêmulo e sussurrando palavras amenas até que eu dormisse novamente. Ssshh, não incomode o papai. Ssshh, a mamãe está bem. Não é sua culpa — ninguém acha que a culpa é sua.

— Papai. Eu lhe perguntei sobre a mamãe.

— Difícil — diz ele. Ela era... difícil.

Como eu.

— Eu não fui... justo... talvez. Prometi... — Ele faz uma cara feia. — Prometi a ela... amá-la..., Alice. — Seus olhos se fecham. Sua boca amolece. Sinto uma onda de pânico. O que fazer se... Daí vejo o lençol se mover um pouquinho e parar novamente. Quero acordá-lo. Coloco minha mão no seu ombro, mas ele está tão magro e cansado; não posso fazer isso. Fico sentada por mais um tempo e fecho a janela. Pegando o cinzeiro com nossos cigarros metade fumados, saio.

A casa do meu pai não é pequena; há quartos o suficiente para se perder e se acomodar, mas não consigo ficar em lugar nenhum. Pego o jornal de Tilly, dou uma olhada e o deixo de lado novamente. Começo a fazer uma faxina, mas me entedio logo. Assim que Margaret chega, pego as chaves do papai, visto uma sandália e escrevo um bilhete para Tilly. Na espera para atravessar a East Heath Road, penso em acenar para o primeiro táxi que vejo. Podia ir ao aeroporto de Heathrow, encontrar um balcão e pedir ao atendente que escolha um destino para mim. Imagino isso — a corrida até o aeroporto, o tempo do voo, depois descendo e sentindo o cheiro de um novo país, o entusiasmo subindo pela minha garganta. Meu passaporte está na casa, digo a mim mesma. Meu pai está doente. Atravesso a rua, passando pelo estacionamento e sobre a Heath. Passo por uma trilha entre dois laguinhos e depois rumo às árvores. Um velho usando uma capa vermelha e botas de couro anda à minha frente. Viro à direita, numa trilha estreita de terra, porque não suporto olhar para o velho. Tiro as sandálias e sinto as pedrinhas ferindo minha pele. É melhor do que chorar. Caminho mais rápido, batendo com os pés na terra.

No alto do Parliament Hill, três mulheres usando roupas esportivas estão próximas à placa detalhando a paisagem. Um homem vestido de preto guarda uma enorme pipa alaranjada. Outro homem, de cabelos desgrenhados, deita na grama com a mão protegendo os olhos. Há talvez outras pessoas, alguns cães se cheirando, uma criança de macacão verde presa a um carrinho de bebê. Sento-me num dos bancos com vista para a cidade, levo os joelhos ao peito e encaro Londres. Um milhão de janelas de vidro refletem o sol. Vejo St. Paul, Gherkin, Canary Wharf. Quando viajo, sempre digo que sou de Londres, mas nunca parece verdade.

Trouxe Kal aqui, depois do primeiro almoço de domingo. Nós nos sentamos, talvez neste mesmo banco, e tentamos localizar seu apartamento entre os muitos prédios. Sua família parece adorável, disse ele, não entendo por que você estava tão preocupada. Não digo que é porque Cee acha que você é um terrorista, porque meu pai acha que você vai me levar para a Índia e me trancar na cozinha, porque nenhum deles entende. Simplesmente dou de ombros e sorrio, dizendo que anseio por conhecer a família dele. Ainda não havia percebido, até então, como as coisas seriam.

Tiro o telefone do bolso e procuro os números de Kal — celular, trabalho, casa. Há um telefone no corredor do seu apartamento. Imagino-o tocando e uma mulher, descalça, caminhando até ele. Kal costumava pintar minhas unhas dos pés, uma cor diferente para cada dedo. Talvez não seja tarde demais. Talvez possamos encontrar uma maneira de fazer as coisas funcionarem.

Mantenho o dedo sobre o botão de ligar e volto a olhar Londres, mas não o aperto. Já passei por tudo isso e não faz sentido. Sei disso.

Quando volto, minha casa cheira a cebola, tomate, carne. Espaguete à bolonhesa. Papai ama o espaguete à bolonhesa de Tilly. Encontro uma panela de massa e outra de molho na mesa da cozinha, mas nenhum sinal das minhas irmãs. Imagino os três lá em cima, conversando, mas quando subo estão apenas o papai e Tilly. A porta está aberta. Tilly sentada numa cadeira ao lado da cama, um prato de espaguete no colo.

— Só uma bocadinha, papai? Cortei tudo o menor que pude — ela está dizendo.

Ele faz que não.

— Mas é seu preferido. Não é seu preferido?

Os olhos do papai se voltam para mim e Tilly se vira. Há culpa em suas expressões.

— Ele não vai comer — diz Tilly. — Ele está tão magro.

— Não exagere, Matilda. — Ele tosse, um som agudo e áspero que faz meu coração doer.

— Onde está Cee? — pergunto.

— Ela foi para casa. Ela trouxe isso. — Tilly mostra um frasquinho de spray. — É saliva falsa.

Cruzo os braços.

— Você lhes disse o que queria, então, papai?

— Alice, o que você fez com seus pés? — pergunta Tilly.

Olho para baixo. Meus pés estão cobertos com sujeira e talvez sangue seco também, é difícil dizer.

— Onde estão seus sapatos? — pergunta ela.

Meu pai me olha como se pudesse ver através de mim. Sinto-me com cinco anos de novo.

— Há toneladas de comida lá embaixo — comenta Tilly. — Por que você não pega um pouco? Descerei num minuto. — Ao deixar o quarto, ela grita: — Você talvez precise esquentar um pouco.

Entro no banheiro, tranco a porta e ligo a água quente na pia. A água se escurece à medida que passo a mão cuidadosamente pelo meu pé direito. Tenho de me esforçar para não chorar. Não porque doa. Não dói. Limpo o pé esquerdo numa bacia de água e depois ando com os pés úmidos pelas escadas.

O espaguete está grudento. Pego uma porção dele numa tigela e coloco um pouco de molho por cima. Tilly desce. Ela joga a comida do papai no lixo e olha para meus pés descalços.

— Você parece exausta — comento.

— Ele não come nada.

— Não sei se ele consegue, Tilly. Não esquentei o molho.

Ela dá de ombros, serve-se e se senta à minha frente.

— O que ele disse? — pergunto.

— Ele não está com fome, prefere fumar um cigarro, vou parar de exagerar? — Tilly balança a cabeça de um lado para o outro ao falar.

— Digo, antes disso. Ele tinha algo a dizer para você e para a Cee.

Eu a vejo ajustar o rosto numa expressão neutra.

— O que ele ia dizer para você que não podia dizer para mim?

Tilly gira o garfo na massa.

— Não é nada.

— Não me venha com essa. Não você, Tilly.

Ela arregala os olhos e coça o nariz.

— Por que vocês são tão cheias de segredos? — Posso ouvir o choramingo na minha voz, como uma criança.

— Não acho justo, Alice.

— É sobre o testamento? Não me importo com o testamento. É sobre isso? — Puxo a pele do meu polegar.

— Não é nada importante. — Tilly me olha com a mesma pena que vi nos olhos do papai. Quero gritar. — Ele é um velho, Alice. Ele está... — Ela fecha a mão. — Ele está morrendo, Alice. O médico veio enquanto você estava fora. Ele disse que não levará muito tempo. Pode ser a qualquer...

— Isso está me deixando louca.

— Alice, Alice. — Tilly acaricia meu braço. Eu a afasto bruscamente. — Ele a ama, Alice — diz ela.

Quero Kal. Quero que ele massageie a sola dos meus pés e pinte minhas unhas. Quero que ele me traga uma cerveja do refrigerador e me conte sobre seu dia. Quero abraçá-lo.

Dez motivos por que odeio meu pai

1) Mentir.
2) Jogar.
3) Desistir.
4) Partir o coração da minha mãe.
5) Ter-me.
6) Eu ter herdado o nariz dele.
7) Ele era valentão e covarde.
8) Acordo algumas manhãs e penso que a coisa toda é minha culpa.
9) Toda aquela conversa sobre causar boa impressão, ser um homem.
10) É confuso: amar e odiar alguém ao mesmo tempo.

Não durmo em abrigos todas as noites. Se você vai muitas vezes, eles tentam arrumar as coisas — o que é justo, mas fiz as escolhas que fiz e nem sempre é tão simples quanto se imagina.

Este abrigo fica na cripta da igreja em Duncan Terrace. Um jovem com rabo de cavalo e sapatos alaranjados me falou sobre ele em abril. Há comida, disse ele; às vezes eles têm escovas de dentes, meias.

Está chovendo pesado quando chego. Ao longo da Essex Road, as pessoas abaixam a cabeça, erguem os ombros e andam mais rápido. Quando criança, amava a chuva. Costumava me sentar perto da janela e observá-la entre os postes de luz. Observava os pingos de água correndo um atrás do outro no vidro da janela. A chuva sempre deixava minha mãe nervosa. Ela se irritava quando nos molhávamos, como se pudéssemos ser destruídos pela água. Lembro-me dela rondando meu pai quando ele chegava do trabalho, tentando tirar a água dos ombros dele. Ele a afastava, tirava o casaco e deixava os sapatos, como duas caixinhas vazias, ensopando o carpete do hall de entrada. Agora compartilho da ansiedade dela. Eu me preocupo com o material que apodrece, com a chuva se entranhando nos meus ossos, que já parecem mais velhos do que deveriam. Eu me preocupo com o retrato dentro do bolso do meu casaco, apesar de estar envolto em plástico, apesar de ele já ter durado tanto tempo.

Eu preferia dormir na igreja propriamente dita, com as luzes da rua brilhando através dos vitrais e as estátuas observando nos cantos, mas as pesadas portas da frente, com suas dobradiças como se fossem flores gigantescas, estão trancadas. Você tem de atravessar a porta lateral, entrar no salão, onde uma Maria de pedra o observa de uma alcova, passar por uma segunda porta e descer as escadas.

A cripta, com suas paredes brancas e linóleo bege, é dividida por arcos baixos de tijolos. Fileiras de camas de metal dobráveis ocupam a maior parte do espaço. Elas parecem desamparadas, altas e pernudas, as extremidades dos lençóis e das cobertas escapando de suas formas tubulares. Uma cozinha foi montada num dos cantos; é o único espaço com janelas — duas faixas estreitas de vidro dando para a rua. O lugar tem cheiro de chá, leite e corpos humanos.

Nunca quero que você venha a um lugar como este. Tento me consolar com o fato de você ter sido criada com dinheiro, mas encontrei homens que viviam como lordes dormindo nas ruas, então isso não é garantia de nada. Assino meu nome no livro e olho a lista, procurando você. Quando me sinto assim — meio preocupado, meio incomodado —, vejo as cores antes de ver as palavras. Apenas um único nome em azul se destaca entre as magnólias e amarelos, roxos, marrons; não é o seu.

Um grupo de pessoas está sentado num sofá e em torno dele, olhando para a tela da televisão. Reconheço Lady Grace, com seu carrinho ao lado, e ergo a mão para cumprimentá-la. Ela geralmente dorme no parque do outro lado de Smithfields. Ela reclama do barulho, mas diz que os açougueiros são bons para ela e ela se sente segura com eles em volta. No carrinho há um minúsculo fogareiro, uma panela queimada e um garfo e uma faca de plástico roubados de uma cafeteria. Eu acampo, meu caro, disse-me ela, na primeira vez que nos encontramos, meu coração gosta de acampar. Seu sonho, disse ela, era viver no interior. Quero dormir sob as árvores, contou-me, e ouvir os pássaros.

Não estou com vontade de conversar com ninguém, então me sento no segundo sofá, na extremidade do ambiente. Há quatro jornais, leio todos, mas não encontro o que estou procurando.

Não me sinto bem. Não consigo fingir. É como se algo me arrastasse, me causando dor. Se eu morresse, ninguém saberia para avisá-la.

O jantar é massa com brócolis e pedaços de frango. Entro na fila, sorrio para a mulher que está servindo, enfiando uma enorme colher de metal numa também enorme panela. Eu me sento à ponta da mesa, de cabeça abaixada. Meu prato tem uma faixa fina e azul. Ele faz com que eu pense nos pratos da minha mãe — todos com um desenho de um menininho e uma menininha azuis numa ilha azul, de mãos dadas. Havia oito deles, à mostra na prateleira escura da sala de jantar. Ela os limpava todos os domingos com um espanador. Quando criança, implorava para ajudar. Ao ter idade suficiente para fazer isso, mudei de ideia. Como é estúpido ter pratos e jamais usá-los, eu disse, mesmo vendo como minhas palavras a deixavam com medo.

Às vezes me pergunto como ela conseguia viver com as mentiras do meu pai. Acho que era fácil quando ela não sabia e, depois que ficou sabendo, talvez as mentiras estivessem tão entranhadas em sua vida que era mais simples dar continuidade a elas do que revelá-las.

✿✿✿

— Posso me sentar?

Levanto a cabeça. Ele tem ombros largos, cabelos castanhos, um rosto pálido e redondo, olhos castanhos. Seu nariz é grande e manchado de vermelho por causa da bebida. Não digo nada, mas ele se senta na cadeira à minha direita mesmo assim.

— Comemos juntos. É melhor. — Ele é da Rússia, ou Polônia, algum lugar no leste. — Sou Anton. — Ele estende a mão. Ele tem o nome em azul no livro de registros.

— Daniel. — Sua mão parece áspera de trabalhar. Faz tempo que não cumprimento alguém.

Ele pega um punhado de massa e come fazendo barulho, a boca aberta, a cabeça para a frente e para trás.

— O que você fez hoje? — pergunta ele. Quando ele fala, posso ver pedaços de comida entre seus dentes.

— O que você aprendeu hoje? — Meu pai me perguntava isso todos os jantares, estivesse eu na escola ou não. Ele se detinha na palavra *aprender*, de modo que ela se espalhava pela toalha de mesa. Se eu não lhe dava uma resposta que o satisfizesse, era mandado para o quarto sem sobremesa. Nas noites em que ele saía, minha mãe me chamava e eu comia torta de maçã ou bolo de gengibre e calda congelada, ou torta Bakewell. Acho que ela estava tentando pedir desculpas.

— Andei — respondo.

Anton faz que sim, ainda mastigando.

— Onde?

Dou de ombros.

— Por aí. E você?

Seu rosto se ofusca.

— Esperei emprego esta manhã, mas eles não me pegar. — Ele bate com o punho na mesa. Meu copo d'água treme. — Sou forte como touro. Digo, mas eles não ouvem. — Ele apanha um pedaço de frango com o garfo e aponta para mim. — Sem trabalho, sem dinheiro.

— Por isso é que você está aqui? — pergunto.

— Eu aqui porque meu amigo filho da mãe diz eu não poder ficar sua casa. Ele diz eu bêbado, não bom.

Ergo as sobrancelhas em solidariedade e como um pedaço de brócolis. Ele foi bem cozido e goteja entre meus dentes.

— Só bebo por causa de filha — diz ele.

Mastigo lentamente. Não ouso falar.

— Minha filha — continua ele, e vejo seus olhos brilharem. — Ela é linda. — Ele balança a cabeça vigorosamente. — Quando ela tem dois anos, ela fala meu nome. — Ele abaixa o garfo, cruza os braços e se inclina para trás. — Tato, tato, diz ela. Tato. É pai. — Ele aponta o dedo para o coração. — Ela inteligente, não? Digo palavra, ela diz palavra.

✿ ✿ ✿

Não tenho a menor ideia de como você se parece. Não sei nem mesmo onde você está. Tento encontrá-la, você tem de acreditar nisso. Fui à casa dela e toquei a campainha, mas ninguém respondeu, e quando eu olhei pela janela vi as marcas no carpete onde havia a mobília. Espero. E então vou para casa e me sento no meu apartamento, olhando para o telefone. As únicas pessoas que ligam querem me vender alguma coisa — vidros duplos, eletricidade, Deus. Ouço os vendedores recitarem seus roteiros. Quando eles param, quando há lugar no roteiro deles para minha fala, pergunto se eles sabem onde ela está. Eles nunca sabem.

✿ ✿ ✿

— Ela está bem? — pergunto. Anton franze a testa. — Sua filha. Você disse que bebe por causa da sua filha.

O rosto dele se fecha como sua mãe costumava fazer. Ele pega o garfo e come.

Eu como também. Quando acabo vejo que a massa deixou manchas no meu prato.

— Desculpe — digo. — Não quero bisbilhotar.

— Bisbilhotar? — Quando ele franze a testa, uma linha profunda surge entre as sobrancelhas.

— Interferir, fofocar — explico. — Não quis fazer isso. — Acho que ele não entendeu.

— A mãe dela, ela é uma cadela. Vocês dizem cadela, não?

Dou de ombros.

— Eu a amo, a mãe, ela minha esposa, mas ela não responder ao telefone. Agora eu ligar e só o escutar tocar. Ela ter um homem, sei disso. É uma vaca, como todas as mulheres. — Ele deixa escapar um longo suspiro. — Mas minha filha, minha Sylwia. — Ele esfrega o olho esquerdo com os nós dos dedos. Ele tem unhas sujas, como todos nós. Um anel dourado brilha no seu anelar. — Houve uma vez que liguei e bebi e ela não deixar eu falar com Sylwia. Tenho de falar com ela, digo, mas ela não deixar. — Ele esfrega o olho novamente. — Então ela pedir dinheiro. Eu enviar dinheiro, digo. Não basta, diz ela, você ficar com o dinheiro. Fico com raiva. Digo que ela não entender.

A mulher na cozinha nos chama para repetirmos. Estou cheio, mas pego mais mesmo assim. Anton a deixa encher seu prato. Voltamos a nos sentar à mesa e ninguém fala até que tenhamos acabado.

— Acho que é só uma briga — diz ele, deixando o garfo no prato vazio. — Homem e mulher brigam, não? Mas depois da próxima vez ela perguntar se eu beber cerveja. Digo não, mas ela diz Sylwia estar na casa de uma amiga. Da outra vez Sylwia estar dormindo. E da outra vez Sylwia não querer falar comigo. — Ele bate com a mão na mesa. — Ela não querer falar comigo — grita. — Ela minha filha. Minha linda filha. Ela não querer falar comigo?

Sei que, quando nos encontrarmos, não vai importar que levei tanto tempo para encontrá-la. Assim que nos encontrarmos, vamos ter todo o tempo do mundo para dizer o que temos a dizer.

✿✿✿

Vê? — Anton está me estendendo uma fotografia. Os cantos estão ligeiramente curvados. — Segurar só lado — diz ele ao pegá-la. Eu a equilibro na ponta dos dedos como as pessoas na estação King's Cross que erguem sua própria imagem, ainda úmida, da máquina de fotos.

Ela tem talvez três anos. Sempre acho difícil dizer. Ela tem o rosto redondo do pai, cabelos loiros escuros presos em rabinhos de cavalo. Ela está de pé e de costas para uma parede branca. À esquerda há uma porta fechada. Na direita da fotografia há o canto de uma janela. Ela usa um vestido azul de algodão, a saia presa por um cinto branco e descendo até os joelhos. Seus olhos olham para além de quem quer que esteja segurando a câmera. Ela não está sorrindo, mas parece feliz.

— Quanto tempo? — pergunto.

— Desde que a vi, quatro anos, dois meses, dezesseis dias. Desde eu falar com ela, um ano, vinte e cinco dias.

Olho para a foto, tento acrescentar os anos à imagem. Ele estende a mão e me percebo relutante em devolvê-la.

O homem que me pediu que escrevesse meu nome nos tira da mesa. Pegamos duas xícaras de chá do balcão — com um pouco de leite e açúcar — e nos sentamos no sofá perto dos jornais. Anton me conta sobre o dia em que sua filha nasceu, como ela segurou seu dedo e olhou em seus olhos. Ele me conta como conheceu a mulher, no casamento do primo. Ela o deixou beijá-la, mas quando ele tentou tocar seus seios ela o estapeou, e ele soube que queria se casar com ela. Anton me conta sobre uma viagem para a Pomerânia, no litoral da Polônia, quando Sylwia tinha um ano. Eles faziam um piquenique na praia todos os dias. Ele levava a filha para o mar, colocava-a sobre os ombros e a ouvia rir quando a água salpicava os pés dela. Ele procurou âmbar na praia e encontrou um pedaço com uma formiga dentro, perfeitamente preservada. Ele não pergunta sobre mim e me sinto feliz por escutar. A televisão brilha — sonzinhos e cores primárias. Um homem se joga numa cadeira à nossa esquerda; ele tem a minha idade, percebo. Sua perna está enfaixada até o joelho. Sua barba, amarelada em torno da boca. Ele resmunga para si mesmo antes de cair no sono. Todos estamos morrendo rápido demais.

— É melhor ela me esquecer, não? — pergunta Anton. Ele se vira para mim e vejo seus olhos marejados e sua pele endurecida. — É melhor não ter pai do que ter um pai como eu, não?

Faço que não, mas sei o que ele quer dizer, e isso me machuca por dentro.

Anton teria falado até o amanhecer, acho, e eu teria ficado feliz em deixá-lo falar, mas esses lugares têm regras e cronogramas. Pouco antes das dez e meia escolhemos camas uma ao lado da outra, e eu tento me acalmar. Mesmo com as luzes acesas, os roncos começam. É um dos problemas dos abrigos. Tenho mesmo o sono leve — aprendi a ter — e mesmo quando estou num lugar seguro, como aqui, meu sono é sempre perturbado. Deito-me e olho as costas de Anton sob a coberta até que alguém apague as luzes.

Paro de respirar. Deve ter sido isso, porque acordo ofegante no escuro, como um homem prestes a se afogar. Estava sonhando: passando pela Waterloo Bridge rumo ao anúncio curvo do cinema. Havia letras brancas, do tamanho de homens, sobre um fundo verde-limão, mas não entendo o que dizem as letras. Continuo andando e andando, mas nunca chego ao fim da ponte.

Percebo cinco camadas de roncos, do fino e áspero ao exuberante e sonoro. Sob o som há um quê de chuva contra as janelas estreitas. O ar é fétido com sono, e peidos, e pele suja. Um dos voluntários se ajeita na cadeira. Às vezes eles leem com uma luzinha ou ligam a TV com o som baixinho, mas este está sentado no escuro. Eu me pergunto no que ele pensa. Eu me pergunto por que ele faz isso. Eu me pergunto se ele passa as noites se protegendo da chuva, se ele tem jornais enfiados sob a roupa para protegê-lo do frio, se é por esse motivo. Eu me pergunto se ele perdeu alguém.

✿✿✿

Quando minha mãe me chamou para me contar, não conseguia entender o que ela dizia. Podia ouvi-la. Podia ouvir as palavras e as lágrimas, mas não conseguia entender nada.

As pessoas chamam isso de formas diferentes. Experimentei tudo ao longo dos últimos vinte anos, geralmente dentro da minha cabeça. Às vezes, quando eu tinha o táxi, escolhia conversar com os passageiros, se eles tinham a expressão certa, ou se a noite era especialmente longa, escura e solitária.

Meu pai cometeu suicídio.

Meu pai tirou a própria vida.

Meu pai morreu.

Meu pai se matou.

Meu pai tomou uma mistura de diazepam e diamorfina. Nunca descobrimos onde ele conseguiu.

Ele não sabia mais o que fazer.

Ele estava deprimido.

Ele era um mentiroso filho da mãe e não dou a mínima para o fato de ele estar morto.

Minha mãe o encontrou. Nunca o perdoarei por isso.

✿✿✿

Houve uma onda de calor no verão em que concluí a universidade. Meus pais vieram para minha formatura, meu pai usando terno e gravata novos, minha mãe tímida e empolgada com um chapéu de abas largas. Evitei todas as aulas que pude, gastei meu tempo e energia marchando contra a guerra, o racismo, pelo direito das mulheres; seduzindo mulheres e as convencendo a posar nuas, gastando tubos caros de tinta a óleo, bebendo cerveja, fumando maconha. Foi um milagre eu ter passado. Meu pai aceitou meu bacharelado calado. Eu só teria de me esforçar em dobro de agora em diante, disse ele, embora soubesse tão bem quanto eu que eu tinha ferrado com tudo e que nenhum escritório me aceitaria.

Talvez fôssemos mais parecidos do que ouso admitir. Ele jogou e então o jogo se esgotou e ele se esgotou também. Talvez eu tenha feito a mesma coisa.

Eu me lembro de me sentar na sala de jantar da minha mãe, com as fileiras de pratos intocados atrás do vidro da prateleira. A mesa estava coberta com pedaços de papel. Cartas, avisos, contas. Bem, tenho certeza de que deve haver uma explicação, ela ficava dizendo. Tem de haver alguma explicação.

Os cabelos dela ficaram brancos no ano em que ele morreu. Eles eram grisalhos antes, mas naquele outono, depois que ela o encontrou e encontrou todas aquelas contas, os cabelos grisalhos se esbranquiçaram totalmente. Houve momentos em que ela tentou tingi-los — um alaranjado virulento, um roxo-claro; por fim, no entanto, ela desistiu.

Hora de seguir adiante, mas não há lugar nenhum para onde ir. Viro para o lado e a cama range sob meu corpo. Ouço alguém tossir do outro lado do quarto. Penso na filha de Anton, imagino-a sobre os ombros dele, as mãos no cabelo do pai, rindo. Quero acordá-lo e perguntar como ele pôde tê-la deixado, como ele pôde tê-la perdido.

Dez coisas sobre a casa do meu pai

1) A porta da frente emperra.
2) Há uma pintura de Tilly e Cee no hall de entrada. Elas têm sete e cinco anos. Estão de vestidos rosa e meias brancas.
3) Há ainda uma manchinha no carpete da sala de estar, sob a mesinha de centro, onde minha mãe derramou uma garrafa de vinho tinto, há trinta anos.
4) O estúdio do meu pai cheira a cigarro.
5) Há quatro garrafas de uísque no armário sob a pia: Talisker, Ardmore, Jura, Laphroaig. Na garrafa de Talisker restam uns poucos centímetros. As demais estão pela metade.
6) Quando eu tinha oito anos afastei minha cama e escrevi meu nome com caneta vermelha sobre o papel de parede. Ainda está lá.
7) Não há conexão com a internet ou computador.
8) Há três tábuas rangentes no segundo andar: uma do lado de fora do quarto de Cee, outra diretamente em frente ao meu quarto e a outra no começo da escada que leva ao sótão.
9) Se você olhar para o papel de parede da despensa durante muito tempo, a estampa começa a ficar parecida com centenas de pessoas de pé em centenas de ilhotas.
10) Não é um lugar onde eu já tenha me sentido em casa.

Assim que abro a porta, sei que ele morreu. É como se a casa estivesse espremendo os olhos, segurando a respiração e esperando, talvez até mesmo rezando, para que o que aconteceu não tivesse de fato acontecido. Fico no hall com a porta ainda aberta e penso em me virar e sair.

Não me lembro de quantas vezes fugi quando criança. Os retornos nunca eram divertidos: estranhos insistindo para que eu lhes desse meu endereço; policiais me olhando desconfiados enquanto falavam ao telefone — magra, baixa, ruiva, olhos verdes, sim, é ela. Professores ficavam confusos ou irritados; de qualquer forma, eles se repetiam como se eu não tivesse ouvido tudo antes. O papai sempre parecia decepcionado e ligeiramente sofrido, como se eu tivesse comido algo com o que ele não concordava. Cee me bateu uma vez; eu bati nela.

Adorava os inícios: a emoção de sair para a noite fria; o cheiro da terra congelada no parquinho da escola, a luz amarelada dos postes, os passos fugidios das raposas. Eu me imaginava como uma ladra, uma detetive, uma assassina. Saía do prédio — escola ou casa — e depois me virava e olhava para ele: as janelas escuras, os tijolos pesarosos. Às vezes, eu literalmente corria até sentir as coxas queimando, o coração como um animal enjaulado no peito. Eu nunca ia a lugar nenhum em específico, só fugia.

Bato a porta, tiro a jaqueta e a penduro sobre o casaco de verão dele. Meu pai. Tento imaginar seu rosto, mas não consigo. Não há necessidade de sair. Não tenho para onde ir e nada para fazer, só vagar pelas ruas, tentando não entrar em pânico. Eu deveria ter falado com ele, dito que não importava — o que quer que houvesse entre ele, Tilly e Cee era problema dele. Eu deveria ter lhe dito que o amava.

— Alice? — Cee aparece na porta da sala de estar. — Alice, ele... — Ela se cala.

— Ele...?

— Tentamos ligar para o seu celular.

Eu o havia deixado no meu quarto.

— O médico acabou de sair.

Faço que sim com a cabeça.

— Liguei para o Steve. Ele contará aos meninos.

Olho para a estampa da parede — o mesmo padrão de flores dentro de quadradinhos que deve estar em milhares de outros corredores, na casa de milhares de estranhos.

— Você vai querer ir vê-lo — diz Cee.

Nunca vi uma pessoa morta.

— Onde está Tilly?

Cee aponta com a cabeça para a sala de estar.

— Dizem que ajuda — continua ela. — Ver o corpo.

Minha mente vagueia. Tento imaginá-lo no andar de cima. Espero que alguém tenha aberto as cortinas e levantado o caixilho da janela. Espero que não esteja escuro e quente lá dentro. Aconteceu de repente ou ele soube? Será que ele ficou lá, deitado, olhando para o teto e sentindo o coração prestes a parar? Será que doeu?

— Nós duas nos despedimos.

Passo por ela e entro na sala de estar. Tilly está sentada no sofá, as mãos no colo, pálida.

— Tentamos ligar para você — diz ela.

— Desculpe. — Elas esperam que eu chore. Eu quero chorar.

— Ele...?

Ela olha para baixo.

— Ele não estava bem, Alice. No... — Ela esfrega as mãos e me olha.

Quero Kal. Quero que ele acaricie meus cabelos e cante para mim. Ele costumava inventar canções, músicas sem sentido com melodias fluidas. *Alice, Alice, Alice. Não desça na toca do coelho. Não suporto vê-la partir. Fique aqui comigo, Alice, Alice, Alice.* Quero sentir os lábios dele na minha pele, a vibração de sua voz no peito. Podia ligar para ele, mas isso só complicaria ainda mais as coisas.

— Querida. — Tilly estende os braços. Se eu deixar que ela me abrace, não sei o que vai acontecer. — Vou... — Aponto para o corredor e Tilly faz que sim com a cabeça.

Contudo, não entro no quarto dele. Passo direto e vou ao sótão, sento-me na cadeira e balanço para a frente e para trás, para a frente e para trás, enfiando as unhas na palma das mãos. Quando minhas irmãs descobrem onde estou e me chamam, não consigo responder. E, quando Cee sobe e fica diante de mim com os braços cruzados, não consigo olhar para ela. Ela acaba por desistir e vai embora.

Kal e eu tivemos uma briga sobre fugas. Foi já no fim, quando os problemas estavam ficando maiores e impossíveis de ser ignorados. Ele me disse que eu era passivo-agressiva. Eu disse que ele era um covarde. Estamos paralisados, eu lhe disse, não podemos ir para nenhum lugar porque você se recusa a dizer a seus pais que eu existo. Eles não controlam minha vida, disse ele, eles não são tudo. Você pode ter me enganado, eu disse. Às vezes penso que você tem ciúme, disse ele. Você está de brincadeira? Jogo minha xícara de café no chão, exageradamente. Ela não quebra; simplesmente rola e suja o carpete marrom que nós dois odiamos.

✿✿✿

Ouço a campainha e vozes. Isso é o que se entende por sons abafados. Quatro conjuntos de pés nas escadas.

Eles colocarão meu pai num caixão e o fecharão com pregos. Aperto o rosto contra os joelhos e passo as mãos nos meus pés descalços. Sinto que estou tremendo.

Tento não ouvir. Quando eles partem, desço para meu quarto e ligo o telefone. Demora um pouco — uma rede de conversas e conexões e fragmentos de música de espera — para conseguir falar com o setor de malas extraviadas do aeroporto de Heathrow. Sento-me na cama, apertando e soltando a borda do edredom. Os lençóis são de um azul-marinho liso, o tipo de coisa que meu pai compra; o tipo de coisa que meu pai costumava comprar. Dói como se alguém tivesse cavado um buraco no meu peito e preenchido-o com chumbo.

— Como posso ajudá-la? — O homem do outro lado da linha tem um sotaque nigeriano. Gostaria que ele me contasse uma história. Gostaria de deitar na minha cama, com o edredom puxado até o queixo, e que ele me lesse uma história. — Alô?

— Desculpe, sim, minha mochila.

— A senhora tem o código de identificação?

— Como?

— O código que identifica sua bagagem, senhora. Deve estar em uma etiqueta, no verso do seu passaporte ou nos papéis do check-in.

Olho para o papel de parede — rosas de caules espinhosos passando pela minha cama.

— Senhora?

— Não, não, acho que não tenho nada disso.

O homem do outro lado da linha suspira alto o suficiente para eu ouvir.

— Bem, talvez possamos começar com você me dando os detalhes do seu voo.

Lembro que os assentos eram azuis com guardanapos nos encostos de cabeça. Lembro que a refeição era frango com molho de tomate e arroz. Lembro que a mulher sentada ao meu lado vestia uma jaqueta amarela com botões que pareciam moedinhas de chocolate.

— Você alguma vez discutiu com uma pessoa que... sei lá, se foi? — pergunto.

— Senhora?

— E, quando você pensa nisso, percebe que nunca fez nada além de discutir com ela. Ou que nunca disse o que realmente importava. Não de verdade. E daí ela se vai e não há nada que você possa fazer, sabe? — Passo o dedo por uma das rosas. Tento me lembrar de ter escolhido esse papel de parede. É horrível.

— Senhora, se puder me dar os detalhes do seu voo e uma descrição da bagagem, eu posso...

— Não importa.

— Mas, senhora, eu posso...

— Mesmo, tudo bem, obrigada. Você foi muito prestativo, muito paciente. Obrigada.

Desço as escadas e passo pelo corredor rumo ao quarto do meu pai. A porta está fechada. É uma porta pintada de branco, com quatro painéis. Nunca a tinha visto antes. Coloco a mão na maçaneta. Há uma linha vermelha no lugar onde puxei uma pelezinha do polegar. Preciso de um cigarro.

Você sabe que não deveria fumar, Alice, diria o papai sempre que eu estava em casa. Eu ria e apontava para o cigarro dele. Ele dizia: eu sei, uma regra para mim e outra para os outros, mas, sério, faz mal para você. Eu sei, papai. Só não quero ser um pai ruim, disse-me uma vez, e eu ri. Eu deveria ter lhe dito: você não é, não foi.

Abro a porta e entro. As cortinas estão fechadas, o que me dá raiva. Vou até a janela, a janela perto do sofá, e a abro. A luz dourada da tarde. De repente não tenho certeza se quero abrir as outras, mas é mais fácil do que olhar para a cama. Um enorme carro preto com ornamentos cromados está do outro lado do jardim. O gato da sra. Williams me observa da janela.

A cama está vazia. Alguém tirou os lençóis. Não esperava por isso. O edredom está ajeitado no meio da cama, como se fosse uma nuvem para uma criança. O colchão revela seus contornos mais grossos nas extremidades. Seis travesseiros estão na cabeceira, sem fronha. O que ele queria com seis travesseiros? Um tem uma mancha amarela. Não consigo me mover.

Quando o levaram, o colocaram numa maca ou diretamente dentro do caixão? Não sei por que quero saber. Não quero saber. Quero saber. Eles devem ter marcado a moldura da porta, raspado a tinta ao descer as escadas. Não quero olhar.

Agora estou de pé bem ao lado da cama. Se flexionar os joelhos, posso sentir a madeira. Ao me deitar, as molas pressionam minha coluna. Posso ver uma marca no teto bem acima de mim. Não sei dizer se é uma mosca, uma aranha ou apenas uma mancha. Observo para ver se ela se move. Não se move, o que significa que é apenas uma mancha, ou que a aranha ou a mosca está morta.

Dez coisas que me deixam apavorado

1) Virar meu pai.
2) Não ser capaz de lhe explicar tudo.
3) O mar. Lido bem com a beiradinha. Posso tirar meus sapatos e pisar na água. É mais no fundo, onde o mar fica frio e negro, que ele me assusta.
4) Ficar trancado.
5) Não ter as palavras certas.
6) Dormir.
7) Morrer.
8) Cães.
9) Nunca encontrá-la.
10) Encontrá-la.

Anton está olhando minha cicatriz. Viro a cabeça para ele não vê-la — uma linha madrepérola fina que vai do canto do meu olho direito até a orelha. Há talvez dez de nós espalhados pela mesa. Algumas pessoas ainda dormem. Lady Grace se foi. Estou comendo uma tigela de flocos de milho que já estão amolecendo com o leite.

Anton se senta à minha frente. Ele tem uma xícara de chá, uma tigela cheia de cereais açucarados e um prato repleto de torradas. Aponta com a colher para o meu rosto, derramando leite sobre a mesa.

— O que é isso? — pergunta, tocando a própria face com a mão livre.

— Um acidente — respondo.

Ele come o cereal e arqueia a sobrancelha.

— Eu dirigia um táxi — emendo. — Houve um acidente, há uns cinco ou seis anos. — O que eu não digo é que eu quase matei um homem. O que não digo é que tudo aconteceu porque estava procurando você.

— Você ter seguro, sim?

— Fui processado.

Ele bebe o chá e faz uma careta.

Minhas memórias daquele tempo são todas fragmentadas. Até mesmo o acidente: não tenho aquela consciência em câmera lenta que as pessoas mencionam. Estava procurando você. Achei que a tivesse encontrado. Uma mulher ruiva igual à sua mãe andando pela rua e depois nada, um branco, até eu acordar com o corpo revirado de dor.

Anton enfia a colher na xícara de chá, tira um montinho de açúcar meio dissolvido no fundo e o coloca na boca. Atrás dele posso ver o sol entrando pelas janelas da cozinha. O vidro está marcado pela água, mas não escuto a chuva.

— O que você fazer hoje? — pergunta ele.

— Andar.

Ele franze a testa.

— E você? Vai procurar trabalho? — pergunto.

Ele dá de ombros.

— Não sei. Já fazer três dias e eles não me pegar.

— Se você quiser, poderia... — me interrompo. Faz muito tempo desde que me envolvi com alguém.

— Para onde você ir? — pergunta Anton.

Penso em lhe contar sobre você, mas desisto, mesmo que, talvez, ele pudesse entender. Percebo como os olhos dele se desviam da pessoa com quem está falando, e eu faço o mesmo.

— Aonde você quer ir? — pergunto.

Anton remexe a xícara sobre o tampo da mesa.

— Para Palácio de Buckingham. — Buckingham, uma palavra rica, de mogno, da cor dos armários de antigamente, parece estranha quando ele a menciona. — Quero ver o Palácio de Buckingham.

Pegamos sanduíches com um voluntário que está limpando a cozinha. Ele me dá escova e pasta de dentes. Os banheiros aqui têm um único urinol e uma cabine. Fico diante da pia e escovo os dentes até que as gengivas sangrem. Tento não me olhar no espelho.

Anton usa tênis brancos. Sua jaqueta parece um velho saco de dormir do exército, de um verde-oliva brilhante, cor do nome de sua filha. Calço as botas e amarro os cadarços.

No alto da escada, Anton vira à direita, e não à esquerda. Eu o sigo para dentro da igreja, que tem um quê de sala de aula, e olho em volta enquanto ele faz o sinal da cruz e depois se ajoelha num banco. Não sou um homem religioso, mas, ao esperar por Anton, olho para a pintura de Cristo na parede, cercado por chamas douradas, e deixo que minha oração — palavras presas nos meus lábios o dia todo — se eleve até o teto arqueado.

Lá fora, o dia já brilha. Ainda está frio por causa da chuva, mas posso sentir o calor, à espera. Será um dia em que terei de andar com a jaqueta amarrada na cintura; tenho um jeito de fazer isso sem amassar o retrato dentro do bolso.

✿✿✿

Costumava me encontrar com a sua mãe num apartamento em Bloomsbury. Pertencia a uma amiga dela, Marina, que trabalhava em Paris, mas mantinha o lugar para suas viagens a Londres. Talvez você não quisesse saber disso, mas não posso deixar de contar. Era pequeno e perfeito. Trancávamos a porta e éramos somente eu e ela nessa bolha, o mundo borbulhando lá fora sem nós dois. Ela me fazia rir. Ela me contava histórias sobre as meninas e as outras mães que conhecia; ela tinha um modo de ver o absurdo em tudo. Quando ela ria, ria de verdade, eu sentia a felicidade sólida e real como caco de vidro. Às vezes saíamos — depois. Lembro-me de andarmos pela Woburn Square Garden, quando os narcisos se abriam em amarelo, decidindo em quais apartamentos elegantes escolheríamos viver. Ela, porém, ficava com medo de ser vista e logo brigávamos, e ela dizia que tinha de ir embora.

— Este lugar ser rico, não? — Anton balança a cabeça da esquerda para a direita, apontando para as cercas negras, as soberbas fileiras de casinhas de tijolos, estudantes entrando e saindo da universidade: cardumes de sapatos da moda, cabelos bem cuidados e livros sérios. Quase posso ouvir o clique dos saltos dela no pavimento, o toque da mão dela no meu braço, a luz em seus olhos.

Anton para no canto da Gordon Square e observa três meninas atravessando a rua. Ele anui com a cabeça.

— Sylwia, ela vir aqui — comenta ele. — Eu? Provavelmente morto, mas ela vir aqui. Ela estudar. Ela já falar inglês, melhor do que eu. Ela vir aqui.

Continuamos andando, passando por Torrington Place rumo a Tottenham Court Road. Eu o ouviria o dia todo. Gosto de saber que os cabelos de Sylwia se encaracolam quando molhados, que sua pele cheira a leite quente, que ela murmura enquanto dorme. Sinto falta de tudo isso.

Quando lhe pergunto se ele escreve para ela, Anton desvia o olhar.

— Dizer o quê? — Ele fica vermelho e eu sei, com tanta clareza quanto se ele tivesse me dito, que Anton não sabe escrever.

Ele quer comprar cerveja, mas faço que não e ele não insiste. Ao passarmos pelo Soho, seus olhos se arregalam diante dos sex shops e ele ri para si mesmo. Ao cruzarmos Mayfair, nós dois nos encolhemos e ficamos sem dizer nada.

Nunca me senti impressionado pelo Palácio de Buckingham, mas Anton o adora. Ele adora a estátua com a ponta dourada. Adora os soldados com seus chapéus peludos. Adora as famílias que tiram fotos enfileiradas perto do portão.

— Quatro anos em Londres, Anton — eu digo. — E você nunca veio aqui?

Ele dá de ombros.

— Eu estar aqui para trabalhar, para dinheiro, para filha — responde ele, e seus olhos se desviam dos meus. — Queria câmera — continua. — Queria câmera para mandar foto para Sylwia.

Ficamos em pé e em silêncio. O soldado da direita poderia ter sido esculpido na madeira. Espero que ele se mova, que se entregue, mas ele fica absolutamente imóvel. Imagino se ele está pensando em alguém que ama.

— Minha cicatriz — digo. — Foi da porta do carro. Não me lembro de nada.

Ele está ouvindo.

— Achei que havia encontrado alguém — acrescento. — Por isso perdi o controle. Tentaram dizer que fui negligente, que eu não tinha dormido o suficiente, que bebi cerveja na noite anterior, que havia cinco anos que eu não fazia exame oftalmológico, qualquer coisa em que pudessem pensar, mas foi porque eu achei que tinha encontrado alguém.

Vemos um menino, talvez de oito anos, segurar uma câmera com as duas mãos como se ela pudesse explodir e apontá-la para duas mulheres, os braços entrelaçados, os olhos sorrindo.

— Quem? — pergunta Anton.

Posso sentir meu coração se apertar contra o peito. Não há bancos aqui. Abaixo-me nos degraus, perto de um grupo de estudantes — franceses, acho — que flertam enquanto brincam com seus telefones e riem das próprias piadas. Um deles — um menino de uns dezessete anos — me encara e desvia o olhar rapidamente. Eu o vejo se aproximar de uma menina e sussurrar para ela. Ela me olha e fica toda vermelha. O dia está esquentando e sinto uma ponta de suor escorrer pelas minhas costas. Minha boca tem um gosto amargo, apesar da pasta de dentes.

Anton se senta ao meu lado.

— Acho que você ser homem muito triste — comenta ele.

Eu me ajeito no degrau.

— Às vezes.

Ele faz que sim.

— Minha mãe... ela triste como você. É difícil.

— Você tem raiva dela? — pergunto.

Anton faz que não.

— Não raiva — responde ele. — Não, não raiva. Ela morre, talvez dez anos agora.

— Posso escrever uma carta para você — sugiro. — Se você quisesse. Para Sylwia.

Não olho para ele e ele não diz nada. Posso ver sua perna direita se remexendo num ritmo frenético contra o degrau.

— Teria de ser em inglês — continuo. — Mas você disse que ela sabe falar inglês, né?

Depois de um tempo, seus pés param.

— Você ser bom homem, Daniel — diz ele. — Gosto de você escrever carta.

Faço que sim com a cabeça.

— Mas não aqui, não aqui — acrescenta.

Seguimos para a Angel, porque é o caminho dele e porque conheço um lugar lá. Fica num espaço largo do pavimento. Não recebem de braços abertos, mas também não mandam embora. Houve uma época em que tentei procurar por você lá — no computador. Uma mulher que cheirava ao perfume da minha mãe me ajudou. Ela disse que teve 420 mil resultados, mas não pude encontrar nenhum sobre você.

Anton caminha rápido demais para mim.

— Você tem de ir mais devagar — eu falo, levando a mão ao peito, sentindo meu coração inchar sob as costelas.

Ele faz uma careta.

— Você está doente?

— Só ande mais devagar comigo.

Ele diminui o passo. Prefiro mesmo andar assim, olhando para cima, para baixo e à frente.

✿✿✿

Certa vez recebi um homem e seu filho no meu táxi. Peguei-os diante de uma casa escura em Tooting às quatro horas da manhã. O menino não tinha mais do que cinco anos. O homem o carregava nos braços, com uma mochila sobre o ombro esquerdo. Ele falava com o menino em sentenças rápidas sussurradas, num idioma que eu não entendia. Heathrow, por favor, disse ele. Olhei para os dois pelo espelho, vendo seus rostos periodicamente iluminados pelos postes: o menino de olhos fechados, a mão do homem acariciando os cabelos do filho. Duvidava que estivessem fugindo, mas queria que estivessem. Era uma noite tranquila. Pisei fundo no acelerador e o carro avançou até o iluminado aeroporto. Quando chegamos, o menino dormia; a expressão do homem estava tensa de preocupação, com um tique acima do queixo. Ele me deu uma grande gorjeta e um aceno de cabeça, e desapareceu entre as portas de vidro do setor de embarque. Imaginei um check-in ansioso, um olhar determinado no setor de passaportes e um momento de alívio quando o avião apontou seu nariz para o céu.

✿✿✿

— Você iria para casa, se pudesse? — pergunto a Anton, enquanto nos desviamos dos barulhentos turistas perto do British Museum. Ele está distraído pelo cheiro de cebolas fritas de um carrinho de cachorro-quente. Só depois que viramos a esquina, seguindo o cercado preto, é que ele fala.

— É difícil — responde ele.

— Claro.

— Não ter dinheiro para passagem. E depois, se eu for, talvez não poder voltar. E, como dizer ontem, talvez ser melhor não ter pai do que ter eu. Há bebida no meu rosto, não? Não ter dinheiro para ela.

Imagino meu pai, sentado na sua cadeira, vendo as dívidas, um frasco de pílulas na sua pasta no chão.

— Mas com certeza... — Percebo que não sei o que dizer para ele.

Andamos sem falar. Tranquilizo silenciosamente meu coração: está tudo bem agora, tudo bem, quase lá, quase lá.

Encontro uma meia em Myddleton Square, rosa, com um lacinho em cima. Paro, pego-a, coloco-a no bolso. Anton não percebe ou, se percebe, não diz nada. Ao caminharmos, contorno-a com os dedos. Há um laço na frente, preso por uma única costura. Posso sentir a costura elevada de um dedo e um traço de lama, talvez, ou outra coisa, seca. Imagino uma menina num carrinho, dedilhando com os pés sob a cobertura plástica. A mulher que empurra o carrinho tem bolsas sob os olhos. Ela corre para chegar ao médico. Da última vez elas se atrasaram e tiveram de esperar horas. Está chovendo e faz frio, mas ela se sente suando sob as roupas. Quando a meia cai, a criança se expressa num choramingo, porque o frio e a chuva parecem equivocados contra seus dedos nus. A mãe não vê a meia caindo. Ela está cansada do choro da criança. Ela tira os cabelos do rosto e continua andando.

Paramos diante da biblioteca. É um prédio grande e curvo, uma faixa da parede sob a janela com azulejos azuis. Anton olha ansiosamente para o bar do outro lado da rua.

— Não termos papel — diz ele.

— Vou pedir.

Anton faz que não.

— Não querer papel ruim, não papel ruim.

Ando rumo à entrada. As portas se abrem. Anton fica na rua.

— Não temos que... — volto-me para ele. As portas começam a se fechar, mas sentem minha presença e se abrem novamente.

— Sim, sim. Eu quero... — Anton dá de ombros. — O que é este lugar?

— Uma biblioteca — respondo. — Você escolhe onde se sentar. — Aceno para as mesas posicionadas entre as estantes de metal cheias de livros e depois caminho para um cartaz no qual se lê "Informações". O homem atrás do balcão tem uma barba ruiva rala e um nariz arrogante. Ele levanta os olhos para mim e posso ler seus pensamentos na sua expressão. Minha aparência não é de toda má, não pense isso, mas as roupas se desgastam facilmente quando você as usa o tempo todo e Londres é um lugar sujo; a sujeira se prende à pele. Se estivesse chovendo, seria mais fácil; as pessoas perdoam mais quando o clima está contra você e você está todo encharcado. Sorrio para o homem, não o suficiente para mostrar o dente quebrado na fileira de baixo, mas o suficiente para mostrar boa vontade.

— Gostaria de pedir sua ajuda — digo.

Ele me olha desconfiado, mas eu insisto.

— Preciso escrever uma carta.

Ele dá um passinho para trás, minúsculo, mas visível.

— Pode me dar duas folhas de papel? — peço. — E me emprestar uma caneta?

— Eu não... Quero dizer, nós não...

— Eu apreciaria muito. — Uso o sotaque mais elegante que posso; está enferrujado (aqueles tipos de vogais não prestam para muita coisa no meu mundo).

Ele franze a testa. O telefone à sua direita toca e pisca uma luz vermelha. Ele une o polegar e o indicador. Seu colega atende o telefone. Eu espero.

— Bem, há... — Ele pega duas folhas da impressora atrás da mesa e as entrega para mim. — E eu acho... — Ele pega uma caneta do teclado do computador. Sem tampa. Há marcas de mordida na base.

Faço o máximo para parecer que não estou implorando.

— Obrigado.

Ele parece perplexo. Sorrio novamente.

— E um envelope — diz ele. — Você vai precisar de um envelope. — Ele para. — A não ser que já tenha um... — Faço que não. Ele se vira e se abaixa para abrir uma gaveta. Seu suéter azul-marinho sobe, revelando a barra amarrotada da camisa, a gordura saliente nas laterais do corpo.

— O senhor é muito gentil — eu digo, pegando o envelope. Ele faz um ligeiro movimento de cabeça, um movimento para o lado.

Anton solta um gritinho quando me aproximo com papel, caneta e envelope. Cabeças se levantam, e eu levo um dedo aos meus lábios. Ele escolhera uma mesa perto da janela, escondida entre as prateleiras. Há jornais espalhados por ela. Eu os empilho para mais tarde e coloco o papel em branco diante de Anton.

— Este é para o rascunho — explico, preparando as folhas. — Este é para a versão final. — Há muito tempo eu não escrevo nada.

Estamos na seção de ficção. C — o mesmo azul-marinho do meu uniforme da escola; D — laranja-claro, como *sorbet;* E — cinza-escuro; F — branco com um leve brilho perolado. Minha mãe tinha um colar de pérolas, um dos muitos presentes do meu pai. Culpa, suspeito, mas ela diria que era amor. Nós os enfileiramos na mesa de jantar — anéis e braceletes, colares e broches. Escolha dois, eu disse, apenas dois. Tinha de manter a voz firme porque ela estava chorando e eu nunca me dei bem com lágrimas. Ela escolheu as pérolas e um medalhão de ouro na forma de coração. O retrato dele ao lado do dela, mal cortado para o espaço. Contive-me.

Anton me dita. Esperava que ele fizesse perguntas, que eu o ajudasse a decidir o que escrever, mas as palavras fluem em sentenças já prontas. Esta carta existe na cabeça dele há muito tempo.

Minha Sylwia...

— Com um "w", com um "w", Daniel. Seu inglês...

Escrevo de Londres, Inglaterra. Aqui é muito grande e com muitas pessoas. Sinto sua falta. Todos os dias acordo e penso em você. Vejo seu rosto. Penso todos os dias em como você está bonita. Durmo numa casa bem grande.

Ele me encara com olhos hesitantes. Eu faço que sim com a cabeça, dando-lhe coragem.

Ela tem um jardim com dois canteiros de flores, uma árvore com maçãs. Você gostaria daqui. Gostaria de cavar no jardim com uma pazinha e fazer com que as flores crescessem.

Acho, às vezes, que você me esqueceu. Tudo bem, Sylwia, se você esqueceu. É difícil se lembrar do rosto das pessoas quando elas não estão por perto. Não me esqueço de você. Eu quero...

— Não, eu desejo.

... que você se lembre de mim.

Escrevo, e penso em você. Nunca vi seu rosto. Quando as coisas estão difíceis, penso que, ao encontrá-la, não a reconhecerei. Tenho medo de que fosse você na rua daquela vez e eu tenha estragado a única oportunidade que tive. Geralmente, porém, eu sei que não serei capaz de perdê-la.

✿✿✿

Você não pode sentir saudade de alguém que nunca conheceu. Mas sinto saudade de você.

✿✿✿

É difícil explicar. Talvez quando você for mais velha eu lhe diga. Mas eu logo voltarei para casa. Vamos viajar para as montanhas. Suas pernas são maiores agora, você é mais rápida do que eu. Você pode me dizer todas as coisas quando eu for.

Um homem com tranças rastafári loiras passa por nossa mesa. Posso vê-lo nos olhando e fingindo não nos enxergar. Ele escolhe um livro com chamas alaranjadas na capa e sai apressadamente.

Minha filha. Quero lhe mostrar Londres. Quero ver seus olhos se iluminarem diante do verde de Hammersmith Bridge, o verde que você vê quando se aproxima tanto da tela que é capaz de sentir o cheiro. Quero lhe mostrar meus lugares, os lugares onde coloco as coisas. Um narciso amarelado entre as ripas de uma calha. Um cabide prateado no galho de uma árvore. Um botão de cinabre enfiado no espaço entre tijolos gastos.

Lixo, você dirá.

Não é lixo. Olhe.

Quero lhe falar sobre a palavra "cinabre": sobre como é um mineral e também uma traça. É de um vermelho tão brilhante que você pensaria que um homem o fez, mas ele começa sob a terra e existe no céu.

Tenho muitas perguntas para você, Sylwia. Quero saber de todos os segundos desde que parti. Espero que você não me odeie. É para ajudar, vim aqui para ajudar. Às vezes as coisas são difíceis, leva algum tempo para voltarem ao que eram.

Amo sua mãe, Sylwia. Às vezes adultos brigam, mas eu a amo, e amo você.

Prometo-lhe uma coisa, Sylwia. Vou voltar para casa. Vai levar algum tempo, mas vou voltar para casa e, quando voltar, vou erguê-la e você verá sobre a cabeça de todas as pessoas, tão alto que você verá as casas e conversará com os pássaros. Se você estiver com raiva, posso esperar.

Meu amigo Daniel escreve esta carta para mim. Ele é um bom homem.

Amo você, Sylwia.

Tato.

Minha letra nunca foi boa. Eu a vejo se arrastar como um inseto exausto pelo papel, deixando um traço azulado pelo caminho. Quando escrevo meu próprio nome, ele parece estranho. Levanto os olhos e vejo o homem no balcão nos observando. Eu me pergunto se ele gosta de trabalhar aqui, se todas essas palavras lhe parecem um fardo ou uma oportunidade.

— Vou reescrevê-la melhor — digo. Anton e eu olhamos para as arestas da minha letra.

Ele faz que sim.

— E depois eu desenharei para ela.

A versão final não é muito diferente da primeira, mas Anton não faz nenhum comentário. Ele pega o papel e a caneta e começa a desenhar uma borda ao redor do texto. Eu o observo, a testa franzida, delicadas folhas e rosas entrelaçadas emergindo da ponta da caneta. Até mesmo na minha idade as pessoas podem surpreender.

Volto-me para os jornais, porque há sempre uma chance, e no dia em que eu desistir pode ser o dia em que encontrarei o que procuro.

✿ ✿ ✿

Eis o mais estranho: quase não via. Quero dizer, eu vi, mas segui adiante, porque, quando você procura algo tanto quanto eu procurei, a ideia é tão forte, tão vívida em sua mente, que você tem dificuldade para reconhecer uma variação dela no mundo real.

Procurei seu nome esses anos todos, desde que o descobri. Não só em jornais, mas também no rádio, em lombadas de livros, computadores e até lápides.

Encontro o nome dele, não o seu — o nome negro dele, com seu toque de prateado e dourado. O jornal é o *Times*, o que não é de surpreender. Estou indo para a página seguinte quando o nome dele faz a conexão como um soco na garganta. Meu coração se desajeita no peito e eu tenho de fechar os olhos e respirar. Ao abrir os olhos, Anton ainda está desenhando uma intrincada versão de uma rosa; o homem atrás do balcão está escrevendo algo no computador. Uma mulher passa pela janela, o telefone ao ouvido. O jornal está na mesa, à minha frente. Viro a página.

É o nome dele, não o seu, mas, quando consigo focar as letras menores, vejo você lá, azul gelo no final da frase.

A data é amanhã, uma quinta-feira de um verde brilhante do alto da colina.

Penso em como você deve estar triste, o que faz meu coração doer. Apego-me à meia de criança no meu bolso.

Eles podem ter imprimido a data errada, a hora errada.

Não posso entrar em pânico.

Rasgo o texto em movimentos silenciosos, para que o homem atrás do balcão não me escute. Anton levanta a cabeça, mas não o encaro. Dobro o papel e o coloco dentro do bolso, ao lado da meia, da bola de algodão e do spray para o meu coração. Sei o que ele diz, mas não suporto a ideia de perdê-lo.

✿✿✿

Uso um casaco com uma mancha na lapela no funeral do meu pai. Não quero ir, mas minha mãe bate na porta do meu quarto até eu abri-la, e fica lá até eu me vestir. É um dia de sol, como este, o ar quente, o céu azul de verão. Não lavo o cabelo há dias. Meu couro cabeludo coça. Meus olhos doem.

Havia dez pessoas no funeral. Não conheço seis delas. Um homem tinha pele bronzeada e usava um terno cinza. Eu o imaginava numa sala com as cortinas fechadas e uma mesa verde com as cartas viradas para baixo, sorrindo ao ver meu pai perder o dinheiro que ele não tinha. O vigário murmura suas palavras, erra o nome do meu pai. Depois, do lado de fora da igreja, o homem de terno me cumprimenta e diz que sentiu muito ao ouvir a notícia, meu pai fora um amigo, um bom homem. Sua voz é grave, exuberante, confiante. Suas unhas parecem feitas por uma manicure. Não digo nada.

— Daniel, você está doente? — A voz de Anton parece distante, como se eu estivesse sob a água ou com tampões nos ouvidos.

— Preciso... — Paro, recomeço. — Há um... — Balanço a cabeça. — Tenho que...

Ele estreita os olhos.

— Olhe, o envelope, e depois precisamos escrever o endereço. — Pego o envelope de debaixo da carta e o entrego. — E um selo, você vai precisar de um selo. — Vejo o medo em sua expressão. — Há uma agência do correio na Rosebery Avenue, perto do mercado, no alto da colina. Você tem dinheiro? — Não deveria ter começado isso. Tenho coisas a fazer.

Respirar, respirar, respirar. Sem Anton eu jamais saberia. Não quero que você pense que sou um homem sem palavra. Dobro a carta em duas metades. Ele a tornou bela, a despeito da minha letra.

Anton tira um pedaço amassado de papel do seu bolso. Não consigo entender, mas percebo que é um endereço e copio as letras uma de cada vez no envelope. Nós nos levantamos. O homem atrás do balcão nos observa. Eu me aproximo dele.

— Obrigado — digo, embora precise estar lá fora, rumo a você; preciso estar lá, esperando. — Obrigado. Meu amigo queria escrever uma carta para sua filha, na Polônia. Obrigado pela ajuda — coloco a caneta sobre o balcão.

Anton faz que sim, bate no envelope e sorri. Estamos quase saindo. Quase não o ouvimos.

— Você tem dinheiro para o envelope? — pergunta o homem.

Olho para trás. Há um quê de autossatisfação no seu sorriso. Acontece, às vezes, quando as pessoas sentem que estão fazendo algo de bom. Eu nunca recuso, mas há quem o faça. Observo Anton. Ele balança a cabeça.

— Espere. — O homem enfia a mão num dos bolsos da calça, depois no outro. Ele segura uma moeda de uma libra. — Isto deve bastar para uma carta — diz. Sua voz se eleva, como se estivesse perguntando alguma coisa.

Anton pega o dinheiro. Suas unhas são compridas, como as de uma mulher. Ele acena ligeiramente a cabeça e olha para o chão. O homem atrás do balcão para e nos ignora, indo atender uma jovem com uma pilha de livros.

✿✿✿

A fila do correio é longa e lenta. Avançamos com o restante das pessoas. As pessoas se afastam ligeiramente de nós. A princípio não me importo, porque o pensamento em você está quase próximo o bastante do toque, e não consigo pensar com o bater frenético do meu coração. Mas depois me preocupo. Estou acostumado ao meu cheiro. Estou acostumado ao modo como as extremidades das minhas roupas estão desfiadas. Tento aliviar o pânico.

Anton beija o envelope e o joga na boca vermelha da caixa do correio.

— Tenho que ir. Obrigado, Daniel.

— Vejo você por aí — digo.

Ele balança a cabeça.

— Talvez, Daniel.

Ele tem razão. Nunca se sabe o que pode acontecer.

Dez pensamentos inadequados durante o funeral do meu pai

1) *Como os aviões voam se são tão pesados?*
2) *Ele amava Tilly e Cee mais do que a mim.*
3) *Há uma sacola com calcinhas sujas no fundo da minha mochila.*
4) *Kal parece bem. Ele encontrou alguém, tenho certeza.*
5) *Há algo de claramente irônico na morte de um médico.*
6) *Não acredito em Deus.*
7) *Quanto custa a máquina que fecha a cortina diante do caixão?*
8) *E se eu disser a Kal que mudei de ideia?*
9) *O vigário parece Sean Connery.*
10) *Queria voltar para casa, pegar as garrafas de uísque e bebê-las todas.*

Estou fria; desde que ele morreu estou fria. Lá fora, o céu é de um azul sem graça. Estou usando as roupas que comprei ontem: calça justa preta, um top preto com um laço no pescoço, de que não gosto muito. Eu me examino no espelho do banheiro, uma escova de dentes na boca. O frio rouba o brilho da minha pele, deixa minha boca mais fina, estreita meus olhos.

Quando desço, estão todos de pé na sala de estar, apesar de haver lugares para todos. Os meninos de Cee vagueiam perto da lareira, estranhos em ternos escuros que parecem novos. Tilly está de vestido longo preto. Ela está usando sombra azul, como se fosse a uma festa. Paro na porta e sinto, só por um instante, que são um bando de estranhos, que eles são a família de alguém e que não tenho nada a ver com eles. Todos olham para a janela; o ambiente muda a cada carro que passa.

— Eles deveriam estar aqui às onze — comenta Steve. Ele tem lábios grossos que parecem úmidos. Ele puxa a manga da camisa para consultar o relógio. É caro. Dá para ver pela maneira como ele o toca. — Cerca de dez minutos. — Ele vira a cabeça, como se esperasse aprovação. Cee lhe belisca o braço.

— Vou fumar um cigarro — aviso. — Lá na frente.

Cee suspira alto e eu vejo que ela e Steve trocam olhares.

— Eles chegarão a qualquer minuto, Alice — diz ela.

Minhas mãos tremem enquanto acendo o cigarro. Levo a fumaça para os pulmões, mas isso não faz com que eu me sinta muito melhor. A porta da frente se abre atrás de mim e eu me preparo para uma lição de moral de Cee, mas é Tilly. Ela se apoia na parede ao meu lado.

— Me dá um? — pede.

— Você não fuma.

— Mas eu queria um.

— Eles fazem um mal terrível a você. — Eu lhe acendo um cigarro. Ela traga e começa a tossir. Ela sorri para mim ingenuamente e eu lhe devolvo o sorriso.

— Não consigo deixar de pensar na mamãe — diz Tilly.

Bato meu cigarro e vejo as cinzas caírem nos degraus.

— Você era tão jovem — continua ela. — Lembro que você era tão jovem e eu sentia que deveria ser como a mamãe para você e que eu não sabia como fazer isso.

Olho para a rua. As árvores lançam sombras pesadas sobre o pavimento. Penso na mochila com a bailarina bordada. Eu me pergunto o que aconteceu com ela.

— Você se saiu bem — digo. — Se saiu bem.

Tilly dá uma risadinha.

— Todos vocês devem me culpar — declaro.

— O quê?

— Pela mamãe. Por ela ter dirigido naquele dia.

— Ah, Alice. Não. Você não pode pensar isso.

Fumamos em silêncio.

— Alice? — Há um tremor na voz de Tilly.

— Sim?

— Eu queria... A questão é que eu disse...

— Olhe, eles chegaram. — Aponto para o carro fúnebre se aproximando lentamente em nossa direção, seguido por duas Mercedes pretas.

— Eles estão aqui — repete Tilly, olhando para seu cigarro como se não soubesse o que era aquilo.

Seu caixão fica na parte de baixo do carro fúnebre. É feito de bom pinheiro, polido a ponto de as flores na tampa refletirem suas pétalas brancas. A porta da frente se abre quando o carro para. Há movimento atrás de nós, Cee lidando com os meninos — lenços, celulares desligados, gravatas ajeitadas. Tilly pega na minha mão e a aperta.

— Foi assim com a mamãe — diz ela. — Não parece real.

Um homem de expressão sombria sobe os degraus lentamente.

— Cecilia, Matilde, Alice. — Ele nos cumprimenta e acena a cabeça ao recitar nosso nome. Sua mão é grande, sua pele, gelada: consoladora. — Estão prontas? — pergunta ele. Seus olhos me encaram, e eu quero dizer não, não estou preparada para nada disso. Não estou nada preparada. Em vez disso, abaixo os olhos e o sigo. Estou usando sapatos que encontrei no meu antigo quarto; não me lembro de tê-los deixado lá. Observo meus pés nos degraus (sapatos pretos pontudos) e lembro, tarde demais, que a última vez que os usei foi na noite em que Kal e eu saímos para jantar, quando lhe disse que não podia mais com aquilo, a não ser que as coisas mudassem, a não ser que pudéssemos parar de fingir. Não é fingimento, disse ele, não estamos fingindo. Bem, está começando a parecer, eu disse.

Deixo que o homem me acompanhe até a porta de um dos carros e me espremo entre minhas irmãs. Elas sempre fizeram com que eu me sentisse menor do que sou.

Sei que, se levantar a cabeça, verei a sra. Williams na janela, com o gato nos braços, observando. Em vez disso, miro o carro fúnebre. Daqui posso ver a palavra *Vovô,* formada com cravos vermelhos, emoldurada na janela de trás. Olho para Cee. Ela está olhando para a frente. Não digo nada.

Nós nos movemos como se estivéssemos contra o vento. Percebo luzes, sombras e cores pela janela, mas mantenho a cabeça baixa, fixando o olhar no câmbio do carro.

— Queria não ter de fazer a coisa toda duas vezes — diz Tilly.

— É o que ele queria — emenda Cee. Suas palavras são curtas. — Ele queria a família no crematório e um serviço religioso depois.

Tilly suspira.

— Fizemos isso com a mamãe também?

Cee tosse, a mão à boca.

— Não sei se me lembro ao certo — responde ela.

— Ela se matou? — pergunto, sem pensar.

— Alice, pelo amor de Deus! — Cee olha para a nuca do motorista. Vejo Tilly tamborilar com os dedos no colo.

— Só estou perguntando. — Cruzo os braços. — Ela não estava indo na direção errada?

Ninguém me responde.

— Talvez ela estivesse fugindo — acrescento.

Acho que ouço Cee murmurar "como você", mas não tenho certeza.

Chegamos lá rápido demais. Prendo-me a Tilly, entrelaçando meus dedos aos dela. Passamos por dois pilares até um ambiente acarpetado com bancos de madeira de ambos os lados — como uma igreja. Quatro homens que não conheço carregam o caixão do meu pai à nossa frente.

Eles o colocam cuidadosamente sobre uma mesa. Já fizeram isso antes. As cortinas são de veludo amarelo. O caixão está sobre cilindros. Meu pai está...

A mulher que conduz o serviço tem uma voz macia e irritante. Ela insiste em dizer "uma celebração da vida". Os meninos se sentam atrás de mim e se remexem em seus lugares. Queria que Kal estivesse aqui, seu braço sobre meus ombros.

Eu deveria ter voltado e conversado com o papai. Não sei no que estava pensando, tentando puni-lo, quando não havia mais tempo. Eu o vejo naquela noite no bar de tapas, antes de eu viajar para Moscou, sentado diante de mim a uma mesinha circular com toalha vermelha e vários pratos de terracota ao redor de uma vela. Você tem certeza de que esta é a melhor coisa para você fazer, perguntou ele. Eu achava que estava tudo bem no trabalho. É, sim, eu disse, é, sim, mas tenho de sair. Ir embora não é a única opção, Alice, disse ele. Às vezes vale a pena ficar mais um pouco e tentar dar um jeito nas coisas.

Se eu tivesse ficado, teria mais dele. Se eu não...

A mulher parou de falar. Tilly aperta minha mão até me machucar. As cortinas se abrem e depois se fecham como um muro amarelo. Alguém deve ter montado uma empresa vendendo cortinas automatizadas, para fazer com que o caixão desapareça ao apertar de um botão. Ouço o barulhinho de outra máquina, os cilindros se movendo. Eu o imagino dentro da caixa, avançando para o calor.

Ele nos levava para o balé todos os Natais, durante anos. Ele num terno e nós três em vestidos novos e sapatos polidos. O barulho e a empolgação de tudo aquilo. Um camarote com assentos de veludo vermelho e uma vista para as coxias. Tudo folheado e brilhante. As luzes diminuíam e aquele momento de ansiedade antes de as cortinas se abrirem, como se por mágica, e a coisa toda começava. Adorava observar as dançarinas depois que saíam de cena, como elas se transformavam em pessoas reais fora dos holofotes.

Acabou. Estamos nos levantando. Há música tocando, Fauré, acho, baixinho nas caixas de som. Deslizamos pelos bancos de madeira e rumamos pelo corredor acarpetado para a porta. Está feito. Ele se foi.

O carro fúnebre também se foi. Eu me pergunto se ele já está a caminho de outro funeral. O *Vovô* de cravos vermelhos foi colocado na traseira de um dos carros. Ele não teria gostado daquilo. Teria achado deselegante demais.

Pegamos a Hampstead High Street e paramos diante da igreja. As árvores lançam seus galhos pesados por sobre uma cerca preta, o sol ilumina o pavimento de concreto. Somente depois de sair da segurança do carro é que avisto Kal.

Meu estômago se contorce e sinto a adrenalina correr pelas minhas pernas. Ele está na entrada arqueada da igreja, olhando para mim. Olhos negros. Boca larga. Eu me viro. Vasculho a rua — uma fileira de árvores no meio da via; uma casa branca de madeira com porta amarela; um cemitério atrás de cercas altas; um homem usando uma velha japona, sua mão levantada como se estivesse cumprimentando alguém. Não consigo sentir meu coração.

Tilly está ao meu lado. Eu a olho.

— Tentei falar para você, Alice, ele iria querer saber. Sei que o papai poderia ser... Mas eles se davam bem, não?

Os dois bebendo uísque, falando sobre críquete, algum artigo no *BMJ*, política do mundo da medicina.

— Você não tinha o direito — sussurro.

Ela põe a mão sobre meu braço e eu tenho de fazer força para não afastá-la. Ajeito os ombros e me viro para encarar a igreja, encarar Kal. Ele está de terno. Sempre gostei dele usando terno. Pare. Se ele apenas se movesse, desse um passo para o lado, ou se entrasse na igreja, seria mais fácil. Ele fica onde está, me olhando. Aqueles olhos. Pare. Passo os dedos pelo braço de Tilly e a aperto.

— Não me deixe sozinha — murmuro.

— Não vou deixar. — Ela põe sua mão sobre a minha.

Passo direto por ele. Tento passar direto por ele.

— Alice. — É tudo o que ele diz.

Quase tropeço. Aceno na direção dele, mas não consigo olhar para ele. Olho para a igreja. A porta e a janela da direta não estão alinhadas; dá para ver o reboco nas fissuras. Deve haver algo de errado com as fundações.

Tilly me guia para dentro. O teto se ergue em arcos brancos sobre nós. Linhas douradas se elevam como cordas pintadas. Nós nos ajeitamos no banco da frente. Fixo meu olhar no altar e penso nas cortinas de veludo amarelo do crematório. Penso na cama do papai, sem os lençóis, e penso na minha mãe ao volante do carro, o capô amassado feito papel, o vidro estilhaçado. Ela mal tinha um arranhão, disse-me Tilly certa vez. Não acredito.

A igreja está barulhenta: passos, sussurros, pessoas remexendo nos papéis do serviço, se remexendo nas almofadas de oração, se ajeitando. Permito-me dar uma olhada em volta. Kal está do outro lado do corredor, algumas fileiras atrás. Ele está usando a gravata verde que eu lhe trouxe do Vietnã. Foi a primeira viagem que fiz desde que me mudei para a casa dele. Eu me lembro de estar na loja passando meus dedos pelas cores, despistando a vendedora exageradamente atenciosa. É da cor dos seus olhos, disse Kal, quando lhe dei a gravata. Não é, refutei. Vou pensar nos seus olhos sempre que a usar, falou ele. Pare.

Hugo Wells faz a primeira leitura. Ele trabalhou com o papai. Tem cabelos brancos e a barba também branca, bem aparada. Suas mãos são longas. Mãos de pianista, lembro-me do meu pai dizendo, o melhor cirurgião com quem trabalhou. Sua voz é firme e decidida. *Por que deveria eu estar ausente do pensamento se não posso ser visto? Estou esperando por você, por um intervalo, algo próximo, logo virando a esquina. Tudo está bem. Nada dói; nada está perdido.* A luz dourada se derrama pelos vitrais, traços de cobre, fingindo que o mundo é belo.

Não consigo me concentrar no sermão. Ajeito-me no meu lugar. Kal está de cabeça baixa. Ele não me vê. Talvez eu estivesse enganada. Talvez pudéssemos ter seguido do jeito que estava. Talvez pudéssemos tentar novamente.

Tilly se levanta e anda devagar até o púlpito. Ela ergue a cabeça e exibe um meio sorriso nervoso. Eu a acompanho.

— Nosso pai era um homem muito especial — sua voz treme, ela se ajeita de novo. — Temos sorte por tê-lo conhecido. — As pessoas murmuram e acenam afirmativamente com a cabeça. — Ele era tranquilo, sério e esforçado, mas também tinha seu lado divertido. — Ela olha para

Cee e para mim e eu me percebo sorrindo e anuindo com a cabeça. — Quando eu tinha dez anos e minha irmã Cecilia oito... antes de Alice chegar... fomos passar um feriado na Normandia.

Tudo o que consigo ouvir é o trovejar do sangue em meus ouvidos. Antes de Alice chegar, tudo era divertido. Antes de Alice chegar, o papai não era tão distraído, tão recluso. Eu me lembro de Cee, certa vez, com os olhos enegrecidos de raiva, as mãos na cintura, me dizendo que eu nunca deveria ter nascido, que fui um grande erro e que a mamãe e o papai estavam brigados quando eu nasci. Saí correndo chorando para o papai. Devia ter seis anos, talvez sete. Ele me ergueu no colo e tirou os cabelos do meu rosto, me balançou até que eu me acalmasse o suficiente para falar entre soluços. Ele negou, claro, disse que eu era bela e querida, um presente para ele e a mamãe. Ele disse que me amava e que nada foi um acidente, e que conversaria com Cecília porque aquilo era uma coisa cruel de se dizer. Mesmo assim saí do estúdio dele com uma sensação duradoura de incerteza, alojada como uma pedra em minha garganta.

Fecho os olhos e me obrigo a lembrar: tomando sorvete na Westminster Bridge com o papai tentando nos ensinar política. Manhãs de Natal — uma das meias do papai ao pé das nossas camas, uma laranja no fundo, porque quando menino ele sempre teve uma laranja no fundo de suas meias. Minha formatura, quando ele me segurou pelos ombros e eu pude ver orgulho em seus olhos.

Vejo os lábios de Tilly se movendo. Tento retomar o discurso dela.

— Lembro-me dele erguendo Alice nos ombros para que ela visse por sobre a multidão — diz ela.

Era algum tipo de desfile, as ruas cheias de gente. Eu era pequena demais para ver e grande demais, na verdade, para ser levantada. Lembro-me de me segurar nos cabelos dele, meus pés contra seu peito — cambaleante, mas segura; no alto do mundo.

— Sempre nos sentimos muito amadas por ele. Sabíamos que ele era alguém que teria dado a vida por nós se necessário. — Tilly respira trêmula; o tremor aumentado pelo microfone. — Vamos sentir muito a falta dele. — Ela abaixa a cabeça e desce do púlpito, de volta ao banco. Ao se sentar, ela cai no choro. Quando nos levantamos para o último hino, eu a abraço e tento mantê-la de pé. *O Senhor é meu pastor,* canto, mas não acredito numa palavra disso.

✿✿✿

— Você tem sorte — disse-me certa vez Kal — por ter um pai como o seu.

— O quê? Um pai que nunca está por perto?

— Isso não é verdade.

— Falou o cirurgião.

— Gosto dele.

— Eu também.

— Ele não é...

— O quê?

Ele dá de ombros, seus olhos se fechando do jeito que sempre faziam quando ele estava prestes a mencionar seus pais.

Imagino Kal sentado atrás de mim e à minha esquerda. Se seu pai morresse, ninguém pensaria em me contar. Eu costumava fantasiar sobre a família dele. Quando ele saía para jantar, eu bebia uma garrafa de vinho no meu apartamento e imaginava a casa dos pais dele — desde o tapete azul na entrada até os azulejos com efeito de mármore no banheiro. Interpretava a conversa deles ao jantar. Já conheceu uma bela moça, Khalif? Ainda não, Ummi. Você tem de se ajeitar. A filha da sra. Abad acabou de se formar em Cambridge, sabia? Posso lhe conseguir uma fotografia.

✿✿✿

Tudo está feito, de novo. Ando ao lado de Tilly pelo corredor e sinto os olhares das pessoas sobre nós. Alguém está tocando o órgão, não muito bem; eles tropeçam nas passagens mais difíceis. O papai não ficaria impressionado. Não com isso, não com as flores que foram colocadas num banco nos fundos da igreja, com nada disso.

Cee nos obriga a nos enfileirarmos perto da porta. Deixo que as pessoas me cumprimentem e digam o que precisam dizer. Não sei quem são.

Estou esperando por Kal. Assim que o vejo, meu coração se acelera e eu sinto a adrenalina; estou prestes a correr. Talvez ele passe direto. Não. Ele me cumprimenta e o choque disso me faz parar de respirar.

— Alice, sinto muito...

Engulo em seco. Não consigo falar.

— Ele era um bom homem.

O papai se acostumou com Kal mais rápido do que Cee. Eles conversavam sobre o Serviço Nacional de Saúde e sobre críquete. Kal lhe comprava uma garrafa de uísque todo Natal.

— Como você está? — pergunta ele.

Arqueio a sobrancelha.

— Desculpe. Eu... Ouvi dizer que você estava fora.

Penso na Mongólia: na cor da terra quando o sol se põe no horizonte; algumas iurtas, cavalos, quilômetros e quilômetros de vastidão vazia.

— Deveria deixá-la continuar — diz ele, olhando para a fila atrás de si.

— Vamos beber. — As palavras saem apressadas. — Em casa. — Olho para meus sapatos pretos e me pergunto se ele se lembra deles também.

Kal hesita por um segundo e diz:

— Seria bom. Obrigado. Gostaria de fazer um brinde a ele.

Roo a unha.

— É bom vê-la, Alice.

Seguro-me até que ele atinja a rua e depois me viro para a amurada da igreja. Os soluços vêm do centro do meu corpo, fazendo com que eu me dobre. Sinto uma mão nas minhas costas. Não é a mão dele. Há mais pessoas saindo da igreja. Não me importo.

— Alice. Vamos. — Cee se aproxima de mim. Há um homem que não conheço de pé na porta da igreja. Ele parece inseguro. Ele precisa fazer a barba e tomar um banho. Deixo Cee me guiar. Quando eu voltar, decido, vou para a cama. Vou me esconder sob o edredom. Vou fazer uma barricada na porta.

A casa, porém, está cheia de pessoas e sou arrastada para a sala de estar. Duas mesas dobráveis com toalhas brancas diante das estantes. Não tenho ideia de onde elas vieram. Uma mesa tem uma fileira de taças de vinho, algumas já cheias de vinhos tinto e branco. Do lado esquerdo, copos menores diante do que resta da coleção de uísque do papai. A segunda mesa está cheia de comida. Parece desrespeitoso.

Kal está perto da lareira; ele tem um copo metade cheio de uísque cor de mel e está conversando com um homem que deve ter uns oitenta anos, a pele seca e enrugada como uma casca de noz, porções finas de cabelos brancos no couro cabeludo manchado. Percebo que jamais saberei como seria a aparência de meu pai aos oitenta anos.

— Sanduíche, Alice? — É Steve, segurando um prato de sanduíche com duas fatias de bolo. Ele tirara o paletó para deixar à mostra uma camisa azul com manchas de suor sob os braços.

— Não, obrigada.

— Vai lhe fazer bem. O luto é cansativo, você precisa se manter forte.

Steve olha em torno, franzindo a testa.

— É grandioso.

— Não acha que está escuro?

— Bem, se vocês aparassem a árvore um pouquinho. — Ele acena para a janela da frente, mordendo o sanduíche. Um bocado de maionese cai em seu pulso e ele a lambe. — Que tal uma bebida? — pergunta.

— Tinto, por favor.

Ele sorri, se afasta e volta com uma taça cheia até a borda. Nossos dedos se tocam ao pegá-la.

— Obrigada. Eu deveria me misturar ou coisa assim — comento, mas antes que eu pudesse escapar Cee surge.

— Acredita que aquele canalha não está aqui? — diz ela com um pedaço de aipo na mão. — Por que ela não se livra dele, eu não sei.

Cee nunca gostou de Toby, o marido de Tilly. Que oficialmente não é o marido de Tilly por estar casado com outra pessoa. Ele é um cara legal e até atraente, de um jeito clássico que nunca me interessou, mas o fato é que ele é casado, o que o torna um inegável filho da mãe. Nem mesmo percebi sua falta.

— Aparentemente — continua Cee —, ele disse que estaria aqui e daí alguma coisa aconteceu. O que pode ter acontecido? Ela passa a vida toda dando desculpas para aquele cara. Ela finge não se incomodar, mas dá para ver em seus olhos.

E suas mãos. As mãos de Tilly sempre a entregaram. Eu as imagino com os nós dos dedos esbranquiçados enquanto ela se livra da última decepção.

Eu a confrontei sobre isso uma vez.

— O que devo fazer? — perguntou ela. — Fiz a minha escolha e é ele.

— Por que ele não larga aquela mulher? — exigi.

Ela balançou tristemente a cabeça.

— Não vivemos num filme de Hollywood, Alice.

Por fim concluí que ela prefere assim. Ela é sempre especial, a cereja do bolo, o chocolate preferido da caixa. Ela consegue fins de semana e presentes ilícitos. Deve sempre ter um ar de subterfúgio. Não é o que se esperaria de Tilly, mas entendo. Cee acha que a coisa toda é insana, mas sua ideia de uma noite romântica é comida chinesa, uma caixa de After Eights e um DVD de comédia romântica enquanto as crianças dormem no andar de cima.

— Vocês, meninas, vão ter um trabalhão — comenta Steve. Cee olha para ele.

— O que você quer dizer? — pergunto.

— É uma casa grande — explica ele.

— Andou fazendo as contas?

Steve faz uma cara feia.

— Alice, ele só está dizendo que há muitas decisões a tomar — emenda Cee.

Ela já começou. Eu a encontrei no estúdio do papai ontem, cercada por pilhas de papel, sacos de lixo meio cheios, arquivos. Seu rosto estava avermelhado, os ombros curvados para a frente e a língua entre os lábios. Ela levantou rapidamente a cabeça quando abri a porta, depois olhou para a caixa azul a seus pés. Cee a aproximou da cadeira e colocou os pés sobre ela. Suas mãos dançavam nas extremidades de uma pilha de papel no seu colo. Imagino ela e Steve discutindo o assunto no café da manhã. O que manteremos. O que jogaremos fora. Por quanto venderemos.

— É melhor eu ir conversar com as pessoas — aviso, forçando um sorriso. Levanto a cabeça e, pela janela, vejo o homem da igreja, com cabelos oleosos e desgrenhados, de pé na porta. Alguém o deixará entrar. Começo a abrir caminho para a porta. É como passar por uma cola. Mantenho a cabeça baixa, sem olhar ninguém nos olhos.

No entanto, sou surpreendida ao chegar ao corredor.

— Você deve ser Alice?

É uma mulher pequenininha, mesmo comparada a mim. Seus olhos são azuis e seus cabelos, tingidos.

— Deus, você é como sua mãe. — Ela me olha de cima a baixo. — Da última vez que a vi, você era um bebê, é sempre difícil saber se a semelhança vai durar. Sou Marina, é um prazer vê-la de novo. — Seu cumprimento é firme. Há um quê de escocês no seu sotaque. Instintivamente gosto dela, mas não quero conversar. — Você deve estar querendo que todos nós voltemos para nossas casas, sem dúvida. — Ela faz um sim de cabeça. — É justo, mas é bom vê-la. Dizem que seu pai sempre falou de você com orgulho. — Ela sorri um pouco falsamente, acho. — É bom saber disso, não?

Ajeito-me e olho para seu ombro direito. Ela está prestes a se virar.

— Você o conhecia, como? — pergunto, mesmo a contragosto.

— Ah. — Ela tosse, as unhas pintadas de vermelho apertadas contra os lábios. — Conhecia sua mãe. Éramos próximas. — Ela mantém dois dedos entrelaçados. Seu olhar se desvia. — Há muito tempo não via seu pai. — Ela para. — Sua irmã me escreveu sobre Malcolm. Fiquei surpresa por estar na lista, para ser honesta, mas queria vir prestar meus respeitos a todas vocês. — Ela me encara. — Nem sempre nos víamos pessoalmente, mas ele era um bom homem, um homem decente.

— Você conhecia a mamãe?

— Desde a escola. — Ela toca meu braço. — Ainda sinto falta dela — diz, suspirando.

— Você sabia para onde ela estava indo?

— Como?

— Naquele dia. Quando ela... No carro.

Marina franze a testa.

— Era para ela me pegar no balé — acrescento. — Mas, quando a encontraram, ela estava na rua errada.

Ela hesita por um instante e deixa escapar um ligeiro suspiro.

— Deus, ela deve ter tido uma ideia qualquer. — Ela me olha, a cabeça de lado, como um passarinho. — Ela tinha seus caprichos, sua mãe — comenta, e sorri. — Ela estava dirigindo para buscá-la e viu uma placa para algum lugar e quis ir, ou uma rua era bonita e ela simplesmente a pegou e seguiu adiante. Ela era assim. Ela estava sonhando, dirigindo rápido demais, sem prestar atenção, e então... — Ela para e nossos olhos se encontram. — Nunca conheci ninguém como a sua mãe.

Faz-se um silêncio. Bebo meu vinho e giro a taça vazia entre os dedos.

— Estava pensando — diz Marina. — Você conheceu alguém chamado Daniel esta tarde?

Ela tem razão, quero que ela vá embora. Quero que todos vão embora. Faço que não e dou a entender que tenho de ir a algum lugar importante. Ela abre a boca como se fosse dizer mais alguma coisa, mas eu me viro e me afasto. Tilly está na cozinha lavando copos e taças. Ela levanta a cabeça e pega minha taça, mas não diz nada. Lá fora, encosto-me na parede da cozinha e fecho os olhos. O sol aquece meu rosto, mas ainda sinto frio.

— Ele nunca se fazia muito de jardineiro, não é?

A voz de Kal me assusta. Levanto-me e sinto minhas costas rasparem nos tijolos.

— Ele até que se fazia — emendo. — Ele saía nos fins de semana, ouvia o rádio e tirava umas ervas daninhas.

— Mas o verão é um filho da mãe, não é?

Ele tem razão. Tudo cresceu demais. A grama precisa ser cortada. As ervas daninhas estão matando as flores.

Kal e eu nos conhecemos numa festa à fantasia de um amigo em comum. Ambos trapaceamos. Tinha acabado de voltar do Nepal e usava um sari dourado que comprara lá. Ele vestia uniforme de hospital tingido de sangue falso.

— Ah, uma deusa hindu. — Fiquei com medo de que ele se sentisse ofendido. — Não se preocupe — continuou ele, rindo. — Você está linda.

— E você...

— Pareço um cirurgião assassino? Tinha um machado, mas parece que o perdi.

Era fácil conversar com ele, interessado nos lugares onde eu estivera e para onde iria a seguir. Ele não perguntou qual o meu trabalho ou o que eu pretendia fazer da vida. Ele era uns seis anos mais velho do que eu. Ao fim da noite, quando os soldados romanos e os super-heróis com roupas de Lycra saíam para pegar o último metrô, me inclinei e o beijei, e ele me beijou.

Estendi uma das mãos para a parede e a apertei contra os tijolos. Ele aparara a barba e cortara o cabelo. Sinto o cheiro de sua loção pós-barba.

— Vai ficar em casa durante um tempo? — pergunta ele.

— Não faço a menor ideia.

Quero que ele me toque. Quero que ele me beije para que eu possa esquecer tudo o mais.

— Você está com alguém? — pergunto.

— Alice.

— Isso significa que sim. Aposto que você está noivo, não está? Cee sempre disse...

Ele suspira e mete as mãos nos bolsos da calça.

— Com todo o respeito, sua irmã não sabe nada sobre mim.

— Desculpe.

Ele dá de ombros e remexe no chão com o pé direito, olhando para baixo.

— Tentei ligar para você, até escrevi uma carta — diz ele.

Eu o conheço bem demais. Sei que ele leva o polegar ao queixo quando está pensando. Sei que gosta de tomates cozidos, mas não crus. Sei como ele se parece quando dorme.

— Liguei para seu pai e pedi seu endereço, mas ele disse que você tinha ido embora. Não havia nenhum lugar para onde eu pudesse enviar a carta — acrescenta ele. — Não queria mandar e-mail. Parecia...

— Você ainda a tem?

Ele me olha e parece cansado. A pele ao redor dos olhos inchada e macia.

— A carta? — esclareço.

Ele balança a cabeça e abaixa o olhar e eu me pergunto se ele chegou mesmo a escrevê-la. Quero que ele me abrace. Quero lhe dizer que acordo brava todas as manhãs porque o papai ainda deveria estar aqui, porque nunca lhe disse que o amava, mesmo sabendo que ele estava morrendo. Quero lhe dizer que a casa me assusta, que ela é mais escura do que deveria ser; que entro em uma sala vazia e é como surpreender pessoas que acabaram de falar sobre mim. Quero que ele diga que não estou ficando louca.

— Pode ir embora? — digo.

— Sinto sua falta.

— Por favor.

— Estou indo. Alice. — Ele põe a mão no meu braço e eu sinto desejo, como prata líquida nas minhas veias. Mantenho-me o mais imóvel possível. — Seja boa consigo mesma, certo? — pede. — É um grande choque.

Faço um barulho com a garganta. Ouço-o caminhar até a porta de trás. Abri-la. Fechá-la. Sinto-o parar, ao lado da porta, e depois se afastar.

Meu pai está morto. O jardim está descontrolado. O ar cheira a chuva. Dobro as pernas e me abaixo, as costas contra a parede, até estar sentada com as pernas dobradas diante de mim. Encosto-me na casa; deixo que ela me abrace.

Dez empregos que mantive por mais de um mês

1) Ajudante numa padaria em Preston. Eu tinha dezesseis anos.
2) Entregador de jornais, Broughton. Aprendi bem rápido quais casas tinham cães.
3) Carteiro, Mount Pleasant.
4) Operário, sudeste de Londres.
5) Vigilante de galeria num lugar no Soho. Nunca fui tão feliz.
6) Motorista de van de entrega, Leeds.
7) Modelo artístico, Leeds.
8) Estoquista, Sainsbury, Kentish Town.
9) Faxineiro, White City, Londres. Lembro-me de todas aquelas fotografias de crianças e esposas e maridos grudadas nas telas dos computadores.
10) Taxista, Londres.

Não dormi na noite passada. Deveria ter dormido; não posso me dar ao luxo de desmaiar ou acabar num hospital, não hoje. Ando — é algo que me acalma, depois que encontro o ritmo. É um caminhar lento ultimamente, mas dá para o gasto. Dou a volta em Hampstead até minhas pernas doerem. A cada hora, mais ou menos, paro sob um poste, tiro o pedaço de jornal do bolso e o seguro sob a luz: *serviço funerário para a família no cemitério Highgate, seguido por um serviço público na igreja de St. John em Hampstead. Sem flores. Doações para o Centro do Câncer Marie Curie.*

Quando o sol se levanta, era como se minha energia tivesse se esvaído com a escuridão. Encontro um banco onde me sentar, mas não me permito fechar os olhos. É tarde demais para dormir. Depois de uma hora, sinto como se meus membros fossem feitos de algodão — como uma espécie de boneca de pano. Assim, me arrasto para o supermercado na Heath Street e fico na saída, tentando observar o olhar das pessoas. Um trocado, peço. Odeio fazer isso, mas preciso comer. Observo as pessoas me ignorando. Finalmente, uma mulher segurando três sacolas plásticas para e me dá um croissant ainda quente. Ela me sorri. Tem uns cinquenta anos, uma dessas mulheres com belo corpo e rosto, que você imagina lhe preparando um chá, dando tapinha na sua mão, fazendo perguntas.

— Obrigado — agradeço.

— Você tem para onde ir? — perguntou ela.

— Um funeral — respondo, e vejo seu rosto se encher de solidariedade. — Pareço bem? — perguntei.

Ela me olhou e depois remexeu na sua sacola.

— Olhe, tenho algumas frutas. — Ela me deu uma maçã. — Trabalho para uma instituição de caridade — disse. — Com sem-teto. — Nunca gostei do termo. Deixei que ela falasse e peguei seu cartão.

— Desculpe, mas tenho que... — apontei para um relógio que não tenho e ela fez que sim relutantemente.

Escolhi uma janela — de uma imobiliária com folhas A4 e fotos e listas em molduras plásticas — e fiz o que pude com meu cabelo. Comi a maçã — inteira: a polpa esbranquiçada, a polpa, as sementinhas pretas — e depois limpei as mãos na calça. A primeira impressão é a mais importante, disse meu pai mais de uma vez. É difícil desfazer uma primeira impressão.

✿✿✿

Ao passar pelo portão arqueado e entrar no terreno da igreja, escuto notas de um órgão. As portas estão abertas e um homem alto e de cabelos grisalhos, vestido de branco, está de mãos dadas diante do corpo, conversando com uma mulher cujos ombros estão curvados pela idade.

Estou atrasado. Já quase a perdi. Não... Estou adiantado, tenho certeza.

O vigário levanta a cabeça quando me aproximo e sorri. Costumava rogar por uma religião, por ser aceito sem preconceito, ou ao menos que as pessoas fingissem, mas passo por ele sem dizer nada. O interior da igreja não combina com seu exterior de tijolos à vista. Arcos brancos com dourado se elevam sobre mim onde uma sacadinha corre por três paredes. Os bancos são pintados com o mesmo tom de azul-claro do seu nome. Há umas vinte pessoas espalhadas pela igreja. Velhos, em maioria. Poucos se sentam juntos. São os fiéis da manhã, não estou atrasado. Não a perdi. Sento-me no fundo e pego um livro de orações da estante à minha frente. As páginas são como lenço e cheiram a pó.

Nunca fui capaz de cantar; me perco na melodia e me percebo destoando, à procura das notas. Entretanto, gosto da sensação de deixar minha voz escapar pelo corpo sem pensar no que estou dizendo. E, ao cantar, sinto a ansiedade no peito: quase a encontrei. Minha filha. Estou quase lá.

A tumba da minha mãe era menor do que eu queria que fosse, mas o dinheiro foi um obstáculo. Ela insistiu em ficar perto do papai. Havia uma parte de mim que queria colocá-la o mais distante dele possível, mas ela me obrigou à promessa. Eles não estão um ao lado do outro, tínhamos de ter nos adiantado para que isso acontecesse, mas estão próximos. Você pode estar na lápide dela e ver a dele. Cumpro promessas.

Tento ir uma vez por ano. Fico lá o dia inteiro, às vezes mais. Eu limpo — tiro as ervas daninhas ao redor da lápide e as próximas. Uso meu canivete para cortar a grama o melhor que posso. Pego pedras e gravetos e os arranjo em desenhos. Sento-me e converso com ela. Certifico-me de estar sentado de modo a não ver a tumba do meu pai. Certifico-me de não olhar para ele.

É melhor, acho, não imaginar o que ela pensaria se estivesse aqui agora, olhando para mim com meu coração prestes a explodir, a bainha da minha calça esfarrapada.

Lembro-me de que é quinta-feira: um dia verde e iluminado, tirando-me da escuridão da semana. É natural se sentir nervoso, digo para mim mesmo. Nunca a vi; há tanto a dizer. Encontro um banco sob uma árvore e me sinto grato pela sombra. Permito-me tirar o retrato do bolso e colocá-lo sobre minha coxa direita. Ele está envolto num plástico que se enruga ao meu toque.

✿✿✿

Ela riu quando eu disse que a queria pintar. Estávamos no café da National Portrait Gallery. Foi a primeira vez que nos encontramos de propósito. Achei que ela não viesse. Meu chá já estava frio e meu coração havia afundado. E então ela chegou — numa confusão de guarda-chuva úmido, sacolas molhadas, cabelo despenteado e um casaco vermelho com uma cintura apertada.

— Você esperou — disse ela.

Ela bebeu chá Earl Grey e comeu um pedaço de bolo de chocolate, um pedacinho após o outro. Eu formava frases em minha mente, mas, assim que elas chegavam aos meus lábios, percebia a estupidez e ficava calado.

— Você cortou o cabelo — comentou ela. — Ficou bom.

Levei a mão à cabeça, tímido.

— Obrigado.

O café ecoava com sons de xícaras em bandejas e garfos nos pratos, e de outras pessoas conversando.

— Você é caladão.

— Gostaria de pintar você — declarei, de repente.

Ela virou a cabeça de lado.

— Nua? — perguntou.

Senti meu coração acelerar.

— Bem... Quero dizer...

E então ela jogou a cabeça para trás e riu como se não estivéssemos num espaço público, como se ninguém mais importasse.

— Eu não quero... — comecei, achei que tivesse começado.

— Sou mãe de duas crianças — advertiu ela.

— Você é linda.

Era a coisa certa a dizer. Uma expressão de prazer brilhou em seu rosto.

— Faz tempo que ninguém me diz isso — falou.

— Nem seu marido? — perguntei, com uma piscadela.

Ela sorriu e disse tristemente:

— As coisas ficam chatas, parece.

— Acho você linda — murmurei. — Gostaria de pintar seu retrato.

— Você tem um estúdio?

Fiz que não. Podia sentir a respiração presa no meu peito.

— Você é bom?

— No quê?

Ela sorriu.

— Pintando.

Dei de ombros e olhei para minhas mãos.

— Sou bonzinho.

— Mostre-me. — Ela pegou uma das sacolas e de lá tirou um grande envelope branco e uma caneta preta, pousando-os sobre a mesa, entre nós. — Siga em frente. — Ela ergueu o queixo, jogou os ombros para trás e ajeitou o cabelo.

Disse a mim mesmo para ir devagar. Disse a mim mesmo que essa talvez fosse minha única chance de olhar para ela desse modo. Procurei a forma de seus ossos sob a pele; o ângulo exato da mandíbula; o detalhe — a pintinha na bochecha esquerda, a ligeira diferença no contorno das pálpebras, a quase imperceptível discrepância entre o contorno de seu batom e o de seus lábios.

— Você não está desenhando — observou ela depois de alguns minutos.

— Tenho de olhar primeiro — expliquei.

— Tenho a sensação de que você está olhando dentro do meu cérebro.

— Não posso fazer isso.

— Devo lhe dizer no que estou pensando?

— Não se mova, fique assim como está. — Eu, então, a desenhei, com linhas rápidas e confiantes, a inclinação da cabeça, a travessura nos olhos, a leve curvatura do lábio.

Quando terminei, empurrei o envelope na direção dela. Ela passou mais tempo do que eu podia suportar vendo o desenho.

— Não gostou? — perguntei.

— Você me fez parecer bonita, e um pouco má.

— Não pretendia... A parte má.

Ela sorriu e foi guardar o envelope numa de suas bolsas.

— Posso ficar com ele? — perguntei.

Ela arqueou a sobrancelha.

— Vou desenhá-la de novo — eu falei. — Mas eu gostaria...

Ela fez que sim e me entregou o papel. Ficamos sentados em silêncio, ouvindo o bater das xícaras ao nosso redor.

— Bem — Ela suspirou e sorriu. — Foi bom vê-lo, Daniel, estou feliz que nós... — Ela fez que não, como se estivesse tentando se livrar da ideia. — Você é um bom artista. Estou impressionada. — Ela começou a reunir as sacolas.

— Não vá — eu disse, antes que pudesse me impedir. Pareceu desesperado.

Ela me lançou um olhar vítreo esverdeado.

— Quero dizer, talvez você queira ver algumas das pinturas?

— Não, não hoje, acho que não — respondeu ela. — Estou cheia de sacolas e tenho de voltar para as meninas.

Senti suas palavras me atingindo no peito. Esperei que ela se levantasse, mas ela ficou sentada, como se pensasse em como responder à pergunta. Por fim ela soltou as sacolas, vasculhou a bolsa e pegou a mesma caneta com a qual eu a havia desenhado e um caderninho. Ela escreveu rapidamente, tirou a folha e ficou olhando para a mesa. Ela manteve a mão imóvel por algum tempo, como se tentasse decidir se a pegava ou não novamente.

— Tenho mesmo que ir. — Outro farfalhar de sacolas, casaco, guarda-chuva, cabelos. Levantei-me também e tentei, inutilmente, ajudar. Ela se inclinou e me deu um beijo no rosto, e se foi.

Sentei-me e fiquei olhando para onde a marca do batom vermelho lembrava a forma da sua boca na beirada da xícara. O sangue pulsou em minhas veias. Voltei-me para o pedaço de papel. Um endereço em Bloomsbury. Uma data — daqui a três dias, numa sexta-feira perolada. Um horário — três da tarde. Nada mais. Nenhum telefone, nenhuma mensagem. Olhei para a letra dela e o meu desenho. Não sei por quanto tempo fiquei sentado ali.

✿✿✿

Não é seguro tirá-lo frequentemente. Tinta e papel não duram tanto quanto se gostaria. Faz tempo; na verdade, é um milagre que ainda possa vê-la. A cola na beirada do envelope secou e se tornou amarelo-escura há vários anos. O papel em si está amaciado pela idade. Tiro o plástico para poder ver seu rosto. A tinta desbotou, mas não tanto que eu não possa ver o brilho em seus olhos, o lábio superior erguido. Você se parece com ela, me pergunto, tem a mesma pele branca, as mesmas pintinhas nos ombros? Inclino-me sobre a imagem para que o sol não a atinja. Queria tocar seu rosto, correr meus dedos pelos contornos, mas aprendi a pensar à frente; aprendi a resguardar as coisas.

Às vezes, durante aquelas tardes em Bloomsbury, ela falava em se sentir presa. Crianças arruinarem seu corpo e depois arruinarem seu sono, dizia. Eu as amo, claro que as amo, mas às vezes quero sair de casa quando elas estão dormindo, bater a porta atrás de mim e nunca mais voltar.

Aliso o plástico sobre a imagem dela e a guardo com cuidado no bolso. Ao fazer isso penso que ela pode estar aqui, neste mesmo cemitério. Longe de ser impossível.

Vasculho o lugar todo, lápide por lápide. Procuro o vermelho vivo do seu nome, mas encontro apenas Jennifer, John, Juliet, Joseph.

Há outro cemitério do outro lado da igreja. Fico no canto dele, segurando-me à cerca, e espero por você.

Duas Mercedes pretas abrem caminho na rua rumo à igreja. Na janela de trás do primeiro carro há quatro letras em vermelho — cravos que formam a palavra *Vovô.*

Pai. Avô. Imaginei, claro que imaginei, que você talvez tivesse filhos. Faz tempo. Você tem idade o bastante.

Os carros param. Estou completamente imóvel, mas sinto que estou no meio de uma tempestade. As portas do motorista de cada carro se abrem e homens de expressões solenes, usando belos ternos e sapatos engraxados, saem para a rua. Eu me pergunto quantos ternos eles têm. Eu me pergunto se eles têm uma conta na lavandeira local e se levam os ternos sozinhos ou têm uma esposa que faz isso por eles. Devagar. Percebo a manga do paletó entre meus dedos. Bate uma brisa e sinto o toque dela no meu rosto. Devagar.

Pai. Avô.

Os motoristas abrem as portas dos passageiros e ficam de pé. A primeira pessoa a sair é um homem baixo e gordinho. Não posso imaginá-la com um homem assim. Depois dele vêm três meninos. Dois são quase tão altos quanto ele; o terceiro é mais novo. O homem põe a mão na cabeça do menino mais novo, e quero — de repente, desesperadamente — sentir os cabelos desse menino e a forma de sua cabeça sob a palma da minha mão.

Estou começando a pensar que vou morrer ao vê-la, no final das contas. No entanto, quando você sai para a rua, é como se todo o peso no meu peito se transformasse em pó e desaparecesse. Você tem os cabelos dela. Sempre soube que teria. E é pequenininha como ela era. Você se ajeita e vejo, pelos seus ombros, que você o amava. É uma de suas irmãs que sai com o homem que tem a mão sobre a cabeça do menino.

Você se afasta da igreja e das pessoas que esperam lá, e ao seu virar vejo seu rosto. É tão parecido com o dela que me assusta: olhos amendoados, boca pequena, o lábio inferior mais grosso do que o superior. Você tem os cabelos presos e sei que, se os soltar, eles cairão em cachos desalinhados sobre os ombros. Seus olhos vasculham as ruas, como se você estivesse tentando encontrar algo em que se segurar.

É isso. Estamos nos vendo. O vento sopra pelas árvores e o mundo tremeluz com a luz colorida. Estamos cara a cara, com apenas uma rua e um trecho de calçada entre nós.

A esta altura eu já deveria saber que, por mais que eu sonhe com uma coisa, ela nunca se concretiza como imaginei. Quando sonho com isso, você me reconhece. Quando sonho com isso, levanto a mão, como estou fazendo agora, e você responde. Às vezes você franze a testa, depois ri; às vezes, você sabe imediatamente; noutras, tenho de lhe dizer — seis palavras: magenta, azul-gelo, marrom, branco. Seus olhos, porém, passam sobre mim como se eu fosse um estranho. Mantenho o braço levantado. Arqueio as sobrancelhas e sorrio. Para você. Minha filha.

Você se volta para a igreja e busca a mão da outra irmã. Meu coração não suporta isso. É como se alguém estivesse apertando meu peito. *Você precisa evitar o estresse emocional,* disse-me o médico, *tem de se manter afastado de situações estressantes.*

Podia deixar que isso acontecesse. Talvez você se virasse se eu caísse no chão, mas você está longe demais agora. Tiro o frasco do meu bolso e o borrifo sob a língua. Depois cruzo a rua e sigo os retardatários de terno preto igreja adentro.

Sento-me no mesmo lugar em que me sentei nesta manhã, cuidando para não encarar o vigário. Ele está no púlpito, sorrindo um sorriso que deve ter sido ensaiado diante do espelho para essas ocasiões.

Posso ver sua nuca. Você passa os dedos da mão direita contra o pescoço. Você olha ao redor e sigo seu olhar até um homem moreno e alto, com cabelos encaracolados e barba aparada. Ele está sentado com a cabeça voltada para os joelhos. Você desvia o olhar e percebo a decepção em seus ombros. Sinto uma raiva repentina do homem. Tento me concentrar nas palavras do vigário. Elas lançam cores sobre meus olhos. Inteligente. Integridade profissional. Pai comprometido. Três belas filhas. Orgulhoso.

Eu me pergunto o que eles dirão no meu funeral, que palavras usarão — quase; nunca; esforçado. Eu me pergunto quem iria comparecer.

A irmã sem marido e filhos se levanta e caminha para o púlpito. Ela é apresentada como Matilda. Conheci as duas na primeira vez que vi sua mãe, na clausura da National Portrait Gallery. Eu me pergunto se elas se lembram; tinham idade o bastante. Estava olhando para a Dame Laura Knight. Estava bem perto, examinando as pinceladas sobre o casaco vermelho da artista. Gosto de fazer isso — de entender como as coisas são feitas. Conhece a pintura? É a da artista ao seu cavalete, pintando uma mulher nua. A modelo está à direita, o seio esquerdo à mostra, as mãos na nuca, as nádegas avermelhadas. A artista não está olhando para a modelo ou para o cavalete; ela olha para o longe, como se pensando em algo completamente diferente.

— Mamãe, por que o homem está olhando para a mulher sem roupa?

Afasto-me da pintura. Era Cecilia — só descobri seu nome mais tarde, uma menina desconfiada com cabelos castanhos presos em rabo de cavalo, olhando para mim. Levanto a cabeça e vejo sua mãe e meu coração despenca. Ela segurava outra menina, Matilda — de aparência mais amena —, pela mão.

— Mil desculpas — falei.

— Por quê? — perguntou ela, e sorriu, e meu coração colidiu com algo duro. — Querida, isto é uma galeria de arte, as pessoas devem olhar para as pinturas — disse ela para a menina indignada à sua direita. — Agora vamos deixar este homem com sua observação. — Ela sorriu de novo, com um brilho nos olhos. Fiquei imóvel.

— Mamãe, por que ele está nos olhando?

Meu rosto ficou vermelho. A mulher calou a filha e me lançou um olhar de desculpas.

— Desculpa — eu disse de novo. Estava repentinamente consciente dos meus braços, inúteis e estranhos, pendendo dos lados do corpo. — Eu... hum... eu não poderia pagar para as senhoras uma xícara de chá? — perguntei. Soou ridículo, mas não podia deixá-la partir. Ela se ajeitou, então, e me olhou como se estivesse tentando me entender.

— Posso tomar um chocolate quente? — Era Matilda. Quis abraçá-la.

— Claro que pode — respondi. — Se estiver tudo bem para a sua mãe.

Eram boas meninas, suas irmãs. Dava para ver que eram bem-criadas. Não sei no que estava pensando quando pedi a ela que o deixasse, que voltasse para mim. Achava que de algum modo pudesse substituí-lo, que pudesse me sair tão bem quanto ele.

Vejo você olhar para Matilda. Ela soluça de choro no meio das frases, mas mantém o discurso. Adorado pai. Dedicado. Sempre justo.

Ele sabia, disse-me sua mãe, sempre soube. Espero que isso não tenha dificultado as coisas para você.

Mantenho seu nome na minha boca, um azul tão gelado que faz meus dentes doerem.

✿✿✿

Levanto-me com todo mundo e caminhamos para a porta. Mantenho a cabeça baixa. Você é a única pessoa que quero ver. Saio do interior frio para o calor do dia.

Mas é Cecilia quem me cumprimenta. Penso, por um instante, que ela me reconhece, mas depois vejo em seus olhos que ela me julga pelo que sou e quer que eu vá embora. Você está de costas, chorando. Matilda acaricia o espaço entre suas omoplatas. O homem para o qual você olhou durante a cerimônia fica pouco à vontade ao portão, como se dividido entre voltar para pegá-la nos braços e ir embora.

— Sinto muito por sua perda — murmuro para Cecilia.

— Obrigada — responde ela, arqueando só um pouquinho as sobrancelhas, expectante.

Não falo com muitas pessoas, então as palavras não saem facilmente; tenho de extraí-las como água da fonte. Quando elas atingem o topo, há sempre o perigo de espirrar, um ataque repentino no meu espaço vazio.

— Queria vir, para dizer, para dar minhas condolências.

Ela parece alguém que faz dieta — seu rosto é ligeiramente magro e há um quê de descontentamento nela.

— Seu pai. — Você ainda está de costas para mim. Não posso perdê-la.

— Você o conhecia?

— Malcolm.

Sua boca se torna mais doce.

— Malcolm — repito, como uma espécie de senha. — Ele era... Só queria prestar minha homenagem.

Ela ergue um pouco o queixo como se anuísse com a cabeça. Ela quer que eu vá embora. Você está perto demais. Ela segue meu olhar.

— Bem, obrigada por vir — diz ela. O homem baixinho se aproxima, a abraça e lhe diz algo no ouvido. Ela faz que sim, depois se volta para mim. — Tenho certeza de que você entende que este é um momento difícil para todos nós — continua ela. — Um momento para estarmos juntas, em privacidade.

— Conhecia sua mãe — comento. — Julianne. — Há anos não digo o nome dela em voz alta. Batom vermelho.

Ela parece confusa, mas minha pele, meu cabelo, minhas roupas e meu cheiro lhe comunicam o que sou, e eu a estou perdendo.

O órgão para de tocar.

— Obrigada por vir — repete ela, e se afasta de mim, na sua direção. Não sei o que ela lhe diz, mas, quando você olha para mim, percebo que ela arruinou tudo, e você também acha que sou um vagabundo sem direito de estar ali.

Matilda a acompanha até o carro. Não sei onde você mora. Não consigo correr rápido assim. As outras pessoas estão desaparecendo, virando as esquinas, batendo as portas de seus carros. Não ouço o motor roncando, mas o carro no qual você se encontra está se movendo. Está de volta o peso no meu queixo, a batida no meu peito.

Além do homem que a ama — é isso, ou ele a magoou e quer fazer as pazes —, entre os outros retardatários estão um casal de idosos, uma mulher pequena com cabelos pretos que parecem peruca e uma família — duas crianças, a mais nova pequena o bastante para ser erguida nos braços do pai. Escolho a mulher.

Passo as mãos pelo cabelo e o dedo nos lábios. Ajeito o paletó, jogo os ombros para trás e uso o sotaque o qual fiquei tão bom em esconder que nem mais parece meu.

— Com licença.

Ela se vira como se eu a tivesse assustado.

— Olá?

E percebo, pelo tom da sua voz, pela altura e pelos olhos azulados, que ela é Marina. Nunca nos encontramos, mas ela me foi descrita risonhamente, com afeição, e havia uma fotografia em seu apartamento — de pé com um capuz peludo ao redor do rosto, contra um pano de fundo de árvores cobertas por neve. Marina e eu éramos espíritos tão livres, Julianne dissera certa vez.

— Esqueci de trazer o endereço — digo. — Da casa.

Ela estreita os olhos. Enganei-me.

— Você é um amigo? — pergunta ela.

— De Malcolm, sim. Ex-colegas. — Tento dar à minha voz um tom exuberante de café com creme. Funciona. Ela abre a bolsa e de lá tira um pedaço de papel.

— Aqui está.

O endereço impresso em tinta preta. As palavras de que preciso são dois tons da mesma cor: azul-marinho escuro e um azul royal mais leve e claro.

— Ouvi dizer que Alice ainda mora lá — comento. É difícil manter a voz sob controle.

— Somente quando ela está de volta, acho. Sinto muito por elas. É difícil quando o último pai morre. Posso lhe dar uma carona?

— Não, não. — Vejo a desconfiança nos olhos dela. — Meu carro está do outro lado. — Aceno para trás de mim. — Vejo você lá.

— Marina — diz ela, estendendo a mão. Ela usa três anéis de ouro, cada qual com uma pedra.

Engulo em seco e lhe estendo a mão. A pele é grossa e calosa; minhas unhas, compridas demais. Percebo que ela quer retirar a mão, mas não o faz. Cumprimento-a e, ao fazer isso, digo meu nome, porque parece que não há nada a perder agora; ela talvez seja a única pessoa que pudesse entender. Eu a encaro por um instante e depois me viro e saio andando. E, mesmo quando ouço a voz dela me chamando pelo nome, me intimando, me interrogando, continuo andando.

Conheço a rua. Nunca fiz o Knowledge[1], mas tenho boa memória para saber quando uma rua se transforma em outra. Ando devagar: Heath Street. Perrin´s Lane. Gayton Road. Magnólia, verde-oliva. Azul-marinho, dourado. Roxo, castanho. *Evite o estresse emocional.* Fixo os olhos diante dos meus sapatos. Sigo o espaço entre o calçamento, registro a teimosia ocasional de um tufo de musgo ou grama. *Quando ela está de volta.* De onde? Por quanto tempo?

Viro à direita na Willow Road — amarelo-arenito, castanho — porque não estou preparado ainda. Preciso pensar. Entro na Heath, até os laguinhos, depois viro à esquerda e rumo para você.

Será uma casa grande, tenho certeza. Imagino tijolos claros londrinos, janelas altas, árvores em vasos. A casa de um adulto, e você com uma aparência tão frágil; não consigo deixar de pensar nisso. Quero levá-la a um café e colocar um prato de comida diante de você. Quero me sentar e observá-la comer. E, quando você tiver terminado — quando lhe ofereço algo mais: bolo, outra xícara de chá, e você balança a cabeça e diz não —, então quero lhe contar tudo.

O que primeiro? Como tentei encontrar vocês duas — depois que ela se sentou comigo naquele café e me disse que tinha chegado ao fim, que não havia nada que ela pudesse fazer, que sentia muito. Como fiquei com raiva e quebrei as coisas. Como perdi meu emprego. Nada disso pareceria bom. Talvez eu lhe contasse sobre aquele verão quando eu era criança e todas aquelas abelhas morreram no nosso jardim, com sua pelagem preta e alaranjada e suas asas delicadas. Peguei-as e fiz para cada uma delas uma tumba, uma fileira perto da cerca viva. Peguei flores e fiz minúsculas lápides com mexedores de drinks e papelão. No enterro delas, cantei uma música que considerava adequadamente sombria.

Cannon Lane. Squire´s Mount. Holford Road. Cannon Place. Azul-marinho, dourado. Verde-oliva, preto. Magnólia, castanho. De volta para o azul-marinho, azul royal.

Número 33.

É uma porta dupla — vermelho-escuro.

---

1. Teste de conhecimentos sobre as ruas imposto aos taxistas de Londres. (N. T.)

Duas janelas estreitas de vidro jateado, um desenho de trepadeira nas extremidades.

Uma campainha, latão, no lado esquerdo do pórtico.

Degraus cinza gastos, o lado de baixo escuro.

Uma árvore bloqueia metade da janela, mas posso ver as bordas de cortinas vermelhas, o movimento de pessoas lá dentro. Uma mão segurando uma taça de vinho. A nuca de uma cabeça calva.

Procuro por esta casa há quase trinta anos.

Ela se mudou. Ele a fez... claro que fez. A mulher que encontrei vivendo no apartamento de Marina não sabia onde ela estava. Mesmo se eu a ameaçasse — e pensei nisso, estava desesperado —, não acho que ela teria me contado.

Fico do outro lado da rua e me imagino apertando a campainha, um som abrupto, como um homem gritando na rua.

Cheguei tão longe.

Atravesso a rua e subo lentamente os degraus até a porta da frente.

Você está de pé perto da parede, uma taça de vinho tinto na mão direita, conversando com o homem baixinho e gordinho — marido da sua irmã. Você tem a testa enrugada; a mão esquerda coça o queixo. Faço isso também, sempre fiz, quando tento não chorar. Você me encara, tenho certeza disso, e depois anda pela sala, rumo à porta. Rumo a mim. Tento ajeitar os cabelos. Passo a língua pelos lábios de modo que esteja preparado para falar. Meu coração bate forte contra as costelas. Espero.

Você não vem à porta.

Você me viu, tenho certeza.

Espero. Você virá.

Você não vem à porta.

Quando ela está de volta. Você voltou de algum lugar; você deve ficar alguns dias, ao menos. Há muito no que pensar quando alguém morre. Há tempo, digo para mim mesmo. Posso cortar o cabelo, arranjar roupas novas. Há tempo. E um funeral... não é apropriado, você tem muito no que pensar. Ao menos sei onde você está agora.

Espero até ter certeza de que você não virá e depois desço os degraus e me afasto lentamente. No fim da rua, encontro um maço vazio de cigarros. Tiro o invólucro prateado de dentro e jogo a caixinha de papelão no lixo. Conheci um homem, certa vez, que colecionava pedaços de arame — você ficaria surpresa pelo tanto de arame que consegue encontrar se procurar bem — e os transformava em nomes de pessoas, borboletas e em qualquer outra forma em que você pensar. Outra coisa que ele fazia eram flores com os invólucros prateados dos maços de cigarro. É um trabalho meticuloso: cortar em quadradinhos e dobrá-los em pétalas. É preciso. Lindo. Foca a mente. Ele me ensinou a fazer e eu o faço agora, sentado neste banco localizado no espaço entre duas ruas, cercado por uma cerca preta para manter os carros afastados. O banco tem um descanso de braço que impede os meus semelhantes de deitar. Arranjo os pedacinhos do invólucro no descanso e me inclino sobre eles para que não voem. Farei isso para você, digo a mim mesmo. Depois vou para um abrigo comer um pouco, me limpar e fazer um plano.

Volto à porta vermelho-escura com sua campainha de latão. A sala ainda está cheia, mas não consigo vê-la. Coloco a flor na paredinha à esquerda dos degraus e me viro para ir embora.

Dez coisas no galpão do meu pai

1) *Botas verdes, tamanho 42. Adorava pôr os pés nelas quando era criança — todo aquele espaço para andar.*
2) *Um cortador de grama com um cabo longo o bastante para alcançar todo o jardim. Acho que nunca cortei grama na vida.*
3) *Oito jarros de vidro idênticos com parafusos, pregos, argolas. Eles continham o grosso mel da acácia. Sempre tínhamos mel sobre torradas quase queimadas para o café da manhã.*
4) *Uma pá — o cabo de madeira com ranhuras por todo o comprimento.*
5) *Uma lanterna sem pilhas — o peso todo de um lado: desequilibrada. Ele me comprou uma lanterna de cabeça no Natal passado. Está na mochila que perdi.*
6) *Dezesseis moscas mortas; duas aranhas mortas.*
7) *Um cinzeiro branco de borda azul, com marcas de cinza de cigarro. Nunca fumamos juntos, exceto por aquela vez antes de ele morrer.*
8) *Teias de aranha. Fico incomodada ao perceber que são tão belas quando novas, mas que se tornam acinzentadas quando você as toca. Odeio como elas se grudam à pele e as deixo para lá.*
9) *Sua caneca vermelha; uma lasca, como um brilho branco, na asa.*
10) *Uma caixa de fósforos cheia de sementes pretas. Certo ano, ele demarcou um retângulo no jardim para eu cuidar. Não estava interessada. Queria ao menos ter fingido estar.*

Começou depois do funeral. Tilly viu a primeira. Uma flor prateada. Minúscula, perfeita, colocada na paredinha perto da porta da frente, no cimento entre dois tijolos. Era linda, feita com papel prateado dobrado, as pétalas delicadas como diamantes de papel. Havia até mesmo uma folha presa ao caule.

— Conheci uma menina que fazia isso — disse ela, me entregando. Achei que talvez Kal... Mas não é o tipo de coisa que ele faria.

E depois nada pelos próximos dias. Quase me esqueci da flor até terça-feira, quando encontrei uma flor rosa, dessa vez de verdade, no mesmo lugar. Ela fora colocada num tubinho feito de post-it e presa por uma tachinha. Havia um pedacinho de laço dourado em volta do papel. Só lixo, disse para mim mesma, mas parecia intencional. Pus a flor numa taça de vinho cheia de água. Ela caiu para o lado, flutuou, as pétalas se escurecendo. O resto das coisas joguei no lixo.

Ontem foi um pedaço de fio elétrico entrelaçado com tampinhas de garrafa, um círculo de cacos de vidro e umas cascas de árvore. Voltava do supermercado cheia de pacotes, as bordas ásperas roçando minhas axilas. Quando peguei o fio, encontrei um quadradinho de papelão alaranjado furado com a extremidade de uma caneta — um desenho de buraquinhos com um pouco de tinta na borda. Talvez crianças, talvez apenas crianças.

Arranjei-os no peitoril da janela. De algum modo aquilo fez com que eu me sentisse melhor.

Hoje, ao abrir a porta para o corretor da imobiliária, vejo o brilho de algo dourado na parede. O homem bloqueia a porta. Ele tem o olhar sincero, pouco mais de vinte anos, usa um terno que parece caro e segura a chave do carro, celular e um fôlder azul como se alguém estivesse ameaçando roubá-los. Suspeito que seu tom bronzeado seja artificial.

É cedo demais para isso, mas Cee está agitada. É seu jeito de lidar com as coisas, insiste Tilly. Quando argumentei que Cee não era a única tentando lidar com as coisas, Tilly disse que eu deveria me mudar para a casa dela durante um tempo e deixar Cee lidar com a casa do papai. Tilly mora num apartamento de um quarto em West Hampstead. É belo, mas é pequeno e é dela. Eu me arrastaria para o sofá com o edredom dobrado num canto, bebendo café demais, virando um estorvo. Ela cozinharia para mim todas as noites e se mostraria preocupada o tempo todo, Toby fingiria não estar irritado com a minha presença, e eu teria de começar a me mexer novamente, ou comprar uma passagem de avião. Quando eu disse a Cee que parecia desrespeitoso ter a casa avaliada tão logo depois da morte do papai, ela ficou toda vermelha e disse que eu estava sendo injusta, que talvez eu devesse me mudar para a casa dela — Deus me livre! — enquanto ela dava um jeito em tudo. E depois ela me deu um sermão sobre ser mãe de três filhos, deixando implícito que eu era uma preguiçosa, por isso cedi e disse que o faria. Eu mostraria a casa aos corretores, escolheria as fotos e vistas e o que mais fosse preciso fazer para vender a casa. Ela disse que talvez eu estivesse certa, que talvez devêssemos esperar algumas semanas, e eu saí correndo e liguei para os primeiros três corretores na lista telefônica. Todos se ofereceram para dar uma olhada em uma semana.

— Michael — diz o corretor, reorganizando tudo na mão esquerda a fim de me estender a mão direita. — Você deve ser Alice. Bom vê-la. Uma casa adorável. — Ele dá um passo para trás e olha para cima. — Não é o melhor momento do mercado, mas é uma ótima localização. — Seus olhos correm de um lado para o outro enquanto fala. Seus dentes são perfeitos demais. Eu me pergunto se ele cheira cocaína, ou se cresceu com pais exigentes demais, ou se foi ameaçado de demissão. Quero ver o que há na parede, mas em vez disso o cumprimento e o convido a entrar.

— Claro, sim, vamos dar uma boa olhada.

Com o pé ele empurra a pilha de correspondências sobre o capacho. Todas estão endereçadas ao sr. M. Tanner. Não consigo tocá-las. Levanto a cabeça e olho para a porta. O sol está escondido por nuvens brancas demais. Uma brisa sopra pelo hall de entrada e me arrepia.

Acompanho Michael pela casa. Ele toca as paredes, vasculha as janelas, espia as luminárias e os interruptores. Ele abre o chuveiro, dá descarga, bate o pé no piso. Imagino o papai nos olhando com uma expressão de desconfiança. Não se incomode tanto, Alice, diria ele, são negócios. Apenas negócios.

Terminamos na cozinha. Posso ver o desgosto nos lábios de Michael ao ver o linóleo e as bancadas dos anos 1970, a coleção de flores e lixo da parede da frente que ajeitei no peitoril da janela. Eles são meus amuletos, quero lhe dizer, mas ele não entenderia.

— Então, o que você acha? — pergunto.

— Sim, sim. — Ele anui com a cabeça e força um sorriso.

— Não acha que é um pouco escura demais?

Ele ri nervosamente.

— Nada que um pouco de tinta não cure.

— Sempre tive um pouco... — e agora eu rio de nada. — De medo dela, ou coisa parecida. — Balanço a cabeça. — Café. Você quer café?

Ele bebe o seu café preto com três torrões de açúcar. Coloco biscoitinhos de chocolate no prato; eles parecem um pouco patéticos. Ele come quatro. Um pedacinho se gruda em seu rosto. Acho difícil me concentrar no que ele está dizendo.

— A questão, Alice, é que você tem que pensar no comprador; você tem que se imaginar...

Olho para os sapatos dele. Eles se afunilam na ponta — couro marrom com cadarços azul-claros.

— ... assim aprecio o que talvez pareça um pouco de esforço, Alice...

Suas mãos sobem e descem de acordo com suas palavras. Ele tem dedos finos, unhas roídas, sem anéis.

Encontrei uma imagem da minha mãe ontem, numa caixa sem etiqueta no sótão. Estou tentando me convencer a separar as coisas, por isso tirei algumas caixas do teto rebaixado. A primeira estava cheia de livros: *Fahrenheit 451, O Caçador de Androides, Admirável Mundo Novo.* A segunda continha um conjunto completo de louças — beiradas quebradas, brilho castanho. A terceira revelou um brilho de cores. Seda azul-turquesa. Fios dourados. Ouvi falar dessas almofadas — Tilly e Cee costumavam colocá-las sobre a cabeça e fingir que eram princesas; elas achavam que o papai as tinha jogado fora com tudo o mais. Havia três almofadas na caixa e, no fundo, um retrato emoldurado da minha mãe. Um desenho com tinta preta fina. Sua cabeça estava um pouco virada, mas ela olha diretamente para quem quer que a esteja desenhando, sorrindo. Não há assinatura.

Contei a minhas irmãs sobre as almofadas, mas não sobre o retrato. Ele está na mesa do meu quarto, a beirada preta apoiada na janela. A mulher no funeral tinha razão: tenho seu narizinho pequeno e quase arrogante, seus olhos amendoados, seu queixo arredondado e os cabelos encaracolados. Eu me pergunto se era por isso que o papai não me queria por perto, naqueles meses depois que ela morreu, se é por isso que o peguei olhando para mim tão estranhamente em algumas ocasiões.

—... e aí, o que você acha, Alice? Tudo bem em fazer isso?

— Desculpe? — Sorrio.

Ele abaixa a cabeça e eu o imagino como um menino eternamente decepcionado.

— Sobre a pintura? E os carpetes?

— Os carpetes?

Ele estreita os olhos. Fico imaginando se ele vai me repreender. Em vez disso, ele repete, com paciência exagerada, que preciso pensar em pintar o lugar de branco e renovar os carpetes. Fará diferença, aparentemente, no preço.

— Branco? — pergunto.

— Magnólia, é uma cor mais quente, as pessoas se sentem mais à vontade com magnólia. Como você mesma disse, Alice, está um pouco escuro agora.

Faço que sim. Eu me imagino jogando uma lata de tinta branca nas paredes da sala de estar. Meu coração acelera.

— Então. — Ele pega um pedaço de papel e começa a escrever. — Pinte quanto puder, mesmo, mas com certeza o corredor, a entrada e a sala de estar. Carpetes — corredor, entrada, sala de estar. Livre-se daquele vermelho e verde, coloque algo neutro. Móveis. — Ele morde a ponta da caneta. Seus olhos miram o teto. — Acho que devemos nos livrar dos móveis antes de as pessoas verem a casa. O que você acha, Alice?

Gosto da ideia de que é possível se livrar de algo tão grande e pesado quanto a mobília do papai. Ele iria querer que mantivéssemos tudo. Imagino um dos armários de mogno na casa de Cee, com suas portas finas, seus detalhes em pinho e cromo, ou o sofá do seu quarto espremido num canto do apartamento de Tilly.

— Posso me livrar da mobília — digo.

— Ótimo! — Michael bate as mãos. Quero socá-lo. — Você precisa pensar com a mente aberta, Alice. Queremos que o comprador entre aqui e se imagine vindo para casa do trabalho, abrindo uma garrafa de vinho, jantando. Só que, neste momento, bem... — Ele acena de um modo que despreza a casa toda.

Como um biscoitinho e lambo o chocolate dos dedos. Ele me observa e, quando o encaro, ele tosse e desvia o olhar.

— E a última coisa é a cozinha — continua ele. — Vale a pena refazê-la.

Digo-lhe que vou pensar nisso — na pintura e nos carpetes, na mobília e na cozinha, e se contrataremos a imobiliária dele. Ele me olha assustado quando digo isso, relata novamente a reputação que eles têm, que o fato de serem pequenos permite um serviço mais personalizado, que sua comissão é bastante competitiva.

Mostro-lhe a porta. O invólucro dourado não está lá. Também não está nos degraus. Deve ter voado ou pego de volta. Talvez, digo a mim mesma, nunca houve nada e estou ficando louca. Observo Michael rumando para a rua e imagino a casa do papai como cinco fotografias e um parágrafo muito mal escrito na vitrine da imobiliária.

Eles se mudaram para cá quando a mamãe estava grávida de mim. Cee costumava me falar sobre a antiga casa do papai. Era melhor, dizia ela, mais iluminada e feliz do que esta. Ela me levou lá uma vez e ficamos na rua, olhando. Tijolos londrinos; janelas amplas com caixilho branco; o jardim da frente cheio de flores. Por que nos mudamos?, perguntei, e ela deu de ombros e disse que não sabia. Pela maneira como dizia, ela deixava claro que achava que a culpa era minha.

Entro na cozinha. Coloco pão na torradeira e vejo os filamentos se tornarem alaranjados e o calor subir. Passo manteiga no pão enegrecido e o corto em triângulos como o papai faz. Como o papai fazia. Ao comer, ando pela cozinha, abrindo as portas dos armários, espalhando migalhas. Coloco a chaleira no fogo. É uma coisa velha com marcas que parecem de molho de tomate num dos lados. Ela ruge ao emanar o vapor. Coloco café na cafeteira e sinto o cheiro exuberante do grão. O lugar já parece pilhado e eu não movi nem uma só coisa.

O cheiro do café me faz lembrar aeroportos. Eu vou, digo para mim mesma. Assim que terminar aqui, eu vou.

Começo bem. Transfiro o conteúdo de três armários para a mesa e fico em pé pensando. Os pratos são os mesmos pratos brancos e verdes que ele tinha muito tempo atrás. Pego um e o devolvo. Não há motivo para ficar sentimental por causa da louça. Passo desinfetante nas prateleiras e tiro o pó delas, grãos de arroz, farinha e anéis de gordura. Depois subo numa cadeira para limpar os armários mais altos. O primeiro copo que derrubo deve ter sido um acidente. Ele não se quebra, apenas quica e rola para a pia. O segundo é mais fino — uma taça de vinho — e se quebra dramaticamente, os cacos se espalhando pelo chão. O terceiro faz a mesma coisa; o quarto é menos agradável. Esvazio todo o armário, uma taça após a outra, até estar cercada. É até lindo todos aqueles cacos refletindo a luz.

Dez lugares onde passei a noite

1) No pórtico da igreja de São Pedro, o que dá para a Walworth Road.
2) Myatt's Field Park, sob a grande figueira perto da estufa.
3) Numa cama dobrável na cripta da igreja de São João, em Duncan Terrace, Islington.
4) Roundhay Park, Leeds. Você se perde de tão grande que ele é – quilômetros de grama bem aparada.
5) Clapham Common, ao sul do coreto.
6) No abrigo perto da estação Southwark – não me lembro do nome da rua, mas eu o reconheceria: estreito e um tanto claustrofóbico, rede de segurança nas janelas.
7) Hampstead Heath.
8) Num dos arcos sob a ponte de Waterloo, onde há uma parede coberta com a imagem de outra parede.
9) Num cano de concreto no lado oeste da península Greenwich, ouvindo o rio.
10) Sentado na beirada da ponte Blackfriars, tentando tomar uma decisão.

Na noite seguinte ao funeral dormi em Heath e, quando voltei para casa, a flor havia desaparecido. Eu a imaginei segurando-a, o que me deu uma ideia.

Antes de conhecer sua mãe, passei alguns anos trabalhando em construções. Ficávamos semanas preparando as fundações de novas casas. Você tem de estabelecer as fundações; se não fizer bem isso, não vale a pena construir. Isto é o que eu estou fazendo: estabelecendo as bases. Demora, mas sempre vale a pena.

Passo alguns dias coletando. Se você andar o bastante e procurar o bastante, pode encontrar praticamente tudo. Numa reentrância — cheia de portas quebradas, cacos de vidro e concreto — do lado de fora de uma casa em Belsize Park, encontro uma sacola plástica azul vazia.

Atravesso Kentish Town rumo a Camden. Encontro uma fileira de pérolas falsas no peitoril de uma loja e quatro quadrados de chocolate envoltos em embalagem dourada no chão.

Ao entrar na fila para a sopa na igreja da Buck Street, pergunto às pessoas por Anton, mas não o encontro. Só depois de levar a colher à boca é que percebo como estava com fome. Era um caldo claro e gorduroso com cenoura, batata e pelotas de cevada. Tomo três pratos e como cinco fatias de pão branco.

Minha mãe não gostava de cozinhar. Toda refeição começava com um pedido de desculpas — os legumes estavam cozidos de mais ou de menos; ela não conseguia engrossar o caldo de carne; o molho branco era sua segunda tentativa e ainda embolotava. Meu pai, em vez de rir, meneava a cabeça seriamente, analisando o prato com um ar de investigação forense. Sempre quis dizer a ela que estava bom, mas de algum modo não conseguia. Depois que saí de casa, me pus a comer de pé. Às vezes simplesmente abria uma lata de feijão e comia da lata mesmo, encostado na bancada da cozinha ou na porta da sala de estar, assistindo à televisão.

Sua mãe gostava de comer fora. Só o fizemos algumas vezes. Eu não era uma boa companhia — aterrorizado por fileiras de louças e taças reluzentes. Você come como se estivéssemos em guerra, comentava ela, e eu me esforçava para ir mais devagar. Você está me deixando nervosa, dizia ela, e eu não sabia o que fazer para que ela se sentisse melhor.

Fora da igreja encontrei cacos de vidro, do tipo que você espera encontrar na praia, quase do tom de verde exato para a letra L.

Ao fim do dia, a sacola azul estava quase vazia. Depois de três dias, estava cheia. Tampas de garrafa. Embrulhos. Um prendedor de roupas rosa. Um clipe verde-limão. Um pedaço de cabo elétrico. Envelopes. Um carrinho de brinquedo alaranjado. Um porta-retratos prateado.

Comecei com seu nome.

Encontrei um pedaço azul de papel, um daqueles quadradinhos com a borda superior grudenta, para escrever mensagens ou ideias. A cola se perdera. Enrolei o papel num tubo e o grudei com uma tachinha cinza, para que ele mantivesse a forma. Envolvi-o com fita dourada — o tipo de fita que as pessoas usam em presentes. Encontrei a flor perfeita — rosa magenta, as pétalas na forma de corações — e a coloquei no tubo azul. Depois procurei o azul-marinho; acabei encontrando-o num pedaço de jeans desfiado. Ele trazia pontos alaranjados que eu cuidadosamente removi.

Voltei para a casa e subi os degraus rumo a você. Olhei pela janela. A mesa desaparecera. Havia um livro com as páginas abertas sobre o sofá, mas não consegui ver o título. Coloquei o pedaço de jeans na parede lateral. Meu plano era colocar o tubo de papel de pé, como um vaso, mas não consegui equilibrá-lo, por isso o deitei, a flor apontando para a porta.

✿✿✿

Melhor não ter pai do que ter um pai como eu. Não consigo tirar as palavras de Anton da cabeça.

✿✿✿

Alice. Filha.

✿✿✿

No dia seguinte, escolhi um papelão alaranjado, não exatamente do tom perfeito, mas bom o bastante. Fiz furos na superfície. Quando você o colocar contra a luz, verá estrelas. É uma palavra comprida: filha. Quanto mais você pensa nela, mais estranha lhe parece. A maioria das letras encontrei em tampinhas de garrafa. Azul-claro, vermelho-alaranjado, roxo. A garrafa quebrada serviu como I; o cabo elétrico, coberto por plástico cor magnólia, serviu como L. As últimas duas letras são as que você encontra em árvores. O cinza-carvão para o H e o castanho para o R, tirado da casca. Amarrei tudo com um fio elétrico e levei para você.

Fiquei na porta da frente, olhando pela janela. O livro se fora. Não conseguia ver nada além do sofá, o carpete vermelho, as cortinas amarradas com veludo grosso e o início de uma prateleira numa parede distante. Arranjei meu presente na paredinha e fui embora.

Melhor não ter pai do que ter um pai como eu. Não posso pensar assim. Afinal, pode ser tudo uma questão de aparência. Imagine isto: uma mulher atende à porta. Um homem bem vestido está diante dela. Ela ouve o que ele tem a dizer. O mundo gira. Imagine isto: uma mulher atende à porta. Um vagabundo está diante dela. Ele tem um dente quebrado, uma cicatriz no rosto e cheiro de rua. Ela fecha a porta e ainda tranca.

O amor é dourado. Nunca a encontrei, mas que outra palavra há, exceto amor?

Alice. Filha. Amor.

Fiz uma tigelinha com o invólucro do chocolate, pressionando a embalagem com os dedos até que ela adquirisse forma. Fiz uma bola prateada com outro pedaço de invólucro e o coloquei na tigelinha dourada. Acrescentei uma flor lilás, menor que o dedo de um bebê, e um pedacinho de ardósia cinza. Caminho até você com o coração leve e coloco a palavra "amor" na parede do lado de fora da sua casa.

Hoje continuo coletando, apesar da chuva; limpo o que encontro na camiseta e mantenho a sacola fechada com o punho para que tudo permaneça seco. Imagino-a enquanto caminho, sentada no sofá listrado com seu livro, as pernas sob o corpo, uma xícara de chá no chão, ouvindo a chuva contra a janela. Espero que você esteja aquecida e seca; não é dia para sair de casa.

Choveu na primeira noite em que dormi em Londres. Eu estava na casa de um amigo em Camberwell, dormindo no sofá do apartamento de um quarto que ele dividia com a namorada. A namorada — não me lembro do nome, somente que ele era tingido de lilás — foi solidária nas primeiras semanas. Ela me preparava xícaras de chá e ouvia meus resmungos, mas em pouco tempo pude ver a frustração se apossar dela. Certa noite, saí para beber, para lhes dar um pouco de espaço. Bebi demais. Lembro-me de sair do bar, a cabeça na água, sentindo a chuva fria no rosto. A caminho do apartamento, vomitei no meu casaco e nos meus sapatos, e sabia que não podia voltar. Arrastei-me até um arbusto em Myatt's Fields, ou pelo menos foi lá que acordei. Tudo doía. Meus ossos tremiam de frio. Minhas roupas estavam molhadas. Pedras e gravetos marcaram minha pele. Eu me lembro de dizer que tinha sorte por estar vivo, mas pensando que talvez fosse melhor não estar.

Esperei até saber que eles estavam no trabalho e voltei ao apartamento, tomei um banho quase quente demais, lavei minhas roupas e as pus na secadora. Até engraxei meus sapatos. Sentei no sofá e bebi todo o chá. Escrevi um bilhete de agradecimento, peguei minhas coisas e saí.

Eis a coisa com os tabus. Depois que você os rompe, eles não parecem mais tão importantes assim.

Prefiro a grama a bancos. Prefiro cantos a lugares abertos. Gosto de dormir com o som das folhas em vez do som dos carros. Às vezes volto para um lugar: no canal perto da estação Angel; o pórtico atrás da igreja de São Pedro, o que dá para a Walworth Road. Dormi durante um tempo em Clapham Common, ao sul do coreto. Eu gostava mesmo era das estrelas. Na maior parte do tempo não se consegue vê-las na cidade. Nunca aprendi as constelações. Ainda não sei seus nomes, mas posso distingui-las. Fiquei lá tempo o bastante para ver a Terra girar.

A questão é que você perde o ritmo do cotidiano. Dormir, se lavar, fazer a barba, comer, sair para o trabalho. A coisa toda se desintegra mais rápido do que você acha. Você me perguntará por que eu vivo como vivo. Você tem todo o direito. Mas há mais que uma resposta.

Quarta-feira, ando para o oeste, passando pela Heath e pelo Golders Hill Park, com suas árvores espaçadas, pavimento liso e grama bem aparada. Passo pelo aviário e observo uma garçota voar por sobre o concreto manchado de merda.

Hoje meu coração parece forte. Uma jovem sorri para mim ao passar. Vejo um casal se abraçando perto do memorial de guerra do outro lado da estação Golders Green, sob a palavra "coragem"; ele a ergue do chão e os dois balançam como uma árvore atingida pelo vento. Ando pela Accomodation Road, pelo prédio baixo de madeira coberto por telhas pintadas, pela cerca branca com seu mural de girassóis e papagaios. Escadas de incêndio pretas pendem dos prédios e ares-condicionados expelem ar. Trabalhadores de hotéis e ajudantes de lojas inspiram nicotina.

Encontro uma castanha do ano passado, seca e marrom. Encontro um isqueiro roxo vazio e meia pulseira cinza-escura de relógio. Diante de uma mercearia, com legumes empilhados em caixas plásticas, encontro um cartão-postal de uma geleira. Há um rio revolto — águas azuladas leitosas, da cor do seu nome. No verso do cartão-postal alguém escreveu *Querido* com caneta azul. A outra palavra foi rasurada e a mesma caneta azul traçou uma linha diagonal pelo espaço em branco. No canto inferior esquerdo estão impressas as palavras: *Joseph Glacier, Nova Zelândia.*

Vamos fugir, dissera ela, e meu coração acelerou. Só durante o fim de semana, continuou ela, e fiz o que pude para esconder minha decepção. Malcolm ia levar as crianças para ver os avós; ela podia inventar alguma coisa para ficar em casa. Ela queria ver o mar. Você não acha que o mar é um lugar triste, perguntei. Ela me chamou de tolo, de sensível, e me beijou com força.

Fomos a Brighton. Nosso hotel ficava de frente para o mar. Os caixilhos das janelas eram maltratados pelo ar salino e o vento soprava por debaixo da vidraça. Ela se jogou na cama — uma cama de casal estreita com lençóis azuis enfiados sob o colchão. Eu me sinto sórdida, declarou ela, sorrindo. Venha cá, disse.

Mais tarde, perguntei se ela me amava e ela disse que claro que amava, e depois riu como se isso não tivesse a menor importância. Ela me chamava de "fuga", de seu "segredo travesso". Ela ficava de mau humor se eu me mostrasse "sério demais".

Subo a Hoop Lane, passo pelo cemitério — campos de lápides sobrepostas — e pelo crematório de tijolos à vista. Eu me concentro nas cores. Concentro-me em colocar um pé diante do outro.

Demora para voltar a você. Fico na Christchurch Passage e vejo a cidade que se espreme entre prédios altos que se elevam sobre um silencioso parquinho. Desculpe, Alice, filha, amor. Desculpe por não ter dado à sua mãe o suficiente para fazê-la ficar. Desculpe por não ter conseguido ser um pai. Desculpe por não ter conseguido encontrá-la. Desculpe por tudo.

A letra S é verde-oliva. Encontro um boné ao estilo militar em Heath, pendurado numa cerca perto das piscinas. Há uma mancha que não consegui tirar com sabão e água, mas espero que você ignore isso. Coloco as letras dentro. Uma corrente prateada para o O, duas folhas castanhas para os Rs e uma rodinha marrom de carrinho para o Y. SORRY (Desculpe).

As cortinas estão abertas e a luz, acesa. Subo os degraus e olho pela janela. Você está deitada no sofá. Meu coração se aperta no peito. Você está dormindo, seu rosto é um espelho do de sua mãe. Fico no degrau mais alto e olho para você. *Evite o estresse emocional.* Podia tocar a campainha. Podia acordá-la. Mas você parece tão plácida ali, com uma malha sob a cabeça, os pés descalços no braço do sofá. Não estou preparado; ainda não. Coloco o boné na amurada e me afasto.

Alice. Filha. Amor. Desculpe.

Tenho mais uma palavra para escrever, e daí estarei preparado; você estará preparada. Voltarei para a estação Angel, encontrarei Anton. Ele entenderá. E, se ele não puder ajudar, encontrarei outra pessoa. Um corte de cabelo. Fazer a barba. Lembro-me de meu pai se aprontando para o trabalho, como ele ficava diante do espelho no hall de entrada, ajeitando as mangas do paletó; movimentava as pernas para garantir que as costuras da calça ficassem retas; lambia o indicador e ajeitava as sobrancelhas; erguia a cabeça para se certificar de que o nariz estivesse limpo. Se ele me via observando, sorria e me dava um tapinha na cabeça. Você tem de causar uma boa impressão, menino, dizia ele. Nunca se esqueça disso.

Às vezes acho que o fato de minha mãe ser incapaz de ficar brava com ele era a coisa mais difícil de suportar.

Ele mentia, eu disse.

Ele tinha medo, dizia ela.

Ele estragou tudo.

Ele sempre quis fazer a coisa certa e você não precisa falar assim.

Ele jogou tudo para o alto.

Ele estava perdido. Só queria que ele tivesse falado comigo.

Queria que ele não tivesse feito isso.

Bem, não há por que pensar assim, não é?

No final, tornou-se insuportável para mim: seu apartamento minúsculo e apertado com o carpete gasto e aquecedores feios; seu rosto, seus olhos sem raiva; a boca macia e pronta para sorrir. Odiava a aceitação dela. Odiava as latas de salsichas e feijões baratos, os cobertores extras empilhados nas camas, os vasos de cobre sobre a lareira. Não parei de visitá-la totalmente, mas as lacunas entre as visitas só aumentavam, admito. Ela ficou lá por anos até ficar evidente que ela precisava ir para um asilo. Ela mesma cuidou de tudo. Não fui um bom filho.

Queria ter tido a oportunidade de ser um bom pai, mas sua mãe disse que aquilo era o melhor — para você, para ela e para mim. Ela nunca pretendeu que isso acontecesse, disse. Era para eu ser sua fuga, falou. Sou, eu disse, posso ser, mas ela balançou a cabeça e sorriu, mas era triste demais para ser um sorriso. Ela estava mais presa do que nunca agora, por minha causa, por sua causa. Entendo isso agora.

— Você é jovem, Daniel, não tem nem trinta anos. — Segundo ela havia homens que fariam qualquer coisa para que as coisas se ajeitassem assim.

Eu não, eu não, continuava dizendo. Podemos dar um jeito, continuava dizendo.

— Não pode mais haver *nós* — retrucou ela.

O único jeito de explicar isso a você é que ela se tornou uma pessoa diferente. Era como se ela tivesse sido envidraçada, como se tivesse uma nova película nela que eu não conseguia penetrar.

Mas eu te amo.

Talvez eu queria ser um...

Mas eu te amo.

Ela se sentou diante de mim, os olhos frios como pedras. Era num café onde nunca estivemos antes. As mesas eram círculos de fórmica bege com bordas de metal. Os pés ou o chão estavam desnivelados, porque todas as vezes que um de nós erguia a xícara ou a colocava de volta na mesa, ou sempre que batíamos na mesa com os pés, a coisa toda se inclinava perigosamente, espalhando chá nos pires. Dobrei um guardanapo e o coloquei sob uma das pernas da mesa, dando um tranco nela, para testar. Nada bom. Procurei em volta algo mais para dobrar e ela colocou sua mão sobre a minha.

— Pare, Daniel. Não importa.

Suas unhas eram perfeitamente ovais, pintadas da mesma cor de seus lábios, a mesma cor de seu nome. Pus minha mão sobre a dela. Ela tentou tirar, mas não deixei. Vi um ligeiro rubor em seu rosto e me senti um pouquinho melhor.

— Me largue — disse ela.

— Eu te amo.

— Eu expliquei, Daniel. Tentei explicar. Não tenho escolha. — Ela olhava por sobre meu ombro esquerdo ao falar. Ela nem mesmo me olhava nos olhos.

— Você me tem — eu disse.

Ela fez que não.

— Não era para ter acontecido, Daniel. Desculpe.

— Mas eu tenho direitos. — Percebi o tom patético na minha voz.

Ela arqueou a sobrancelha — linhas perfeitas, um tom mais escuro que o de seu cabelo. Então soltei a mão dela. Ela começou a tamborilar na bolsa e eu sabia que ela iria embora a qualquer instante.

— Vou contar para ele — ameacei. Eu soava como um menino mimado.

— Ele sabe, Daniel. Essa é a questão. Ele sabe.

✿✿✿

Alice. Filha. Amor. Desculpe. Pai.

Pego a fileira de pérolas plásticas da sacola. A letra F é branca, com um tom perolado. Uso algodão para amarrar as outras letras no espaço entre as contas. Um pedaço do cartão-postal da geleira para o A. Um pedaço de fio verde para o T. Um triângulo de plástico esbranquiçado para o H. Uma rosinha feita de seda cinza-escura para o E. A castanha para o R. FATHER (Pai).

Hoje há uma manta azul jogada sobre o braço do sofá e um vaso de vidro com margaridas no peitoril da janela. Você não está ali. Olho para a campainha. Amanhã, digo para mim mesmo. Amanhã. Deixo as pérolas de plástico na amurada e me afasto.

Dez coisas de que tenho medo

1) *Desta casa. Não sei por quê — não é por causa dos fantasmas de Cee.*
2) *De ficar aqui e morrer de tédio.*
3) *De sair daqui e não saber para onde ir.*
4) *De que talvez eu queira me casar e ter filhos — todas aquelas coisas que jurei que nunca faria.*
5) *De que nunca verei meu pai novamente.*
6) *De que o estou apagando da casa e nunca mais serei capaz de desfazer isso.*
7) *De que eu me torne Cee, a despeito de tudo.*
8) *Da ideia do Paraíso — existir ou não existir.*
9) *De que arruinei algo que poderia ter sido bom com Kal.*
10) *De que minha mãe não tenha sido uma boa pessoa.*

Cee gosta de uma reunião em família, desde que seja a seu modo. Ela convocou uma reunião ontem, chegou com duas garrafas de água com gás e salada. Ela pegou todos os cinzeiros e os enfileirou na pia da cozinha. Tilly trouxe quiche e bolo de cenoura. Servi a água em xícaras de café. Cee não pareceu impressionada, mas não fez nenhum comentário. Ela propôs que chamássemos um pessoal especializado em limpeza domiciliar.

— Não podemos deixar que estranhos façam isso — eu intervim.

Ela suspirou e tamborilou com os dedos na bancada.

— Já discutimos isso — eu disse. — Estou aqui. Vou arrumar a casa.

Cee franziu a testa.

— Então você não pretende arranjar um emprego?

— Estou bem por um tempo — respondi. — Sou boa em viver sem muita coisa.

— Bem, acho que o fato de não pagar aluguel ajuda.

— Cee — falou Tilly, os olhos arregalados.

Encarei Cee e peguei um cigarro do maço sobre a mesa, que de algum modo lhe escapara, e o acendi. Ela bufou alto.

— Podemos ficar sem isso? — perguntou Tilly. Eu a vi remexer os dedos incansavelmente.

— Certo — eu disse. — Em troca do aluguel da casa do meu pai morto, vou limpar, pintar, lidar com os corretores. Merecer a estada. — Cee fez uma careta; ela odeia não estar no controle, mas eu a pressionei. — Isso é justo, não é? — Encostei-me e soltei a fumaça em direção ao teto, para dar a impressão de que estava me esforçando.

E assim passei esta manhã limpando o quarto dele. Esvaziei as prateleiras do banheiro com seu gel de banho, sabonete, xampu, espuma de barbear e lâminas. Peguei os sapatos na parte de baixo do armário — sapatos de couro duro e engraxados — e os coloquei em sacos, que tive de redobrar para que suportassem o peso. Tirei suas roupas dos cabides e as joguei em sacos pretos. Na prateleira de cima do armário, encontrei uma manta de caxemira — feminina — preta, com contas pretas no pescoço. Levei-a ao rosto, mas tudo o que consegui sentir foi o cheiro de pó.

Não demora muito para deixar o sabão de lado e ir comprar a tinta cor magnólia. Pego um trem para Cricklewood. A B&Q fica logo atrás da estação. Uma van de hambúrguer exala cheiro de bacon por todo o estacionamento. Passo por sob a entrada rebaixada, por fileiras de plantas esperançosas e carrinhos de compra. Há uma fila no setor de atendimento ao cliente, alguém começando a aumentar o tom de voz. Vago pelos corredores. Radiadores. Iluminação. Verniz. Enchimentos. Ferramentas. Madeiras. Azulejos. Tapetes. Cortinas. Pisos de madeira. Isolamento. Tinta.

Há todo um corredor de tinta branca. Branco-pedra. Branco-osso. Creme. Branco envelhecido. Branco vivo. Branco-vela. Linho. Algodão. Branco-jasmim. Neve ao luar. Branco-inverno. Magnólia.

Tilly e Cee adoram fazer compras. Elas adoram grandes lojas de departamento, armazéns com várias opções. Esse tipo de lugar me deixa nervosa. Ele me faz pensar que eu preferia não ter nada. Não faço ideia de quanta tinta preciso. Pego duas latas de dez litros, suspeitando que não seja o bastante. Compro um rolo e uma bandeja, um conjunto de pincéis e três folhas plásticas.

Quando tinha dez anos, escolhi o papel de parede do meu quarto. Talvez tenhamos vindo aqui, não sei, mas me lembro de todos aqueles rolos de papel que eram de algum modo como doces, e meu pai mais paciente do que o normal. Você é quem escolhe, Alice, não tenha pressa. Posso ouvir a voz dele.

Quando volto, havia uma fileira de pérolas de plástico na mureta. Alguém prendera pedaços de lixo entre as contas — uma velha castanha, um pedaço de cartão-postal, um pedaço de plástico, uma daquelas rosas que você vê as pessoas usarem nos cabelos em casamentos e um fio verde. Levo para dentro e acrescento ao restante. Presentes. Provas. Tenho outras coisas em que pensar.

Steve tinha razão, a árvore deixa a sala escura demais. Deixo as latas de tinta na entrada, pego uma tesoura de poda e um rolo de sacos de lixo. Os galhos arranham meus braços, mas não noto. O cheiro me lembra almoços dominicais, mas também não noto isso. Podo a árvore até que ela fique mais baixa que o peitoril da janela, enfio as podas nos sacos e os jogo no lixo.

Depois começo pela sala de estar. É coberta por madeira, pintada de vermelho-escuro em ambos os lados do rodapé. Pego as proteções contra pó; são como um filme plástico, como as camadas finas de cola que eu adorava tirar dos meus dedos na escola. Forro o sofá, a velha poltrona do papai e a mesinha no centro da sala. Parecem menores agora que fiz isso.

Trago uma cadeira da cozinha e escalo nela para tirar as cortinas. Eu costumava me esconder atrás dessas cortinas, no espaço entre elas e o bojo da janela, enrolá-las até que estivesse oculta no cheiro poeirento do veludo. É difícil tirá-las. Tenho de suportar o peso do tecido até arrancar os ganchos dos aros. Parece improvável que algumas peças plásticas possam pesar tanto. Quando deixo a primeira cortina cair no chão, o sol entra. A sala parece desequilibrada.

Tiro o rolo e a bandeja da embalagem plástica, depois pego uma faca na cozinha e abro uma das latas de tinta. Eu me lembro de pintar o quarto de Kal — como ficamos orgulhosos ao terminarmos. Odeio a ideia de alguma outra mulher viver entre aquelas paredes.

Uma faixa do novo branco sobre o velho vermelho. Dou um passo para trás e rio, depois me viro para olhar onde havia a árvore perto da janela. Está mais iluminado aqui — diferente. Há algo na minha garganta. Deixo escapar uma espécie de mantra. Depois, como não há ninguém me ouvindo, começo a cantar: *Alice, Alice, Alice. Não desça na toca do coelho. Não suporto vê-la partir. Fique aqui comigo, Alice, Alice, Alice.* Carrego o rolo com mais tinta e continuo.

Preciso arrastar a cadeira pela sala para alcançar o teto. Pinto as bordas e fico com tinta nos braços. Levo duas horas para dar uma demão e, quando fico no centro da sala para verificar meu trabalho, vejo como a tinta vermelha transparece pela tinta magnólia e como os cantos estão manchados. Ele me odiaria por isso? Quero ligar para alguém — Kal — a fim de me tranquilizar. Mas não vou fazer isso.

Tenho de esperar quatro horas antes de dar a segunda demão, por isso preparo uma xícara de café e fumo três cigarros. Tiro a tinta das mãos, dos braços, do rosto, pego a chave do prego na porta dos fundos e saio para o jardim.

O galpão do meu pai fica no canto direito, oculto por trepadeiras. Dentro, ele cheira a terra e cigarro. Teias de aranha pendem do teto de madeira. Na gaveta de baixo do velho armário, manchado pela água e pelo tempo, encontro uma caixa de fósforos, que faz um barulhinho quando a pego. Está cheia de sementes. Sementinhas pretas. Há formas diferentes: algumas perfeitamente circulares, outras estreitas na ponta, como flechas, outras como gomos de laranja. Há algumas mais claras misturadas — como ervilhas secas em miniatura. Na gaveta de cima encontro quatro sacos plásticos de sementes e meio saco de compostagem.

✿✿✿

Termino a segunda demão. Ainda dá para ver o vermelho. Você ainda consegue ver o vermelho? O cheiro da tinta me dá dor de cabeça. Sento-me na poltrona coberta de plástico e encaro a parede onde havia um mapa pendurado. Tilly o tirou. Posso imaginá-lo sobre a lareira na sua sala de estar — *Westminster 1720,* o rio se curva como um cotovelo pontuado por barcos; a cidade definhando nos campos. É como se o ambiente estivesse prendendo a respiração, me olhando com um quê de reprovação — como se eu tivesse feito algo errado. É só uma sala, numa casa que está prestes a ser vendida. É só uma sala numa casa.

Ainda dá para ver o vermelho — uma sombra dele, se você olhar com cuidado.

Volto ao galpão. Começou uma chuvinha. Fico imóvel por um minuto, escutando o gotejar sobre o telhado, depois pego a caixa de fósforos, as sementes e a compostagem.

Coloco tudo sobre a mesa da cozinha e me sento. Quando esvazio as sementes, elas correm pela bancada como se tentassem escapar. Pego uma e a seguro perto do rosto. Ela se recusa a me dizer qualquer coisa. Levanto-me e me sirvo de uma taça de vinho. Meus olhos tão pesados quanto neve acumulada. Minha pele parece adormecida e meu corpo dói da pintura. Lá fora, está quase escuro. A chuva aperta, escorrendo pelas janelas.

O que preciso fazer é me sentar com meu pai e lhe perguntar...

Por que você não guardou nada da mamãe?

Por que você não falava sobre ela?

Você me culpa por ela ter dirigido naquele dia?

Quando deixarei de sentir isso? Como se estivesse caminhando por um abismo, prestes a cair?

Por que eu acordo no meio da noite e me sinto como se esta casa tivesse raiva de mim?

Ele não tinha tempo para esse tipo de perguntas. Ele era um homem que fazia coisas sem pensar ou sem falar muito sobre elas. Ele me olhava confuso. Seu olhar é do tipo quem-é-esta-menina, por-que-ela-não-pode-ser-mais-como-as-outras-duas. Seu olhar de Alice, você-precisa-botar-sua-vida-nos-eixos.

Não planto as sementes em ordem. Coloco composto nos vasinhos, espalhando terra sobre o tampo da mesa e o piso da cozinha, depois encho uma garrafa de vinho vazia com água e rego o solo. A água vaza pela mesa e eu limpo com uma toalha de papel. Encontro um jornal e o coloco sob os vasos. Depois aperto a superfície com os dedos — um, dois, três, quatro, cinco, até parar de contar. Uma semente em cada buraquinho e depois uma camada de compostagem em cima. Quero ser uma sementinha preta. Quero me esconder no solo úmido e não ter nada a fazer a não ser crescer.

Coloco os vasos no peitoril da janela, perto das flores — a prateada e a rosa que está morrendo na taça de vinho, o chapéu verde, as pérolas e as tampinhas de garrafa. Quero dar mais água, mas tenho medo de afogá-las. Não sei nada sobre jardinagem. Kal não me deixava chegar nem perto de suas plantas depois que matei um cacto que ele jurava ser indestrutível. Levanto-me e olho para a terra escura, como se esperasse que algo acontecesse. Estou preocupada que nada aconteça. Talvez elas estejam velhas demais. Talvez já estejam mortas.

Dez coisas que direi para minha filha

1) Desculpe.
2) Você tem essa coisa com as cores e as palavras? Você puxou isso de mim?
3) Ele lhe falou sobre mim?
4) Eu tentei.
5) Não sei como dizer tudo isso.
6) Procurei por você, você tem de acreditar nisso.
7) Não odeio sua mãe; não consigo.
8) Você está bem? Tudo deu certo para você?
9) Sonhei com você por toda a sua vida.
10) Desculpe.

Procuro o nome de Anton, mas ele não está lá, e quando olho pelo ambiente não o encontro. Há algumas pessoas que conheço — Lady Grace com seu vestido roxo e seu carrinho de bebê; Bob, que tem sempre um sorriso, independentemente de tudo —; os outros eu jamais vi. A cripta cheira a molho de tomate e café instantâneo.

— Você conhece um homem chamado Anton? — pergunto para a menina no balcão. Ela tem um nariz comprido e delgado e cabelos escuros presos num rabo de cavalo. Ela não tem mais do que vinte anos.

Ela franze a testa e faz que não.

— Anton? Acho que não. — Ela tem uma voz de Newcastle. Eu me pergunto por que ela está aqui.

— Ele é polonês — acrescento. — Da minha altura, mas maior do que eu, mais largo.

Ela faz que não novamente.

— Talvez você possa perguntar por aí — diz ela, gesticulando para o ambiente.

Vou do sofá para a cozinha. No fim encontro alguém que o conhece. Ele se apresenta como Hunter — como as botas, diz ele, e dá uma gargalhada.

— Anton? O polonês? — pergunta ele.

— Ele tem uma filha — detalho.

Hunter bate na coxa. Ele está usando calça branca suja, um ou dois números maiores.

— Esse cara mesmo. A menina com rabinho de cavalo, certo?

— E um vestido azul.

Ele me encara.

— Espere aí, você não é pedófilo, é?

— Ele é meu amigo. Quero pedir a ajuda dele.

Hunter faz que sim.

— O cara arranjou emprego. — Ele inclina a cadeira e anui com a cabeça de novo, como se merecesse os parabéns. — Dagenham — continua. — Construindo casas. Disse que estava economizando para comprar uma passagem. Tinha que resolver certas questões com a patroa. — Ele agora meneia a cabeça. Ele tem cabelos grisalhos longos, presos num rabo de cavalo com um pedaço de elástico. — Por que as pessoas se importam com essa coisa de casamento eu não entendo.

Não sei se acredito nele.

— O cara até arranjou um sofá onde dormir — diz Hunter. — Temporariamente.

— Como você sabe tudo isso?

Hunter estreita os olhos. Ele tem sobrancelhas de louco.

— Dizem que, se a gente quer saber alguma coisa, a gente vem até mim. — Ele dá de ombros. — É pegar ou largar.

Faço que sim. De qualquer modo, Anton não está aqui.

— Agora. — Hunter se levanta da cadeira e me dá um tapa no ombro. — Vamos pegar um pouco da comida deste elegante estabelecimento e você pode me dizer de que tipo de ajuda precisa.

O jantar é feijão com tomate e pão branco. Hunter come com fineza, limpando os lábios a cada bocada num pedaço de papel-toalha.

— Então? — pergunta ele. — Diga.

Pego um pedaço de pão e mergulho na tigela, vendo-o ficar encharcado de vermelho.

— Vou me encontrar com a minha filha amanhã — explico.

— Certo.

— E, bem... — Sinto um arroubo de pânico. — Quero dizer, olhe para mim.

— Você é um cara bonitão, Daniel. Você não é um bêbado, dá para ver.

— Mas ainda sou um mendigo.

— Ah. — Hunter segura o garfo no ar. — E isso é novidade para sua filha?

Deixo migalhas de pão caírem no meu ensopado.

— Quantos anos ela tem? — pergunta ele.

— Vinte e oito.

Ele faz que sim.

— E faz muito tempo que você não a vê?

— É complicado.

— Sempre é. Ela sabe quem você é?

— Só quero parecer digno. Não quero estragar tudo antes de começar.

— Claro. — Ele me encara.

— Ia pedir a Anton. — Eu rio. — Ia pedir a ele que cortasse meu cabelo. Se ele tivesse uma lâmina.

Hunter também ri.

— É que faz tempo que não me importo com isso — falo. Observo Hunter comer. Ele tem três fileiras de contas de madeira no pulso direito. Ele deve pensar que sou um tolo.

— Gosto de você, Daniel — declara Hunter, finalmente, deixando a colher ao lado da tigela. — Tenho uma boa sensação sobre você. Do que precisamos? Tesouras. Lâminas. Um paletó, um pouco de graxa nos sapatos. E acabou. Já volto.

Como o que há na minha tigela enquanto Hunter anda pelo ambiente. Quando acabo, ele está de volta com uma lâmina de barbear enferrujada, um pente, tesouras de cozinha, um jornal amassado e um rolo de papel-toalha.

— O chefe disse para não fazermos bagunça. — Ele franze a testa e sorri. — Agora, você confia em mim?

— Nunca o vi antes.

— Esse não é o ponto, é? — Ele pega as tesouras. — Acho que curto atrás e dos lados, certo?

Engulo em seco.

— Vamos começar logo com isso. — Ele afasta minha cadeira da mesa, espalha folhas de jornal ao meu redor e coloca um pedaço de papel-toalha em volta dos meus ombros. Alguém traz um copo de água da cozinha. Lady Grace balança o carrinho e sorri para mim. Alguns caras brincam que Hunter é gay. Ele acena com a tesoura para eles e ri.

Hunter espalha água sobre os meus cabelos e começa a passar o pente violentamente por eles. Tento manter a cabeça reta. Aos poucos fica mais fácil.

— Minha mãe costumava cortar meu cabelo — comento.

— Não ache que eu vou colocá-lo para dormir e ler histórias também. — Hunter pega um tufo de cabelo e eu escuto a tesoura cortando.

— Você já fez isso antes? — pergunto.

— É apenas cabelo.

— É que...

— Eu sei. — Ele está trabalhando rapidamente agora. Sinto seus dedos na minha cabeça, no meu pescoço, afastando minha orelha. Eu me lembro da minha mãe. Ela sempre tossia quando estava nervosa e eu tinha de me concentrar para não me encolher ao ouvir aquele som. Ela usava tesouras de prata; eu me lembro de sentir as lâminas frias contra minha pele.

Hunter para de cortar. Ele anda ao meu redor.

— Podia ter usado tesouras de podar — diz ele. — Mas está bom.

Levo a mão à cabeça. Percebo, ao passar os dedos pelos cabelos cortados, que de fato nunca toco em minha cabeça.

— Quer se ver no banheiro? — pergunta Hunter. — Ou esperar até eu fazer sua barba?

— Posso fazer a barba — respondo.

— Claro que pode, mas estou aqui, Daniel. Aproveite. Imagine que você está numa barbearia. — Ele bate no rosto. — Barba, loção. Ei, olhe essa senhora.

Viro-me e vejo a menina da recepção atrás de mim. Ela está segurando uma lata de espuma de barbear e uma lâmina descartável. Ela sorri para mim.

— Ouvi dizer que você tem um encontro importante amanhã — diz ela.

— Isso mesmo.

Hunter dança na direção dela e pega a espuma e a lâmina. Ele está afetado agora, como num baile.

— Uma vasilha — grita, acenando. — Preciso de uma vasilha de água quente.

Mesmo com a espuma e a lâmina nova, minha pele é tão dura e seca que o procedimento não é nada confortável. Hunter me leva até o banheiro depois de terminar. Ficamos um ao lado do outro e vejo que ele é mais novo do que eu. Os cabelos grisalhos enganam.

— Satisfeito? — pergunta.

Passo a mão pelo rosto, pelo queixo.

— Você fez um belo trabalho — respondo. — Obrigado.

— Você parece dez anos mais novo.

Olho para mim mesmo e não consigo deixar de pensar numa ovelha recém-tosquiada — toda branca e vulnerável. Encaro-o pelo espelho.

— Você tem filhos? — pergunto.

Ele desvia o olhar.

— Precisamos dar um jeito em você com um paletó limpo — desconversa. — E você deveria tomar banho. Posso cuidar da porta, se você quiser.

— Por que você está me ajudando? — pergunto. — Quero dizer, sou grato. Muito grato.

Hunter inclina a cabeça de lado.

— Isso basta, não? Gratidão. — Ele se detém em cada sílaba da palavra; roxa, como um ferimento.

Tiro a roupa lentamente. Não estou acostumado a ficar nu e não parece certo. A água leva tempo para esquentar, mas por fim me molho inteiro e encho as mãos de sabão. Ele tem cheiro de maçã. Lavo-me o mais rápido possível, tentando evitar de me olhar no espelho. Gasto uma pilha de toalhas de papel para me secar e outra pilha para limpar minha camisa e minha calça antes de vesti-la novamente. As partes úmidas das roupas são frias contra a minha pele.

Quando saio do banheiro, Hunter me segura pelos ombros e funga com ar de aprovação.

— Ela vai adorar você — diz. — Agora vou ver o paletó com um conhecido meu. Já volto.

E ele volta. É um paletó castanho.

— Para combinar com sua calça — diz Hunter, rindo.

Ele está um pouco apertado nas axilas. O forro está desfiado, mas não dá para ver isso quando se veste.

— Está bonito — comenta Lady Grace, ficando toda vermelha.

— Está perfeito — diz Hunter. Ele me faz girar. — Perfeito.

— Não tenho nenhum... — Coloco a mão no bolso da calça. Tenho umas duas libras em moedas, mas não quero dá-las, para o caso de precisar comprar alguma coisa.

— Daniel. — Hunter me dá um tapinha nas costas. — É um presente, cara. Desejo tudo de bom a você.

Quando acordo esta manhã, Hunter se foi.

— Ele deixou isto — diz a menina da recepção, me entregando uma lata quase vazia de desodorante. É feminino. Rosa. Vou ao banheiro, ergo a camisa e o passo nas axilas.

Dou meu velho paletó para a menina e saio, peço a ela que o passe adiante ou que o jogue no lixo.

— Boa sorte — deseja ela. — Manda ver.

Ando até você. Sinto-me cansado no meio dos ossos e sinto aquele nó no estômago. O retrato se ajusta perfeitamente ao bolso esquerdo do paletó. O spray para o coração — que está quase vazio — e minha bola de algodão se avolumam no outro bolso. Estou suando e cheiro como uma mulher.

Ao chegar, a casa parece diferente. Demoro um instante para perceber que é a árvore. Alguém a podou de modo que ela mal alcança o peitoril da janela. Sacos de lixo preto com galhos e folhas transbordando pelo plástico estão numa pilha diante da casa. O lugar parece exposto. Ao me aproximar da porta, vejo a mobília reunida no centro da sala, coberta por plástico. As paredes são brancas, mas ainda posso ver o vermelho embaixo. Você está se preparando para ir. Você já foi. Inclino-me contra a parede e me ajeito.

Imagino Hunter empunhando tesouras de cozinha, tento me lembrar do toque de suas mãos no meu rosto, esticando a pele para me barbear bem rente. Não desperdice isso.

No entanto, não consigo apertar a campainha. O pânico se acumula na garganta. Fiz meu trabalho de base. Estou limpo e barbeado. Não resta muito tempo.

Não tenho nada a lhe oferecer.

Imagino sua mãe no meu minúsculo apartamento em Hornsey. Havia um carpete verde com triângulos rosa e brancos. Os caixilhos das janelas estavam podres e havia marcas de queimadura nas superfícies da cozinha. Levei-a lá um mês antes daquela tarde no café. Um amigo me emprestou o carro e eu a peguei perto da Heath.

Ela não queria entrar. Você é minha fuga, Daniel, dizia ela, não torne isso uma coisa cotidiana. Mas eu insisti. Eu tinha a ideia de que ela viria e moraria comigo, que acordaríamos juntos todas as manhãs para o resto de nossa vida.

Bebemos chá na cozinha, fizemos amor no sofá de couro falso. Ela era boa, agora que penso nisso, ela não reclamava. Depois, ela me obrigou a deixá-la em casa. Eu nunca a vira antes. Deve ter sido intencional — uma maneira de explicar como eram as coisas. Na época não me importei muito, porque ela me escolhera, porque eu tinha o melhor dela, achava. Mais tarde, porém, entendi o que ela estava dizendo. Por que ela abdicaria daquilo por mim e um estúdio grotesco em Hornsey? Não tinha nada a lhe oferecer, nada mais do que já tínhamos.

✿ ✿ ✿

Cheguei tão longe, entretanto. Pus o dedo na campainha e me virei para olhar pela janela. A luz muda e eu vejo minha própria sombra no ambiente, e naquele momento percebo que não consigo. Cheguei tão longe e não consigo. Olho para meu dedo na campainha; a pele ainda está suja, a despeito dos meus esforços. Sou um velho vagabundo, digo a mim mesmo. Não tenho nada a lhe oferecer. Não tenho nem mesmo uma prova. Você pode me olhar com piedade; pode — Deus me perdoe — pegar na bolsa algumas libras. O que mais posso esperar?

Tudo isso para nada. Desculpe. Alice. Filha. Amor. Desculpe. Pai. Desculpe.

Dez coisas que as pessoas dizem quando seu pai morre

1) Vocês tiveram sorte por tê-lo, devem se lembrar disso.
2) Um homem inteligente, Malcolm — ele era quieto, mas havia muita coisa acontecendo na cabeça dele.
3) Dá um trabalhão quando o último se vai — muito trabalho, muita coisa para resolver.
4) Se você precisar de alguma coisa, me ligue.
5) Eu me lembro de quando meu pai morreu. Não saí da cama por uma semana. Emagreci, acredite.
6) Você vai ter de tomar uma decisão sobre a casa.
7) No dia em que ele se casou com sua mãe, nunca vi um homem mais feliz.
8) Sabia que ele era um bom jogador de rúgbi na juventude?
9) Não foi fácil para ele, sua mãe morta e três meninas para criar, mas seria necessário mais do que isso para deter um homem como seu pai. Ele tinha orgulho de vocês, meninas, ah, se tinha.
10) Você é aquela que está sempre do outro lado do mundo?

Voarei diretamente para Déli ou Tóquio — algum lugar movimentado, onde eu possa me perder. Comprei uma nova mochila esta semana, vermelha com alças pretas, novas botas e um novo casaco à prova d'água. Usei o dinheiro que o papai me deu; eu não tinha tocado nele até agora.

Esta casa, ao menos, vai ficar feliz com a minha partida. Eu a estou desnudando, reduzindo-a a paredes, piso e janelas. Estou pintando a casa de uma cor que clama ser a cor de pétalas de magnólia, mas está mais para leite azedo. Na próxima semana, o carpete vermelho que sobe as escadas, atravessa o corredor e vai parar no estúdio do papai será trocado por um bege. O piso verde do sótão será trocado por um castanho. Amanhã, um homem chamado Shaun e seu ajudante virão para começar com a cozinha. Eles tirarão os velhos armários e o forno. Eles preencherão os espaços com armários IKEA com puxadores de cromo, um tampo com estampa de pedra e um forno novo.

Cee odeia não estar no comando. Isso se revela todas as vezes em que ela vem aqui. Ela revira os olhos e fica à procura de erros, depois range os dentes e cruza os braços quando lhe digo o que planejo fazer em seguida. Todavia, ela não pode negar que está melhor, mais iluminado.

Ontem foi a primeira vez que notei que parecia diferente. Andei até a entrada e meus passos ecoaram — vazios, como se viessem de longe.

Michael é agora nosso corretor oficial. Ele está "muitíssimo empolgado". Há fotos da sala de estar com suas novas paredes brancas, prontas para serem hospedadas no website da imobiliária. Às vezes tenho de parar no meio do trabalho, levar a mão ao peito e fechar os olhos para não me sentir enjoada.

O papai não se livrou de tudo o que tinha a ver com a mamãe. Encontrei várias coisas: um vestido de noite azul-turquesa com sapatos combinando; um cartão-postal do píer de Brighton — "achei que passaria o dia, mas não é a mesma coisa sem você, J.", escrito em letras pretas confiantes; um pedaço de papel tirado de um envelope com a mesma letra — "eu prometo, J."; três livros de poesia — Keats, Shelley, Shakespeare — com o nome dela escrito na folha de rosto; o colar com a lágrima de diamante que ela usava na fotografia que perdi; e a manta, as almofadas e a imagem. Com exceção da imagem, coloco tudo numa caixa e dou para Tilly e Cee. As duas ficaram brancas. Tilly chorou, Cee apenas ficou quieta.

— Não acredito que ele não nos disse nada — falou Tilly.

Cee tocou no colar em sua caixa de veludo castanho desbotado.

— Suponho que vamos simplesmente dividir isso entre nós.

— Você se lembra daquela vez em que ela tentou fazer um bolo de aniversário para você, Cee? — perguntou Tilly. — Ela comprou aquela cobertura horrível e tentou construir um castelo. — Tilly estava sorrindo, mas Cee não parecia se impressionar. — E então as torres caíram no meio da festa. — Tilly riu. — Céus, ela ficou furiosa.

Posso imaginar isso, a mamãe toda vermelha e frustrada, Cee calada e decepcionada.

— Mas ela tinha bom gosto para se vestir — comentou Cee finalmente, tocando na seda azul-turquesa que se espalhava pela caixa. — Ela sempre parecia imaculada.

Tilly fez que sim com a cabeça. Pedi licença e fui ao banheiro, onde me sentei na beirada na banheira até achar que elas terminaram com as lembranças.

Fiquei com o vestido. Sou a única pequena o suficiente para usá-lo. Eu o experimentei depois que elas foram embora, no quarto do meu pai, de pé diante do espelho do armário, com os cabelos presos. É lindo, de seda, com um decote, mangas longas e cintura apertada. Até mesmo os sapatos serviram. Eu me senti como um fantasma.

✿✿✿

— Sei que ainda não estamos prontos — disse Michael ao telefone. — Mas vamos assinar o contrato, gerar interesse e então podemos começar com as visitas em algumas semanas. Não há nada de errado em apelar para o apetite das pessoas.

Pergunto-lhe sobre as visitas, o que ele espera que eu faça.

— Só esteja presente, responda às perguntas — explicou ele. — Ou não esteja presente, se não quiser. Algumas pessoas acham difícil, como se fossem estranhas na própria casa. E os visitantes geralmente preferem quando os proprietários não estão.

— Não é a minha casa — eu disse.

✿✿✿

Está chovendo de novo. Estico os braços nas costas do sofá e olho pela janela. Os presentes cessaram. O último — as pérolas — foi há uma semana. Desde então, nada. Crianças, apenas crianças, digo a mim mesma; eles não significavam nada. Mesmo assim me percebo abrindo a porta para olhar, por via das dúvidas.

As pessoas com a placa chegam em uma van branca. Eu as observo: um jovem e uma mulher ligeiramente mais velha. O homem segura a parte plástica da placa acima da cabeça para mantê-la seca, enquanto a mulher ajeita a estaca de madeira no chão. Eles não apertam a campainha. Eles não me veem.

Outras pessoas morarão aqui. Outras pessoas colocarão as chaves que agora estão no meu bolso, ou na bolsa de Tilly, ou no gabinete de Cee com a imagem de um pastor na frente, em seu próprio chaveiro, em sua própria bolsa. Colocarão a chave na fechadura e entrarão. Gritarão "querida, estou em casa", e alguém vai rir, deixando de lado a xícara de chá ou o jornal, e irá até a entrada. Olharão as paredes cor de magnólia e dirão "não acha que deveríamos acrescentar um pouco de cor?". Comprarão amostras de verde e azul e pintarão quadrados na parede — discutirão sobre o melhor tom, pedirão a opinião dos amigos.

Às duas horas a campainha toca. Não estou esperando ninguém. Estou no velho quarto de Cee. Não sobrou muito dela no quarto — umas conchas no fundo da prateleira, um pôster de um homem segurando um bebê. Ela deve ter feito uma limpa anos atrás, encaixotado tudo e levado para seu apartamento, ou jogado fora — os livros de bailarina; a Barbie de camiseta listrada de marinheiro e uma capa de chuva vermelha; a casa de boneca com móveis de madeira e uma tigelinha de frutas que eu quis tanto a ponto de roubar, e depois brigar com Tilly quando ela me mandou devolver. A campainha é ruidosa, mesmo no andar superior da casa.

Ela ecoa insistentemente nos azulejos do hall. Sento-me por um instante, equilibrada nos calcanhares. Kal. Seu nome adentra minha mente antes que eu possa evitar e eu me levanto e começo a descer as escadas. Posso ver pela forma atrás dos vidros que não é ele, e mesmo assim me sinto decepcionada ao abrir a porta para um casal de meia-idade.

— Desculpe por incomodá-la. — O homem se aproxima de mim. Ele é calvo, a cabeça molhada da chuva. A mulher fica no degrau, os olhos empolgados. Ela segura um guarda-chuva meio fechado, os arames da armação como asas quebradas de pássaros. — É que vimos a placa — continua o homem. — Estamos tentando encontrar uma casa nesta área há... — Ele olha para a mulher e ambos riem. Ele se volta para mim. — Nem sei dizer há quanto tempo estamos procurando. Sei que deveríamos ligar para a imobiliária, mas estávamos passando e, já que estamos aqui, nos perguntamos se você não se importaria de nos deixar dar uma olhada.

— Só uma olhadinha — acrescenta a mulher, a boca em um sorriso largo. — Ficaríamos muito agradecidos.

— Você é a proprietária? — pergunta o homem. Abaixo a cabeça. Minha calça jeans está suja. Estou usando um top verde barato que comprei semana passada.

— É minha... Era do meu pai.

Ele rearranja a expressão para demonstrar solidariedade. Ambos estão esperando que eu diga algo. Vejo a chuva cair por detrás deles, ouço-a correndo pela sarjeta. Podia ligar para Michael. Ele me diria para dispensá-los. Ele me tiraria da enrascada, mas não suporto a ideia de ouvir sua voz açucarada.

— Por que vocês não entram? — convido.

Ambos sorriem para mim e entram antes que eu possa lhes dizer que mudei de ideia. A mulher segura o guarda-chuva à frente dela. Ele goteja no piso.

— Não se preocupe com isso — digo. — Somente o coloque ali no canto.

O homem vira a cabeça de um lado para o outro, para o teto e as escadas. Ele acha que a entrada sempre foi magnólia. Quero lhe dizer que havia um quadro das minhas irmãs bem ali, sobre a mesinha; eu costumava ficar diante dele, apertar os olhos até que as cores se confundissem e fingir que eu estava no quadro também.

— Ainda não estamos preparados para visitas — aviso. — Vamos colocar carpetes novos e renovar a cozinha. Tudo deverá estar pronto até o fim da próxima semana. — Estou entre eles e a porta da sala de estar.

— Não se preocupe — diz ele. — Estamos gratos por podermos dar uma olhada.

Ele tem um belo cavanhaque. Ele o puxa com os dedos e começa a me fazer perguntas. Quantos quartos? Banheiros? A lareira funciona? Já decidiram o preço? E quanto ao jardim? A vizinhança é tranquila? Em que faixa de impostos está a casa? Ele se põe no centro de cada ambiente e gira lentamente, anuindo com a cabeça, calculando. Ela toca as paredes, as portas, anda até as janelas e olha para fora.

Consigo não entrar em pânico até chegarmos ao quarto do papai. Vejo-os entrar. A mulher está quase ronronando. É a suíte máster, claro. Eles trarão uma enorme cama de metal. Ela terá uma penteadeira com três espelhos, de modo que possa se ver de perfil. Posso vê-la sentada num banquinho almofadado, passando creme noturno na pele. Ele está na cama, um abajur de veludo iluminando seu livro.

— É para uma família? — pergunto.

A mulher segura a barra do casaco.

— Não, só nós dois. — Ela me sorri melancólica.

Faço que sim.

— É só que... Acho que não é uma casa para crianças.

Eles trocam olhares.

— Nunca me senti à vontade aqui.

— É uma bela casa — comenta a mulher. Ela tamborila no armário.

— Podemos dar uma olhada no andar superior? — pergunta ele. — Só dois minutinhos mesmo, só para ter uma ideia melhor.

— Você é tão gentil — diz a mulher. Ela está usando um vestido creme e botas de couro. Ela está em boa forma.

Eles me acompanham pelas escadas. Abro a porta do meu velho quarto. Não os quero ali.

— É importante, você tem razão — diz a mulher.

— O quê?

— Encontrar uma casa na qual você se sinta confortável. Um lar de verdade. Não entendo por que você não se sente bem aqui. — Ela aponta para a mesa, para a imagem da minha mãe, a vista do jardim dos fundos, as prateleiras de pinho com várias coisas que ainda não joguei fora: livros infantis, pedras, um velho ursinho de pelúcia. — É perfeito — acrescenta ela.

Eu me lembro da primeira vez que o papai me deixou sozinha em casa à noite. Eu tinha catorze, talvez quinze anos, e a ideia de ficar sozinha em casa era empolgante. Podia fazer qualquer coisa, comer qualquer coisa, assistir a qualquer coisa na TV. No entanto, depois que ele saiu, cheirando a loção pós-barba e sabonete, e depois de eu preparar chocolate quente com três colheradas de açúcar e de me ajeitar na velha poltrona de couro na sala de estar, que era território dele, ouvi o silêncio ensurdecedor da casa e comecei a sentir medo. Liguei a televisão e aumentei o volume, mas o silêncio ainda me causava tensão. Senti a boca seca, o coração acelerado. Disse a mim mesma que estava sendo tola. Não ajudou. Tentei me perguntar do que tinha medo. Ladrões, estupradores, fantasmas, fogo, falta de luz, inundação — ou talvez outra coisa, algo a ver com os tijolos e gesso e as molduras das portas e janelas, a lareira com seus azulejos brancos e folhas verdes, o peso do sofá de listras vermelhas e as estantes de livros escuras e pesadas. Zapeei pelos canais da televisão, mas não consegui escolher um programa. Precisava ir ao banheiro, mas não sairia da sala de jeito nenhum. Quando o papai voltou para casa, minha bexiga parecia um saco de pedras afiadas. Ele levou a mão à minha testa e perguntou se eu estava bem. Livrei-me dele e subi lentamente as escadas até o banheiro.

Banheiro. O quarto de Cee. O quarto de Tilly. Sótão. Passo meus dedos pela parede até a porta da frente. O casal passa horas me agradecendo. Ela pega o guarda-chuva e ri assentindo com a cabeça, e finalmente eles se vão. Fecho a porta e apoio a cabeça contra o vidro jateado. Preciso de ar fresco. Uma caminhada. Nada como isso, papai diria — livra-nos das teias de aranha.

As ruas estão tranquilas. O ar cheira a asfalto molhado. Carros passam zunindo. Em Heath, há alguns resignados acompanhantes de cachorros. Um casal ri sob os grandes braços de uma árvore. O vento bate no meu guarda-chuva. Abaixo-o e sinto a chuva lamber minha pele.

Se meu pai estivesse aqui, balançaria a cabeça e me diria para deixar de ser idiota. Pare de se incomodar com a casa, ele diria, é só uma casa. E abra o guarda-chuva, senão você vai pegar um resfriado. Eu a conheço, diria ele, você se sentirá bem por trinta segundos e depois ficará molhada e com gripe pelo resto do dia e reclamará disso. Tento não pensar nele, mas não consigo.

Deixo o guarda-chuva num banco perto dos laguinhos — alguém será grato. No alto do Parliament Hill, paro e observo a vista de Londres; os prédios se transformaram em fantasmas de si mesmos.

Se Kal estivesse aqui, ele olharia para mim e riria. Você parece um rato molhado, comentaria ele, colocando um braço sobre meus ombros, me puxando em sua direção. Desço a colina, para longe da vista. Sob as árvores, o solo é de um marrom exuberante e lodoso. Chove em intervalos irregulares.

Tiro o telefone da bolsa — não —, encontro o número de Kal e aperto "ligar". Ele atende depois de um toque.

— Alice? — Ele parece preocupado.

— Está ocupado?

— Não, não. Me dê um minuto. — Ouço-o remexer em alguma coisa. Papel? Roupa? Imagino-o saindo do quarto. — Alice, como você está? Não achava que...

— Queria que fosse você — digo.

— O quê?

— As coisas. Os presentes. Nos degraus.

— Alice, você está bem?

— Sabia que não eram seus — continuo. — Mas queria que fossem. Queria que fosse você. — Minha voz falha e eu paro e engulo em seco.

— Alice, você está bem?

Seguro o telefone contra meu ouvido e encaro a colina verdejante à minha frente.

— Estou em Heath.

— O tempo não está bom para isso.

— Umas pessoas vieram ver a casa hoje.

— É difícil.

— Eu queria... — Piso num trecho de lama. Ela envolve a sola dos meus tênis.

— Sim?

— Nada. Você está com alguém, não está?

— Alice, eu não...

— Desta vez seus pais aprovam?

— Você está sendo injusta.

Eu o odeio. Eu a odeio. Odeio o modo como meu coração parece apertado.

— Olhe, vou... — Não consigo desligar.

— Você quer me ver? Conversar?

Vamos nos sentar a uma mesa de bar ou café. Ele não vai me tocar.

— Alice?

Quero lhe dizer que ele é um canalha, mas não é justo. Quero lhe dizer que parecia ser a única opção que me restava — terminar, ir embora.

— Estamos refazendo a cozinha — comento. — A cozinha do papai. Parece errado.

— Por que não vamos ao Dino's?

Costumávamos ir lá quando não queríamos cozinhar. Toalhas quadriculadas. Paredes de pedra falsa. O ar com cheiro de alho.

— Posso amanhã. Às sete? — pergunta ele.

Ele pedirá pizza Fiorentina. Comerei espaguete com amêijoas. Dividiremos uma salada e uma porção de pão de alho. Haverá uma vela vermelha e uma garrafa de vinho. Estará tocando música italiana.

— Não parece que terminamos, Alice.

— Já estivemos aqui.

— Sei que já, mas você me ligou, Alice.

— Não fique falando Alice, você parece a porcaria do corretor de imóveis.

Eu o ouço respirar fundo.

— Certo. Tenho coisas a fazer. Boa sorte com suas viagens, ou com o que quer que você faça em seguida.

— Às sete está bom. — Inclino a cabeça para sentir a chuva no rosto. Ele não diz nada, mas não desliga. — Vejo você lá? — pergunto.

— Certo. — Ele está aborrecido.

— Certo — repito. Espero-o desligar.

✿✿✿

Quando volto para casa, não há nada na amurada. Não há nada há uma semana. Quem quer que estivesse fazendo aquilo parou. Sinto falta, o que é ridículo.

Lá dentro, mais duas cartas estão na entrada. Deixo-as onde estão, subo as escadas e preparo um banho. A água quente aquece meus ossos, deixa meus membros moles e cansados. Quando termino, me envolvo num roupão que era do meu pai — não joguei tudo fora ainda — e preparo chocolate quente na caneca vermelha com a asa lascada. A cozinha parece tranquila e triste, como se soubesse que está com os dias contados. Tomo o chocolate quente no meu caminho até o sótão. Deito-me no chão e olho para a abóbada, esperando pelas estrelas.

Dez coisas que eu achei que faria com a minha vida

1) Cuidar de uma galeria de arte.
2) Ser um pintor.
3) Casar.
4) Ter filhos.
5) Sempre quis ir para o Ártico, só pela vastidão vazia dele.
6) Ser um filho melhor.
7) Quando criança, eu queria ser astronauta. Tinha catorze anos quando vi aquelas imagens da superfície lunar.
8) Quis ser arquiteto durante um tempo.
9) Mudar a vida de alguém para melhor.
10) Evitar ser como meu pai.

Acho que sua mãe me amava porque eu podia ir e vir quando eu quisesse — pelo menos era como ela me via. Você é tão jovem, tão livre, dizia ela. Aproveite, incentivava ela, e eu fazia que sim e dizia claro que vou, claro que vou. Eu me pergunto o que ela pensaria de mim agora. Ainda livre, de acordo com ela, mas mais velho, com o coração frágil, cansado e com medo de apertar a campainha.

Mas não sou de desistir. Não quero que você pense que eu desisto fácil das coisas. Não quero que você pense que sou um covarde. Estive pensando — caminhando e pensando, e elaborei um plano.

Estou fazendo um lugar para você. Nada de mais. Estará pronto em uma semana. Isso significa que voltei a coletar, e isso ajuda a me acalmar um pouco, impede meu coração de explodir. Sei de que cores preciso. Sei o que quero dizer.

Ontem fui para o norte, onde as ruas são largas e tranquilas, margeadas por carros elegantes. Passei por uma casa com balões prateados na janela. Dava para ver o jardim, onde crianças brincavam. Um grupo de adultos reunidos ao redor de uma mesa de pinho, com xícaras de chá na mão. Pensei em Anton e sua carta. Imaginei sua filha traçando as flores desenhadas com os dedos e desejando que ele tivesse um endereço para ela enviar a resposta. Eu o imagino em Dagenham, espalhando cimento sobre tijolos, construindo casas e pensando nela.

Num murinho de jardim encontro um anel azul-claro com uma margarida branca suspensa, de algum modo, no plástico.

Sob um banco, na extremidade de um triângulo de grama, encontro um vaso de sementes com a borda prateada. Ele me lembra das conchas de madrepérola que meus pais tinham no pórtico. Quando o vento soprava forte, elas se chocavam contra o vidro.

Num peitoril, perto de uma fúcsia rosa num vaso de terracota, encontro um triângulo de plástico azul-marinho.

No espaço onde o parquímetro encontra o buraco na calçada, acho um botão coberto por seda branca manchada.

Perto do pneu de um carro, encontro uma estrela dourada com as pontas dobradas — um daqueles adesivos que as professoras colocam no trabalhinho das crianças, para dizer que foi muito benfeito.

Alcanço a rua principal e tudo muda — o rugido do tráfego, a confusão de prédios com pouco a dizer um para o outro. A sexta mulher que abordo pedindo um trocado diz "Vou lhe comprar uma xícara de chá", o que significa que ela achava que eu fosse alguém que fumava crack para me livrar do vazio de tudo. Eu a sigo até um café com menus verdes e ela me compra chá e me vê esvaziar quatro saquinhos de açúcar. Ela era tão magra, o cabelo amarrado num rabo de cavalo. Usava um casaco vermelho com grandes botões plásticos. Brincos com a forma de cerejas pendiam até o colarinho do casaco. Eu gostaria de me sentar com ela e beber meu chá, mas a xícara era de papelão e ela já estava segurando a porta aberta.

De volta a Heath, vejo um carro de bombeiro jogar água num prédio que pegava fogo. As chamas lambiam os tijolos e o ar cheirava a metal e plástico queimados. Há alguns anos dormi por um tempo num armazém incendiado, em Wapping. Havia retângulos pretos onde deveria haver janelas e os ambientes eram de um cinza aveludado, tudo coberto por uma camada de cinzas. Elas se entranhavam na minha pele até que minhas mãos se parecessem com a vista aérea de um delta, um mapa de rios escuros. Viver lá me fez tossir como um velho, mas era seco e eu fiquei até que os tratores chegaram.

✿ ✿ ✿

O lugar que escolhi não fica longe da sua casa — uma caminhada curta pelo Heath. Tem um metro e meio de comprimento, talvez um metro de largura, escondido entre os arbustos. Não é exatamente um palácio, mas é silencioso e seco. Um homem poderia viver aqui. Limpo as folhas e galhos do chão, deixo-o plano com a palma das mãos. Esvazio o saco plástico: um jorro de cores. Tiro a bola de algodão do meu bolso e pego as cores, uma a uma, prendendo-as aos galhos. Alice. Filha. Amor. Desculpe. Pai. Cada pedaço pende no centro do espaço, balançando suavemente de um lado para o outro se bate um vento. Pego um pedaço de embalagem dourada, faço um laço no meio e o prendo. Escolho um pedaço de papelão magenta e uso um prego para fazer um buraco, passando outro pedaço de fio no meio dele. Sinto-me melhor agora que comecei.

Há vários anos, antes de o meu pai morrer, aluguei um quartinho numa casa suja. Era como uma cela, com paredes brancas frias e uma cama estreita. Comecei a colecionar cores — pedaços que encontrava na rua ou no armazém do supermercado onde eu trabalhava na época. Eu os grudava na parede. Era contra as regras, mas o senhorio nunca verificou, e eu saí sem dar um endereço. Eu me lembro de uma moça que gostou daquilo, passando os dedos pelas texturas. Na manhã seguinte acordei e ela havia ido embora, mas mais tarde, naquele mesmo dia, alguém enfiou uma carta por debaixo da porta e dentro dele havia uma pena de pega, cem tons de preto; um toco de lápis vermelho; uma concha de marisco como as que se pegam quando criança, caminhando atrás dos pais pelas longas praias. Colei-os cuidadosamente no lugar, imaginando-a à procura deles no nosso próximo encontro, mas ela nunca mais voltou.

✿✿✿

Dei-me uma semana. Meus cabelos estão começando a crescer. Não tenho espelho, mas espero que tenha perdido a imagem de um homem tosquiado. Mas meu rosto está com barba. Não tenho lâmina e não posso voltar para o abrigo: não para aquele, pelo menos. Posso lhes dizer que você não estava, que você se fora por um tempo, mas nunca fui bom de mentiras.

Uma vez terminado, este lugar vai ficar lindo — como nada que você tenha visto. Posso imaginar você de pernas cruzadas no centro, olhando as cores, anuindo com a cabeça e sorrindo, porque finalmente você entende.

Dez lugares onde fiz sexo

1) *Num hotel em Irkutsk, com carpete sujo e um banheiro que pingou a noite toda.*
2) *Um albergue em Cingapura. Prendemos nossas mochilas na maçaneta da porta.*
3) *Cartagena, Colômbia. Ele era mais novo do que eu.*
4) *Boston, Massachusetts. Suspeito que ele fosse casado.*
5) *Uma barraca no lago Windermere — eu tinha dezessete anos. Depois deitamos e ficamos ouvindo a chuva.*
6) *Aquela vez na Grécia, na sacada.*
7) *Na laje do prédio de Kal, com vista para Londres. Sinto falta da maneira como ele acariciava meus cabelos.*
8) *No banheiro de um bar em Chiswick, mas prefiro não lembrar.*
9) *No banco de trás de um táxi, em algum lugar de Newcastle. Havia bebido demais.*
10) *Nunca aqui, agora que penso nisso, nunca nesta casa.*

Cee chega vestida para a ginástica — tênis de corrida prateados e um traje colorido manchado pela chuva. Empilhamos os sacos de coisas do papai no carro dela. Eles parecem uma espécie de fungo gigante no assento traseiro. O tráfego aumenta e diminui, cheio de pessoas encolhidas debaixo de guarda-chuvas, abrigando-se em pórticos. O carro cheira a plástico doce.

Sete horas no Dino's. Podia dar o bolo nele.

— Você gosta de ser mãe? — pergunto a Cee quando ela entra na Holloway Road. Ela dirige com um cuidado frustrante.

Ela vira a cabeça de lado, como se estivesse alongando um músculo do pescoço.

— Sim. Adoro — responde ela, se ajeitando novamente.

Olho para ela. Cee está usando uma sombra clara e cintilante e um rímel marrom.

— Acho que a gente nunca sente amor de verdade antes de ter um filho — filosofa ela. — É nesta esquina?

— Na próxima, perto do bar — aponto.

— Quando Martin nasceu foi... — Ela fica vermelha. — Eu teria matado por ele, ou me jogado na frente de um caminhão. Ainda faria isso, por qualquer um deles.

— É aqui. — Meditativas, ouvimos o tique da seta. — Não parece um pouco errado? — pergunto.

— Acho que estamos programados assim. Faz sentido se a gente pensar bem. — Entramos numa rua lateral, entre blocos novos de prédios com sacadas coloridas como brinquedos de criança.

— Me refiro a jogar essas coisas no lixo.

— É um centro de reciclagem. O que mais poderíamos fazer com isso?

Seguimos as placas: à esquerda no trevo, por uma rampa de concreto, sob uma restrição de altura amarela e preta. O que quero é o tipo de lixo que se vê na televisão — nos filmes de Hollywood, nos documentários sobre os países subdesenvolvidos. Quero uma pilha de lixo que se estenda até onde minha vista alcance. Quero um céu encoberto e pessoas solitárias pegando qualquer coisa de valor. Quero carroças, pássaros e a ameaça de ratos. Quero fedor. Em vez disso, porém, saio do carro para a luz fraca de um espaço de concreto, como o piso de um estacionamento. Seis grandes caminhões de lixo estão enfileirados. Degraus metálicos levam a uma plataforma de cada lado. Na extremidade há lixeiras menores — para cartuchos de tinta, computadores, roupas, sapatos. Um homem de jaqueta amarela nos observa de uma construção modular verde. Cee e eu observamos um casal de pouco mais de vinte anos aplainando caixas de papelão. O homem pega a caixa de papelão do piso. A mulher sobe e desce os degraus, mantém os braços sobre o contentor e solta. Quatro jamaicanos tiram um sofá — grande demais para eles — de uma van. Suas vozes se avolumam e diminuem no espaço morto. Eles adoravam aquele sofá. Dói vê-lo partir, mas é hora de seguir em frente.

Cee abre o porta-malas e nós o esvaziamos em silêncio. Há sacos de papel, cantos brancos saindo pelo saco preto: contas pagas, recibos de coisas quebradas já há muito tempo, cópias antigas de jornais médicos. Cee e Tilly insistiram em arrumar o estúdio do papai e mantiveram a porta fechada durante a arrumação. Protestei, claro. Sei ser teimosa como a Cee quando quero, mas a visão de Tilly, toda envergonhada, com lágrimas nos olhos, me impediu de insistir. Dei de ombros e fingi não me importar, mas, quando elas saíram, cada qual carregando um saco plástico de pastas de papel, abri a porta e entrei.

O estúdio dele tinha o mesmo carpete vermelho que subia as escadas e alcançava as paredes do patamar. Há uma mesa de canto perto da janela sem cortina, com uma luminária dourada — sua abóbada curvada e enrugada como uma concha. As paredes são forradas de madeira, pintadas de branco há anos. Há uma foto de uma paisagem à esquerda da mesa: algo feio e holandês, as árvores atarracadas e cinzas, o céu cheio de nuvens. O ambiente mantém um cheiro fraco dos cigarros dele. Dava para contar nos dedos de uma mão as vezes que estive ali dentro.

Abri as gavetas uma a uma. Tentei fazer isso quando tinha treze ou catorze anos, mas elas estavam trancadas. Portas trancadas significam segredos. Procurei uma chave, uma espécie de fúria tomando posse de mim, mas não encontrei nada. Dessa vez, as gavetas se abriram com um som metálico. A primeira ainda estava cheia de pastas verdes, a caligrafia estreita do meu pai nas etiquetas plásticas. Boletins das Meninas. Diplomas de Música das Meninas. Recortes de Jornais das Meninas. Peguei um recorte amarelado de jornal. *Meninas de Hampstead Correm para a Vitória* — uma imagem de Cee em seu traje esportivo, segurando uma medalha com uma fita grossa. Recoloquei-o no lugar e peguei um relatório escolar. "É difícil saber se Alice abandona as coisas — projetos, pensamentos, redações — porque ela está entediada ou porque lhe falta confiança para concluir as coisas." Srta. Ward. Ela cheirava a Sugar Puffs. Seus dentes da frente eram encavalados. Devolvi o relatório e fechei a gaveta. A outra gaveta também estava cheia de pastas verdes, mas elas se achavam vazias, e as etiquetas tinham sido retiradas dos plásticos.

✿✿✿

A caixa para doação de sapatos tem uma gaveta de metal, como um caixa de depósito bancário. Os nomes das instituições de caridade beneficiadas estão pintados num dos lados em letras verdes. Desculpe, desculpe, digo para mim mesma, ouvindo os sacos de sapatos caírem sobre sacos de sapatos de outras pessoas. Nas tardes de domingo, ele costumava cobrir a mesa da cozinha com jornal e engraxar seus sapatos. Ele tirava o pó com uma escova amarela, passava graxa e polia com uma escova com cabo de madeira. Você consegue ver seu rosto neles, Alice?, perguntava ele. Eu os levava até meu nariz e sentia o cheiro forte e químico. Ainda não, um pouco mais, eu dizia. Que patroa difícil, ele falava. Sempre que saía de casa, mesmo depois de se aposentar, ele usava calça bem passada e sapatos engraxados. Acho que ele nunca teve um par de tênis. Todos acabarão, os cadarços atados, em armazéns de caridade que cheiram a tapete velho, com suas prateleiras cheias de pratos individuais, xícaras sem pires, vasos feios, animais de porcelana e bonecas rejeitadas.

✿✿✿

— Você acha que o papai se sentia assim? — pergunto a Cee no caminho de volta.

Ela franze a testa.

— Como você disse sobre o Martin. Você acha que ele... sabe, teria morrido por nós?

Um menino de bicicleta passa pelos carros. Ele usa trajes cinza e segura um celular no ouvido. Eu costumava me sentir assim — invencível.

— Tenho certeza de que sim — responde Cee. — Ele não era o tipo que demonstrava, mas isso não quer dizer...

— Sempre senti que ele queria ter ficado apenas com vocês duas.

— Ah, Alice. — Há alguma coisa em seu tom de voz que me retorce o estômago. Olho para ela. Ela sabe que estou olhando, mas presta atenção à frente.

— O que isso significa? — pergunto.

Ela fica tensa.

— Que é uma coisa horrível de pensar. Ele a amava.

— Você me disse que eles brigaram quando eu nasci.

— Não disse. Por que diria uma coisa dessas?

Dou de ombros.

— Há alguns anos. Eu tinha seis, talvez sete anos.

— Bem, isso não importa, não é?

— Não entendo como não importa.

— Crianças dizem besteiras. Éramos apenas crianças.

— Você tinha uns quinze anos e, de qualquer maneira, Tilly diz que as crianças veem mais do que ela, às vezes.

— Bem, não acho... Olha, eles brigaram, não foi nada fora do comum. Eu provavelmente só estava sendo chata.

Seguimos em silêncio. Ao estacionarmos em frente a casa, Cee desliga o motor e se volta para mim.

— Desculpe — diz ela. O que é uma coisa incrível de ela dizer, tanto que não consigo pensar numa resposta.

✿✿✿

Bebemos chá, sentadas à mesa da cozinha, molhando biscoitos de gengibre até que nossos dedos encontrem a superfície e depois comendo rapidamente, antes que se esfarelem. Ainda falta muito para as sete horas, mas quero que ela vá embora. Preciso me concentrar.

— Tilly nos convidou para visitá-la hoje à noite — comenta Cee. — Ela quer cozinhar para nós. E Toby. — Ela torce a boca ao mencionar o nome dele.

— Vou sair. — Para minha surpresa, fico toda vermelha.

Cee estreita os olhos.

— Com quem?

— Como estão Tilly e Toby? — pergunto.

— Por que ela desperdiça a vida com um homem que nunca... — começa Cee, e depois me encara. Em vez de se calar, ela ajeita os ombros e continua. — É autodestrutivo, esse tipo de comportamento, é como se ela não quisesse de fato todas as coisas que diz querer.

— Ela o ama — sentencio.

Cee faz que não.

— Às vezes me pergunto se vocês duas cresceram numa família diferente.

Pego outro biscoito e o parto ao meio. Talvez Kal tenha mudado de ideia. Talvez ele tenha concluído que eu valho a pena.

— Então você não vem? — pergunta Cee.

— Não posso.

— Alice, você decidiu...

Cruzo os braços, ergo as sobrancelhas.

— Quero dizer, depois que esta casa estiver... — Ela quase treme. Cee não é uma pessoa totalmente sem sentimentos. — Você voltará para a China?

— Mongólia.

— Vai?

Dou de ombros. Ela me olha e eu a encaro.

— Talvez eu fique e arranje um trabalho — respondo.

Cee ri e eu quero bater nela. Ela pega nossas xícaras e leva para a pia.

— O que é tudo isso, Alice? — pergunta ela.

Droga.

— Nunca achei que você gostasse de jardinagem.

Ela pega as sementes que estão no peitoril, sobre o jornal que ficou seco e amarelado, perto dos presentes. Não consigo chegar lá rápido o bastante. Meu coração quase sai pela boca. Lá no retângulo de terra há cinco, não, sete, oito sementinhas. São do tamanho de uma unha de bebê. Cada qual se divide em duas linhas verdes. Estão crescendo. Afasto-a e toco uma das sementes com meus dedos.

Olá. Bem-vinda.

Cee está perto demais. Posso ouvir sua respiração.

— O que são elas, então? — pergunta.

— Não sei. — Minha voz falha. Engulo em seco. — Elas são diferentes — continuo. — Encontrei-as no galpão.

Não sei quais sementes brotaram e quais não, e percebo que, sem escavá-las, nunca saberei. E, se eu escavá-las, vou matar todas elas. Quando crescerem, quando sobreviverem ao serem tiradas da terra e examinadas, as sementes já terão desaparecido.

— Foi uma coisa estúpida a se fazer — digo. — Passei toda a semana nesta porcaria de casa.

— Você fez um ótimo trabalho, Alice.

— Sinto que o estou apagando.

Ela põe a mão sobre meu ombro e me acaricia — como se eu fosse uma criança. Acho consolador, mesmo a contragosto.

✿✿✿

Uso o vestido e os sapatos da minha mãe, com sombra azul-turquesa para combinar. Prendo os cabelos e deixo um cacho de cada lado para suavizar o rosto. Estamos apenas indo ao Dino's. É demais. No entanto, se ele mudou de ideia, quero estar vestida para a ocasião.

Os sapatos têm saltos. Ela deve ter gostado disso também — de se sentir mais alta do que era. Chego dez minutos antes, apesar de tentar me atrasar. Pego uma mesinha ao lado da parede de pedras falsas e peço gim-tônica. Quando Kal chega, bebi quase tudo. O gim faz com que eu me sinta mais leve e frágil.

Eu me levanto. Ele se inclina sobre a mesa e me beija no rosto. Sinto sua barba arranhar e o cheiro de sua loção.

— Parece que preciso me informar das novidades — diz ele, apontando para meu copo. Ele chama o garçom e pede uma garrafa de vinho tinto.

Observo-o colocar o paletó nas costas da cadeira, pegar o celular e a carteira do bolso e pousá-los sobre a mesa. Bebo meu drinque de um só gole. Ele se senta e me olha. Não vou ser a primeira a falar.

— Você está linda — comenta ele.

Passo a mão no queixo e abaixo a cabeça. Eu devia estar usando calça jeans. Ele está usando calça jeans, uma camisa azul quadriculada que comprei para ele há alguns anos, apesar de eu achar que ele não pensou nisso ao vesti-la.

— Como está você? — pergunta ele.

Dou de ombros.

— Você está arrumando a casa?

Faço que sim.

— Deve ser difícil. — Seu celular vibra sobre a mesa, um ruído abafado. Ele olha, mas não atende.

— Não é como se eu me sentisse em casa lá — falo.

— Mesmo assim.

— E seu apartamento? Ainda está lá?

Ele me lança um olhar e eu me pergunto por um instante se ele me viu sentada no jardim, observando. Só estive lá umas poucas vezes, quatro, no máximo. Talvez cinco. Mas ele sorri e diz:

— Sim. A mesma coisa de sempre. O cachorro da Julie morreu no mês passado, então acho que está um pouco mais tranquilo. — Julie mora no apartamento vizinho. Seu cachorro uivava sempre que ela saía.

— Pobre Julie — digo.

— Sempre há uma esperança.

Eu não deveria ter vindo.

O garçom traz o vinho e Kal brinca com ele sobre vinhedos e tipos de solo. Ele gira o vinho na taça, bebe e acena com aprovação. O garçom me serve.

— Está pronta para pedir? — pergunta ele.

Como previ: pizza Fiorentina, espaguete com amêijoas, salada, pão de alho.

Observo Kal beber. Sempre me deixou com raiva. Bebida, ótimo; sexo antes do casamento, ótimo; bacon no café da manhã, ótimo — desde que ninguém que importasse soubesse.

— Então me conte tudo — diz ele.

Amo você. Odeio você. Sinto sua falta. Não sei mais quem sou.

— Fui para a Rússia, depois cruzei a Mongólia — informo.

Ele fica sério e faz que sim.

— Como era o trem? — Havíamos falado sobre fazermos essa viagem juntos.

— Bom. Comprido. — Levo a taça à boca e bebo rápido demais. Não estou me concentrando. O vinho espirra no meu rosto e no vestido. Limpo com um guardanapo. Kal me passa o sal e eu o derramo sobre a seda, esfregando. Levo o guardanapo à boca e me concentro em não chorar.

— Lavanderia a seco — sugere ele. — Eles darão um jeito.

— Era da minha mãe. — Minha voz trêmula.

— Alice. — Ele pega minha mão e eu deixo. — Sinto sua falta, Alice.

Olho para nossas mãos sobre a mesa. Sua pele é fria, seca, familiar.

— Sei que falamos sobre isso — diz ele. — Sei que foi difícil para você. Sei o que você disse.

— Estava falando sério.

— Eu sei.

Espero que ele diga que mudou de ideia, mas ele não fala nada.

— Você está com alguém?

Ele solta minha mão e se recosta na cadeira. Ele pega o garfo e o gira no ar.

— Não — responde.

Eu rio, e ele me olha como se eu o tivesse ofendido.

— E quanto a você? — pergunta ele.

Dormi com um homem em Irkutski, num quarto de hotel com espelhos numa parede e uma colcha de veludo cinza. Depois acendi um cigarro. Ele disse que tinha asma e que era um quarto de não fumante, por isso me enrolei na colcha, fui para a sacadinha e fumei meu cigarro lá. O quarto dava para uma rua movimentada. O barulho me lembrava Londres.

Meu espaguete chega. As amêijoas parecem minúsculas e murchas nas conchas.

— E o trabalho? — pergunto.

Ele faz que sim.

— Bom. — Ele corta um pedaço de pizza e o leva à boca, a muçarela se esticando em fios. — Ótimo. Ainda estou no S. Thomas. Tive algumas coisas publicadas recentemente.

Sempre me perguntei como era ele no trabalho. Imagino que ele seja mais decidido, mais preciso do que é em casa.

Ele me oferece pizza. Eu me impeço de aceitar.

— Como estão os Termos e Condições? — pergunta ele.

Sorrio, não consigo evitar.

— A mesma coisa de sempre — respondo. — Tilly ainda está com Toby. Cee ainda é uma controladora.

— Você é dura com ela.

— Ela é dura comigo.

— Há quanto tempo você está em casa?

— Não tenho certeza se estou em casa.

— Em Londres, então.

Dou de ombros.

— Não sei.

— Alice, você parece triste.

— Meu pai morreu. Lembra? — Pego um marisco. É marrom na parte de fora e roxo na parte de dentro. Ele se quebra em dois quando o inclino. — Vou para Déli, acho. Semana que vem. Tilly e Cee podem terminar de dar um jeito na casa. Está quase tudo feito mesmo.

— Eu podia ir com você.

— Você tem um emprego.

— Posso sair. Podíamos tentar de novo, Alice.

— Mal conseguimos conversar. E você está saindo com alguém.

— Não é nada...

— Você tem permissão para se casar com essa?

— Não quero me casar, Alice. Achava que você também não quisesse se casar.

— Não quero.

— Então não entendo do que se trata tudo isso.

Posso sentir meus olhos cheios de lágrimas. Aperto os lábios.

— Você sabe do que se trata — sussurro.

— Mas somos bons juntos, não? — Ele estende o braço sobre a mesa e coloca sua mão sobre a minha. Eu não a tiro.

— Eu não podia atender o telefone no nosso apartamento — digo.

Ele suspira.

— Todo mundo usa celular hoje em dia.

— Essa não é a questão. A questão é que eu não podia. A questão é que eu não podia me casar com você se quisesse. Não podia ter seus filhos.

— Achava que você não quisesse filhos. — Ele tira a mão. Ainda sinto o calor dele na minha pele.

Tiro uma amêijoa da concha. Tem gosto de alho e água do mar.

— Por que não podemos voltar a ser o que éramos? — pergunta ele.

— Tenho quase trinta anos, Kal.

— E daí? Conversamos sobre isso. Nada de casamento. Nada de filhos. Só você e eu, vivendo. Deu certo. Era divertido.

Nunca conversamos sobre isso. Sobre o que era importante.

— Ainda a amo, Alice.

— Não.

— É verdade. — Ele fala mais alto.

Imagine. De volta ao apartamento dele. Ovos mexidos com torrada para o café de domingo. Cerveja gelada no refrigerador. Meus dias e semanas moldados por seu trabalho. Economizar e ir para algum lugar novo a cada seis meses; voltar para lhe contar minhas aventuras. Ele tem razão. Não quero me casar. Ou ter filhos. Sempre soube disso. E, mesmo que eu quisesse, não há ninguém. E nunca terá, enquanto você desperdiçar seu tempo com ele, diria Cee. Seria um passo para trás. Seria um desastre.

Desisto do meu espaguete, me recosto na cadeira e cruzo os braços.

— Voltarei se você contar a seus pais sobre nós — sentencio.

Ele tem a boca cheia de pizza. Depois de engolir, ele deixa o garfo e a faca de lado.

— Você sabe como é, Alice — diz.

Caminharíamos pelo rio nos seus dias de folga, compraríamos café e desceríamos até as praias se a maré estivesse baixa. Caçaríamos tesouros — uma pedra na forma de coração, uma argola prateada grande o bastante para ser usada como anel. Acordaríamos juntos. Dormiríamos juntos.

— Então não...

Ele ergue os olhos com frustração.

— Não a entendo.

— Não, não entende. — Não posso passar o restante da minha vida vivendo à margem. Não consigo explicar isso para ele.

— Ficamos juntos três anos, Alice. Éramos bons. Tínhamos algo. Nunca tentei mudá-la. Nunca tentei impedi-la de sair em suas viagens.

Eu não deveria ter ligado para ele. Não é mais fácil da segunda vez.

— Se você não consegue nem fazer isso por mim, Kal.

Vejo seus olhos se escurecerem. Ele não diz nada por um tempo. Quando finalmente se manifesta, fala devagar e tranquilamente.

— Você acha que é uma coisa pequena? Perder sua família, Alice? — Faço uma cara feia. Ele continua. — Todos eles, Alice? Você faria isso por mim? Partiria o coração deles? Nunca os veria novamente?

Eu o encaro. Adoro seus olhos — seus cílios espessos e curvos. Adoro o contorno do seu queixo e a forma de suas orelhas. Dedilho a seda azul-turquesa à minha esquerda. A barra é feita à mão. Estraguei o vestido. Penso no papai e em nós três, sentados num camarote no balé, tomando sorvete, trocando ideias sobre a história até ali.

— Você tem razão — concordo.

Ele franze a testa.

— Você tem razão — repito. Nunca havia pensado sobre isso antes, não adequadamente. — Eu não faria isso — acrescento. Nem mesmo Cee. Merda, eu não abdicaria nem mesmo de Cee por ele.

Kal faz que sim. Ele corta um pedaço da casca da pizza e o morde.

— Estávamos bem, só nos dois — comenta. — Nós fizemos dar certo, não é?

Eu finjo um sorriso.

—Estávamos bem — digo. — Mas acabou.

Ele lambe os lábios.

— Não tem de ser assim.

— Desculpe por trazer isso à tona de novo.

Ele se inclina na minha direção.

— Podemos dar tempo ao tempo. Termos encontros casuais. Ver em que ponto estamos.

— Estarei em Déli.

— Posso ir vê-la? — Ele me encara. Meu peito dói. Tudo dói.

— Tenho que ir. — Pego uma nota de vinte libras da bolsa. Ele faz que não e então a enfio sob minha taça de vinho. Ao passar por ele, suas mãos se movem e acho que ele vai me tocar, mas ele leva a mão a seus lábios e eu saio noite adentro.

Dez coisas que diria sobre Londres

1) As pessoas deixam cair mais coisas do que você imagina.
2) É melhor quando faz sol.
3) É menor e maior do que você acha.
4) Há gentileza.
5) Chegue o mais próximo possível da usina de força de Battersea e ouça os gemidos dos velhos guindastes perto da água.
6) Há um relógio numa árvore perto de London Fields.
7) Há um tanque pintado de branco e preto na esquina entre Mandela Road e Page's Walk.
8) Há um mural de um homem lendo um livro perto de uma árvore quebrada, na esquina entre as ruas Noel e Poland, não muito longe de Oxford Circus.
9) Geralmente os lugares que parecem menos convidativos são os que mais têm a oferecer – há uma floresta atrás das torres de Heygate.
10) Não é um lugar que você possa conhecer por inteiro.

Tomo cuidado sempre que me aproximo do seu recanto. As pessoas notam as repetições, você pode se surpreender por isso numa cidade como esta, mas é verdade. Tiro as folhas quando tenho certeza de que ninguém está vendo e trago mais cores para deixar mais bonito.

Entre; seja bem-vinda. Você erguerá os olhos para o teto e sorrirá. Surpreendente? Não é? Deixe-me explicá-lo. Cada letra tem uma cor, entende? Você tem isso também? Sempre soube. Mas talvez não sejam das mesmas cores que as minhas. De qualquer modo, deixe-me lhe mostrar. Eis aqui seu nome. Este azul-claro é para o A; dourado para o L; rosa para o I; azul-marinho para o C; e cinza-escuro para o E. Você está fazendo que sim. Você entende. Claro que sim. Alice. Filha. Amor. Desculpe. Pai.

Estava preocupado em ter alguma coisa para você, direi, e você sorrirá e parecerá um pouco triste, e dirá que eu não deveria ter me preocupado — o que mais você iria querer exceto isso? Você sempre soube, dirá, ou sempre suspeitou. Você estava esperando, dirá, o tempo todo.

✿✿✿

Vou para a casa todos os dias e todas as vezes saio me sentindo em pânico e apressadamente. As paredes da sala de estar são brancas e os móveis estão de volta ao lugar. Os sacos cheios de pedaços de árvore se foram. Você está se preparando para ir embora, mas ainda há trabalho para mim. Precisa ser perfeito. Eu me pergunto se você é alguém que pode esperar pelas coisas ou se é como sua mãe. Ela era um redemoinho. Ela pegava você, girava-a e a deixava sem fôlego e desorientada.

Duramos pouco mais de um ano. Sempre culpei Malcolm por arruinar tudo, mas talvez tivéssemos terminado antes disso. Eu me lembro de uma tarde em Bloomsbury. Ela se sentou perto da janela — a cortina segura com uma das mãos, a testa contra o vidro — e ficou lá durante tanto tempo que pensei que tivesse dormido. Quando finalmente se mexeu, perguntei o que havia de errado e ela se virou para mim com lágrimas no rosto.

— Não suporto todo esse segredo — disse. — Todas essas coisas ocultas.

Olhei para ela e pensei que ficaria feliz por passar o restante da minha vida com ela naquele apartamento minúsculo.

— Sinto-me tão claustrofóbica, como se não pudesse respirar — comentou ela.

Não havia muito que dizer. Tentei. Acariciei seus ombros e beijei seu pescoço. Tentei convencê-la a imaginar uma fuga para a Itália ou Escócia ou Austrália, mas ela se afastou de mim.

— Tenho filhas, Daniel, e um marido.

— Eu sei, eu sei.

— Você não faz ideia.

Mais tarde, comprei vinho e madeleines e nós nos sentamos de pernas cruzadas na cama bebendo com as taças de cabo longo de Marina. Ela me disse que queria ter sido uma bailarina, que acordava antes de todo mundo e praticava na sala de jantar da casa de seus pais: *arabesque, glissade, pas de chat* — as palavras me voltam agora. Mostre-me, eu disse. Ela riu e disse que mal podia se lembrar dos passos, mas se levantou e eu a observei deslizar pelo quarto, seus olhos distantes e um sorriso preso nos lábios.

— Queria que o tempo parasse — desejei. — Agora mesmo.

Ela me olhou e arqueou as sobrancelhas.

— Se você parasse no tempo, não viveria — advertiu.

A maior parte da minha vida, depois dela, foi mais devagar do que você imagina. É mais lento nas ruas, mas importa pouco lá — que dia é, qual a hora; vendi meu relógio há vários anos.

O tempo era lento quando eu trabalhava também. Lembro-me daquelas noites infindáveis dirigindo o táxi. Meu último trabalho foi há cinco anos: como segurança num armazém em Bow. Eles me pegaram dormindo em serviço e me despediram. Estou velho e acabado demais para trabalhar, ao que parece, e chegou um ponto em que percebi que não tinha todo o tempo do mundo, e decidi que era mais importante procurar por você.

Só que agora o tempo está se esvaindo. Hoje passei todo o dia coletando cores e depois voltei para casa. Quando entrei na sua rua, vi a placa. À venda. Se tivesse esperado o dia todo, teria visto alguém chegando, numa van, acho, com aquele pedaço comprido de madeira branca e a placa para afixar. Ver aquilo fez mal para meu coração; tive de usar o spray, apesar de não ter quase mais nada — o alívio gelado na minha língua. Tentei imaginar as pessoas que colocaram a placa; me ajudou a respirar. Um homem de vinte e poucos anos — cabelos bem aprumados, um pouco oleosos. Ele usava uma camisa preta com capuz. Seus tênis estavam gastos, o plástico começando a se desgastar nas solas. A van tinha um amassado num dos lados e estava sem o retrovisor esquerdo.

Sentei-me no banco perto da escola no final da sua rua e com um jornal fiz uma flor. Andei até sua porta da frente e a deixei na amurada.

Pode-se demorar muito tempo para vender uma casa. Olhei os jornais, passei pelos quadros do *Evening Standard,* para entender o mundo. O preço das casas está despencando. Paredes e tetos de repente não estão tão cheios de dinheiro quanto as pessoas pensavam. Entretanto, sinto que a terra tremeu sob meus pés. Sinto que o tempo é curto.

✿✿✿

Trabalho duro, o tão duro e rápido quanto posso. Estou quase sem algodão e fios. Meus dedos parecem desajeitados. Difícil. Aplico o spray sob minha língua uma, duas vezes — mas daí não há mais spray e ainda assim é difícil. Não posso morrer aqui quando está quase pronto, quando é quase possível.

Concentro-me nas cores; eu a listo de cabeça: azul-claro, dourado, rosa, azul-marinho, cinza-escuro. Respirar. Um alaranjado claro, quase translúcido, azul-claro, vermelho-alaranjado, roxo, magnólia, verde, cinza-escuro, castanho. Respirar. Dourado, prateado, lilás, cinza-escuro. Respirar.

Está ficando mais fácil. Meu coração parece mais leve. Verde-oliva, prateado, castanho — duas vezes marrom. Respirar. Ergo os olhos para a copa das folhas e as cores dançantes. Posso ver como será o aspecto quando você vier. Será lindo. Branco perolado, azul-claro, verde, magnólia, cinza-escuro, castanho.

Gostaria de poder preparar uma xícara de chá. Gostaria de derramar água quente numa xícara branca, misturar leite e açúcar, apertar o saquinho de chá contra a lateral com uma colherzinha de metal. Gostaria de vê-la sentada com os joelhos no peito, as mãos envolvendo a xícara, o vapor se elevando. Em vez disso, tenho o restinho de uma garrafa de uísque. Eu a enterrei parcialmente e cobri o restante com folhas. Não há nada para beber. Não é tão bom quanto uma xícara de chá, mas ao menos tenho alguma coisa para lhe oferecer.

✿✿✿

Esta manhã caminho até Kenwood House, chego quando eles estão destrancando os banheiros. Aplico sabão líquido na palma da mão, abro a torneira até que a água fique quente e lavo o rosto. O sabão cheira a sorvete de fruta. Jogo água no cabelo e passo os dedos pelos nós. Faz somente uma semana que Hunter o cortou e parece bom, digo a mim mesmo. Depois passo as mãos pelo rosto, e os pelos arranham minhas mãos. Não tenho lâmina de barbear. Ríspido, digo a mim mesmo. Confiante, digo a mim mesmo.

Um homem entra. Não nos olhamos, mas vejo que ele me olha de soslaio pelo espelho ao lavar as mãos. Espero que ele saia e jogo o spray para o coração no lixo, e caminho rumo a você.

Hoje eu tenho algo para lhe dar.

Encontro uma rosa branca ao lado da rua. Faço todo o caminho até sua casa com ela na palma da mão.

Desta vez, ao subir os degraus, sei que vou apertar a campainha.

✿✿✿

Podia nunca ter descoberto que sua mãe morreu. Um jornal velho, o funeral há muito tempo realizado. Lembro-me das palavras me destruindo. Sentei-me na alcova de concreto do lado sul da Blackfriars Bridge, com o obituário rasgado no colo. O céu estava lindo. Rosa marcado por nuvens negras. Os trens levavam passageiros pela água, a estação de luz exalava fumaça. Voltei lá desde então. Há uma boia salva-vidas de plástico vermelho presa a cada alcova com uma placa na qual se lê "Para salvar uma vida".

A única coisa que me impediu de subir na parede, me inclinar para a frente e me soltar era seu nome, listado com o nome de suas irmãs. Desculpe por ela ter lhe dado um nome tão frio e azul. Eu teria escolhido algo mais quente, algo marcado pelo sol. O centro rosa do seu nome submerge em azul e cinza. É um nome que me faz pensar em inverno, em alguém sozinho numa colina sem árvores para protegê-lo do vento e da neve. Mesmo assim, isso me salvou, saber pela primeira vez quem você era.

Dez coisas que acontecem quando você limpa a casa do seu pai

1) *Você percebe de quanto acúmulo é capaz uma pessoa que nem gosta de comprar.*
2) *Você tem de lidar com muito pó.*
3) *Você tem de tentar não pensar de onde vem todo aquele pó.*
4) *Você fica exausta de ficar sentada num só lugar, mal se movendo.*
5) *Você se torna emocionalmente apegada aos armários da cozinha de que nunca gostou.*
6) *Você se esquece de que ele está morto.*
7) *Você percebe como as roupas podem ser pesadas.*
8) *Você se esquece de comer.*
9) *Você fica irracionalmente empolgada pela ideia de que sementes se transformam em plantas.*
10) *Você tenta se consolar apoiando o corpo contra a parede — funciona melhor do que você imagina.*

Saindo do restaurante, mantenho os olhos fechados no metrô e depois caminho de cabeça baixa até minha casa, os sapatos da minha mãe arranhando meus calcanhares. Não deixei nenhuma luz acesa. Fico na calçada e olho para ela: apenas uma casa escura numa rua escura, com uma placa de "À Venda". Não há para onde ir e assim caminho até a porta da frente e entro. Ainda sinto o cheiro de tinta. Quando tiro os sapatos de minha mãe, os azulejos parecem frios sob meus pés.

Estraguei o vestido. Vou até o quarto do papai e a imagino lá, refletida no espelho do armário, brincos nas orelhas, prendendo o colar. O vestido está manchado em três partes. Uma maior, do tamanho de uma folha, e duas gotas menores ao lado. Abro o zíper e deixo o vestido cair a meus pés. Lembro-me de Kal, passando a mão em minha pele, dizendo-me que eu era linda.

✿✿✿

Esta manhã me deito na cama de solteiro no quarto que costumava ser meu, na casa que costumava ser do meu pai. Sinto-me como se estivesse cheia de hélio — posso flutuar a qualquer instante. Um choro me faria bem, diria Tilly, mas ao que parece não consigo chorar.

Deito-me e olho para o teto. Shaun vem hoje. Ele desmontará a cozinha. Arrasto-me até o banheiro. O sol brilha pelos vidros jateados e transforma os azulejos azuis em linhas reluzentes. Fecho a cortina.

O vestido da mamãe está no chão no quarto do papai. Está dobrado e as manchas parecem maiores e mais escuras do que ontem. Eu devia parecer uma idiota na noite passada, toda bem vestida. Pego o vestido e o coloco num saco plástico.

Ao abrir a porta da frente, vejo. Outra flor, maior do que a primeira, feita de jornal — frases amassadas, os significados perdidos nas dobras. Meu coração se eleva. Ridículo. Abandono o vestido no hall de entrada e levo a flor para a cozinha. Talvez estivesse aqui na noite passada, não olhei — desisti de tudo. Coloco a chaleira no fogo; ela assobia, mas não preparo café. Em vez disso, sento-me à mesa da cozinha e olho para a flor. Não sei por quanto tempo. Quando me canso de ficar sentada, me levanto e caminho para minhas sementes. Elas ficam mais fortes e maiores a cada dia. A flor de papel é leve o suficiente para colocar sobre as plantas sem estragá-las. Ergo a bandeja plástica, equilibro-a na cintura com uma das mãos e abro a porta do jardim com a outra.

Ajoelho-me no terreno sob a janela da cozinha, coloco a bandeja de lado e tiro as ervas daninhas e plantas. O solo se acumula entre meus dedos e nas rugas da minha pele. Quando termino — o solo limpo, uma pilha de ervas no caminho —, conto as sementes, mesmo sabendo quantas são, e faço vinte e três buracos no chão com o dedo. Tiro-as da bandeja — raízes brancas, caules frágeis — e as transfiro para sua nova casa. Há um momento, ao colocar a primeira no buraco, em que quero parar, quero devolver as plantinhas para a bandeja e levar tudo para dentro comigo. É tarde demais para isso. Continuo até haver uma fileira quase reta de plantinhas. A flor de jornal eu mantenho até o fim, colocando o caule num buraco no meio da fileira de sementes germinando. Ela cai para o lado e eu pressiono a terra ao redor da sua base até que ela fique reta. Sento-me sobre os cotovelos para olhá-las e as lágrimas surgem do nada.

Estou subindo as escadas quando a campainha toca. Ela me deixa paralisada no meio do caminho.

É Shaun, um homem baixinho e forte com um sorriso fácil. Ele trará uma sacola cheia de ferramentas. Ele vai destruir a cozinha, quebrá-la, arrasá-la.

Pode ser Kal. Não seria Kal.

Talvez seja alguém que viu a placa. Não os deixarei entrar. Pedirei desculpas, mas eles precisam ligar para a imobiliária, o número está lá.

E então, apesar de saber que é estúpido, penso que talvez seja meu pai, sua pasta preta numa das mãos, o casaco bege abotoado até em cima, apesar do calor do dia. Posso ouvir sua voz suave o bastante para fazer a gente prestar atenção, dizendo-me que esqueceu as chaves. Uma tolice, devo estar ficando velho, dirá ele, e eu rirei para mostrar que sei que ele não está velho, ele durará para sempre. Caminho para a porta.

Posso ver a sombra de uma pessoa atrás do vidro, mais baixa do que ele, mais magra. Ele nunca esqueceu as chaves.

Estou prestes a abrir a porta quando a campainha toca novamente. Um som duro que me faz dar um salto. Penso na campainha que Cee comprou para o papai, o botão na mesa de cabeceira, perto da esponja rosa. As lágrimas rolam pelo meu nariz. Ele era um filho da mãe teimoso — como todos nós.

O homem à porta é mais baixo que meu pai e mais magro. Seus cabelos estão úmidos e mal cortados; ele precisa se barbear. Seus olhos são cinza-claros, a pele grossa e enrugada. Eu já o vi em algum lugar antes.

— Eu... — diz ele tranquilamente. Sua voz me faz pensar em asas de mariposa; empoeiradas.

Coloco uma das mãos no caixilho e a outra na maçaneta, mas não fecho a porta. Sinto o cheiro quase doce de roupas e pele não lavadas. Senti o mesmo cheiro antes: no metrô, em pontos de ônibus, nos cantos das bibliotecas, qualquer lugar que você pare um minuto sem se mover.

— Tenho... Queria... — O homem estende a mão. Na palma ele traz uma rosa. Está quase morta, suas pétalas claras murchas, as beiradas escuras como papel queimado. Ele limpa a garganta, mas não diz nada. Digo a mim mesma que lhe darei dez segundos. O papai costumava dizer isto: lhe dou dez segundos, Alice. Se você não descer aqui em um, dois, três, quatro...

— Encontrei isto — diz ele. Seus dentes estão amarelados e um está quebrado. — Estava pensando em como alguém a colheu de um campo cheio de rosas e arrancou os espinhos. — Ele tosse e me encara; há um quê de tristeza em seus olhos. É claro. Lembro agora.

— Você estava no funeral.

Ele deixa transparecer o medo em seu rosto, como se tivesse sido pego roubando. Ele vira a cabeça e vejo uma cicatriz mais clara partindo do canto do olho direito.

— Não era você? — pergunto.

— Então alguém cortou quadradinhos de plástico e pôs seis rosas no meio de cada pedaço, amarrou as extremidades e prendeu nelas um daqueles saquinhos de alimento para flores — continua ele.

Ele estava lá, tenho certeza. Na igreja e na casa, embora eu talvez esteja inventando. Talvez ele seja um daqueles parasitas de funerais, que pegam os nomes nos jornais e aproveitam toda a comoção e a bebida de graça. Só preciso fechar a porta. Mas na verdade eu não quero.

Olho para a flor em sua mão e uma imagem de Kal surge em minha mente — aparecendo no meu trabalho com um buquê de rosas vermelhas. Tiro um botão e o coloco entre as páginas de um livro, como uma menininha; ainda o tenho em algum lugar, ou pelo menos não joguei fora.

— Você conhecia meu pai?

Ele abaixa a cabeça. Ele está usando um paletó velho e calça ainda mais velha. Tem um colar ao redor do pescoço, mas o que quer que penda dele está escondido sob a camisa. Cee teria fechado a porta assim que a abriu. Tilly teria sorrido, talvez lhe dado cinco libras e fechado a porta também. Contudo, há algo nele que me soa familiar, e se eu fechar a porta serei somente eu e a casa, esperando.

— Gostaria de lhe mostrar uma coisa — diz o homem. — Precisaria que você me acompanhasse, você faria isso?

Olho para a rua. Shaun aparecerá a qualquer instante. Ele terá uma van branca e uma sacola cheia de ferramentas. Ele destruirá a cozinha do meu pai.

— Só até Heath — continua o homem. — Só até um lugar em Heath. — Ele guarda a flor no bolso.

Costumávamos ir a Heath com o papai; perambular pelo Parliament Hill depois da igreja, sanduíches numa mochila. Tilly os preparava. Ela passou por uma fase de experiências: queijo brie e maçãs com chutney de gengibre; presunto e abacaxi com geleia no pão. No inverno, o papai trazia a garrafa térmica com café; no verão, ele enchia a mesma garrafa com gelo e limão. O gosto sempre parecia errado: marcado pela cafeína. Ele se sentava num dos bancos com vista para Londres, os olhos mirando para além do horizonte. Às vezes ele parecia tão distante que não notaria se desaparecêssemos. Eu corria até ele, me sentava a seu lado e conversava, falando algo, fazendo perguntas, obrigando-o a voltar à Terra, para nós, para mim.

— Achava que eles plantassem rosas sem espinhos hoje em dia — comento.

Vejo esperança nos olhos dele.

— Você vem? — pergunta.

Eu imagino — a vista do Parliament Hill, o cheiro da grama e do vento na minha pele. Passei tempo demais nesta casa.

— Não o conheço — digo. — E tem um homem vindo, Shaun. Para fazer a cozinha.

Ele remexe o pé nos degraus e tosse como um fumante. Imagino-o numa varanda, dentro de um saco de dormir. Mas ele fala muito bem para ser um vagabundo. Ele parece ter algo importante a dizer, mas não sabe por onde começar.

— Você conhecia meu pai? — pergunto.

Ele hesita.

— É por isso que você está aqui?

Ele vira a cabeça para o lado como se dissesse "talvez". Imagino Shaun arrancando os armários da cozinha e a ideia me dá enjoo. Olho para a rua novamente, mas ela está vazia.

— Acho que talvez eles realmente as plantem sem espinhos — diz ele. E depois sorri e todo o seu rosto muda, e eu o imagino como um jovem: olhos azuis e esperançosos.

— Costumávamos ir a Heath aos domingos — falo.

O homem faz que sim e espera.

Olho para a seda azul-turquesa saindo do saco plástico no hall de entrada. Nunca deveria tê-la usado. Tiro minhas meias, calço sandálias e pego as chaves.

— Tenho de voltar em meia hora — aviso.

— Não é longe — diz ele. — É importante. — Ele fica todo vermelho e passa a mão no queixo do mesmo jeito que eu faço quando estou pensativa. — Daniel — apresenta-se, estendendo a mão. Ele tem os mesmos dedos finos que eu. Tilly e Cee têm as mãos do papai: espessas, volumosas. A mão desse homem tem sujeira nos nós dos dedos e unhas amareladas e compridas. Cumprimentá-lo me fez pensar em pele de crocodilo.

Ele caminha mais rápido e com mais determinação do que eu esperava. Sigo-o passando por chalés, pela East Heath Road e atravessando Heath. Um homem passa por nós e eu quero agarrá-lo e dizer "ei, veja o que estou fazendo, pode me impedir?".

Daniel não fala ao caminharmos e sou grata por isso. Acompanhamos a colina até os laguinhos, depois subimos novamente. Na trilha, com árvores lançando galhos por sobre nossa cabeça, o chão marcado por folhas, é que paro.

— Desculpe — digo. — Não sei o que... Realmente tenho que voltar, desculpe.

— Só mais um minuto. — Sua voz é suave como uma fogueira. Ele deve ser surpreendentemente forte, penso. Imagino-me descrevendo esse homem a um policial com uma caneca descartável de chá fraco na mesa à nossa frente e eu dizendo: é que havia algo nele, algo de familiar. Achei que pudesse confiar nele. Não, não sei explicar por quê.

— Mais um minuto? E depois, claro, você precisa ir. — Ele não me toca. Continuo caminhando.

Ele para. Há árvores à esquerda, grama alta à direita e uma vista de Londres truncada pelo arco de uma colina. Uma mulher empurrando um carrinho de bebê de três rodas passa. Ele espera. Quando ela se vai, ele olha para mim e depois para as árvores.

— É aqui.

Eu o sigo. Por uma trilha, pelo que restou de um riacho, entre arbustos. O som ao longe de uma sirene é audível no horizonte e, mais perto, o piar de um pássaro. Ele vira à esquerda. Fico imóvel e o vejo caminhar pelas árvores. Ele se vira e seus olhos têm medo, como se fosse uma criança perdida na multidão.

— Aqui — diz ele, e faz um gesto com a mão como se estivesse me recebendo em sua casa. Percebo um embrulho prateado e plástico rosa entre as folhas, e sigo em frente.

Pode-se chamar de clareira, um espaço entre os arbustos que a gente nunca notou de verdade. O solo parece ter sido limpo de galhos e folhas e ele prendeu lixo nos galhos. Aquilo me faz pensar numa igreja. Azuis, verdes, marrons, roxos, flashes prateados e dourados nos arcos sobre nós.

Penso nos presentes na amurada fora da casa e meu coração acelera. Ele está bloqueando minha saída. Ele está falando — alguma coisa sobre cores e letras —, seus olhos oscilando entre mim e os pedaços de plástico, metal e papel pendendo das árvores e depois se detendo em mim novamente. A culpa será minha se eu for estuprada e assassinada, deixando meu sangue se esvair pelo chão. Cee pensará isso — apesar de não falar em voz alta — e pelo menos uma vez terá razão.

— Foi você quem os deixou? — pergunto. — Por que você os deixou? — Ele me olha sem expressão nenhuma. — E o funeral, por que você estava no funeral do papai? E o que é tudo isto? — Aponto para as coisas ao nosso redor. O homem fica tenso e depois perde a firmeza, como se eu tivesse tirado algo dele. Não quero machucá-lo, esse homem de fala mansa com sua rosa semimorta e suas mãos velhas demais, mas não entendo e quero, de repente, ir para casa.

— Tem uísque — diz ele. — Queria lhe preparar chá, mas não há eletricidade. — Ele ri nervosamente.

Avalio minhas chances. Sou menor do que ele, mas mais jovem e em forma. Ele não parece firme.

— Desculpe, tenho que... — Eu me movo rapidamente para a esquerda. Sinto o resvalar do seu paletó no meu braço e hesito. Mas ele não se mexe. Ele me deixa ir.

Lá fora, o dia brilha e sinto a mesma desorientação que se sente ao sair do cinema no meio do dia — um momento confuso em que você sai para o ar frio e percebe que o mundo continuou a girar.

Espero, embora não saiba ao certo pelo quê. Ele fica na clareira. Posso vê-lo entre as árvores. Ele parece tão velho quanto o papai, mas suspeito que seja um pouco mais novo. Um amigo, talvez, um colega desafortunado.

Meu celular toca. *Shaun (pedreiro).* Ele estará do lado de fora da casa agora, com sua caixa de ferramentas e seu assistente. Ele estará tocando a campainha enquanto eu estou num esconderijo feito por um louco. Ele estará irritado, mas não muito, não ainda. Vejo a tela brilhar. O celular para de tocar e depois emite um bipe, como um pensamento posterior.

Posso ouvi-lo. Posso vê-lo abrindo caminho por entre os galhos. Espero até que ele esteja em minha frente, tirando as folhas e a lama de seu paletó e sua calça. Ficamos na trilha estreita e nos encaramos.

— Desculpe... — ele começa a dizer, e depois se cala.

— Era Shaun. — Levanto meu telefone. — O pedreiro. Eles vão demolir a cozinha do meu pai hoje, instalar uma nova. Eles estão na casa.

Ele faz que sim.

— Talvez você devesse...

— Derramei vinho no chão. Tudo. E depois coloquei os sapatos dele e andei. — Não faço a menor ideia de por que estou lhe contando isso. Ele não diz nada. Deve me achar uma louca.

À nossa direita, depois das árvores, uma menina vestida de rosa gira, os braços esticados, como se pudesse voar se tentasse muito. Penso em como os armários acabarão em pedaços, varridos e jogados fora como todo aquele vidro.

— Posso lhe pagar um café? Ou uma xícara de chá? — pergunto. — Podemos ir a Kenwood House.

Penso por um instante que ele talvez esteja prestes a chorar, ou dar um passo à frente e me abraçar. Mas ele apenas enfia as mãos nos bolsos, faz que sim com a cabeça e diz:

— Sim, eu gostaria, obrigado.

Dez motivos por que amava sua mãe

1) Ela me fazia rir.
2) Ela tinha um jeito de saber o que eu estava pensando.
3) Ela tinha os cabelos mais lindos do mundo.
4) Ela não se importava com o fato de eu estragar tudo na faculdade, de que eu não sabia direito para onde estava indo.
5) Ela tinha aquela energia em volta dela.
6) Ela me fazia lembrar daqueles vasos de porcelana no British Museum – assustadoramente preciosos.
7) Ela dizia meu nome como se fosse algo especial.
8) Quando ela prestava atenção em mim, tudo o mais se ofuscava; éramos somente eu e ela.
9) Ela achava que eu era mais corajoso do que sou.
10) Acho que ela queria ficar comigo, realmente acho.

Desta vez, eu a sigo. Você anda rápido demais, os ombros tensos sob a camiseta, as sandálias batendo no chão. Você não entendeu. Quando você saiu, tive uma imagem de mim mesmo — clara — na Albert Bridge no meio da noite, a coisa toda acesa como um parque de diversões, e eu esperando para cair. Mas aqui estamos nós, andando.

Certa vez conheci um homem que conseguia andar sobre uma corda suspensa. Eu ficava doido ao vê-lo — a menor brisa, a menor distração podia derrubá-lo, obrigá-lo a se lembrar de que era humano. Ando; um passo, depois outro, depois outro. Imagino uma linha vermelha ligando você a mim, para a frente e para trás, para sua casa — a casa dele — e todos os anos que perdemos.

Quando chegamos ao caminho de pedra que dá para a enormidade da Kenwood House, você tira cigarros da bolsa e interrompe o passo para me oferecer um. Esforço-me para impedir que minhas mãos tremam.

— Suponho então que você trabalhava com meu pai? — você pergunta.

O fumo é gostoso em minha boca; faço anéis de fumaça. Você percebe.

— Uma juventude desperdiçada — digo, e você ri. — Não, acho que nunca me deixariam ser médico — brinco.

— Um paciente, então?

Não ouso encará-la. Olho para o gramado rumo ao lago e o edifício extravagante do lado oposto. Vamos lá, cara.

Seu telefone toca no seu bolso. Você espera que ele pare, depois o pega e aperta alguns botões.

— Ele vai ficar irritado — você diz. — Vamos. — Você começa a andar novamente e eu a sigo. — Costumava correr muito — continua. Mal consigo ouvi-la. — Ia até Finchley Road quando tinha seis anos. — Imagino você, uma menininha de cabelos ruivos com um olhar desafiador. A ideia me aterroriza e ao mesmo tempo me deixa orgulhoso. — O papai ficava furioso — você comenta. — Nunca o vi tão bravo.

Quero lhe oferecer algo em troca, mas minhas próprias histórias de fuga não são apropriadas.

— Aquilo se transformou numa piada de família. Sabe, do tipo que não é engraçada: a pequena Alice, sempre correndo, sem se dar conta do perigo. — Você se vira e me olha e eu abaixo o olhar para as pedras a seus pés.

Andamos até a casa e por uma lacuna na cerca viva. A trilha de cascalho se alonga em ambos os lados do café. As mesas são de madeira, com ervas em vasos de terracota no meio de cada uma delas. Kenwood House. Faz tempo que estive aqui.

Você entra para comprar chá e bolo. Você não me deixará pagar. Tenho de me impedir de criar confusão — insistindo —, porque não sei ao certo se tenho dinheiro suficiente, e a ideia de esvaziar meus bolsos e contar os centavos é desesperadora. Você me pede para encontrar uma mesa e, quando eu digo "claro", você parece aliviada.

Entro no jardim e escolho uma mesa na extremidade, onde duas amuradas altas se encontram. Sento-me com as costas para o canto, acabrunhado, mas com uma vista para todo o ambiente. A mesa tem um arbustinho de alecrim num vaso. Pego uma folha e a esmago entre os dedos. Cheira a torradas de domingo e dias ensolarados. Vejo o casal na mesa ao lado olhar para mim e depois um para o outro. Mais adiante, uma criança inclina a cabeça para mim — olhos azuis e cabelos loiros. Eu fui assim um dia.

Vim aqui com sua mãe. Na primeira vez, ela usava um vestido de verão com uma estampa abstrata: azuis de verão — azul-celeste, topázio, cobalto. Ele pendia de seus ombros e era possível ver as pintinhas em suas costas. Ela usava o mesmo colar de sempre — uma lágrima de diamante numa corrente de ouro. Ela brincava com ele enquanto falava. Era da mãe dela, ela me disse certa vez; ela não tirava nem para dormir.

Tento me lembrar de onde sentamos, naquela tarde com o vestido azul, mas todas as vezes que olho para uma mesa sei que não é aquela. Nossa conversa? Foi há muito tempo. Pego outra folha de alecrim e a levo ao nariz. Metade de mim deseja que fosse ela lá dentro, pedindo chá Earl Grey e bolo de cenoura, porque daí eu poderia fazer as coisas de outro modo; podia encontrar as palavras certas; podia ser seu pai.

Você sai para o jardim, ergue a cabeça e procura entre as mesas, segurando a bandeja como se ela fosse escorregar de suas mãos. Impeço-me de me levantar, de parecer aliviado demais, empolgado demais. Simplesmente ergo a mão e você se aproxima.

— Trouxe café inglês — você diz. — Espero que você goste. E bolo de banana com nozes.

Perdoe-me.

— Meu pai sempre bebia Earl Grey quando vínhamos aqui — você continua. — Eu nunca gostei muito.

Ela deve ter vindo aqui com ele também. Não pensarei nisso.

— Trouxe um pouco de açúcar. Não sabia se você queria. — Você empurra pacotinhos de açúcar sobre a mesa em minha direção. Um deles cai no espaço entre as ripas de madeira. Você se dobra sobre a mesa para resgatá-lo e, ao emergir, estendo a mão pela mesa em sua direção. Nós dois ficamos olhando. Mão de velho. Mão de vagabundo. Não o tipo de mão que você iria querer que seu pai tivesse.

— Vou mexê-lo, sim? — Você ergue a tampa da chaleira e remexe o saquinho de chá com uma colher. O vapor sobe em sua direção. — Tivemos uma briga — você diz. — Eu e o papai.

Tiro minha mão e a pouso no colo; parece que ela pertence a outra pessoa.

— Não exatamente uma briga, mais para... não sei. Não acabamos bem. — Você se serve de chá. Imagino uma colina na Índia; uma colina verdejante, uma mulher colhendo as folhas.

— Desculpe. — Você balança a cabeça. — Pegue um pouco de bolo. — Você pega um dos pratos da bandeja e me entrega. Rasgo o saquinho de açúcar e o coloco no meu chá. Você me observa. Coloco mais açúcar e tanto leite que o chá quase transborda.

— Ele morreu — você diz. — Mas você já sabe disso.

Mexo meu chá em movimentos lentos; ele vaza pelas beiradas e se acumula no pires.

— Era meu pai quem você conhecia? — você pergunta. — Ou minha mãe?

Ergo a xícara até os lábios. Mesmo com tanto leite, está quente demais para beber.

— Tinha uma mulher no funeral que disse conhecer minha mãe. Não consigo me lembrar do nome dela. — Você franze a testa. — Na verdade, tenho certeza de que ela disse...

— Sua mãe — interrompo, rápido demais, sem pensar. — Eu conhecia sua mãe. — Marina. Será que ela lhe contou? Você está me encarando. Você já sabe? Você está esperando que eu fale. — Foi há muito tempo.

— Antes de ela conhecer meu pai?

Corto um pedaço de bolo. Posso me ouvir mastigando. Migalhas se acumulam entre meus dentes e passo a língua pela boca para tirá-las.

— Eu mal me lembro dela — você comenta. — Tinha quatro anos quando ela morreu.

Um acidente de carro. Imaginei-o vezes demais.

Você olha para além de mim. Você não tocou no seu bolo.

— Sinto muito por isso — digo. Estou me esforçando ao máximo para manter a voz firme.

— Você esteve no funeral dela?

Engulo em seco. Faço que não.

— Eu estava... Estava fora do país na ocasião. — Não comece a mentir, Daniel; isso nunca o levou a lugar nenhum. — Ouvi dizer que foi um acidente — acrescento, não para magoá-la, só para saber um pouco mais.

— Ela deveria me pegar — você diz. — Eu era pequena demais para entender o que estava acontecendo, mas sei que ela estava indo na direção errada. A mulher no funeral, não consigo lembrar seu nome agora, disse que a mamãe simplesmente teve uma ideia e foi atrás dela.

Ergo minha xícara de chá e bebo.

— Sempre pensei que, se não fosse por mim, ela não estaria dirigindo. Eles teriam pensado nisso, não é?

— Não. — Balanço a cabeça. — Você não pode pensar assim.

— E às vezes me pergunto se ela estava anos deixando — você diz. — Às vezes imagino que houvesse uma mala no carro, com roupas e uma escova de dentes. — Você dá uma risadinha. — Talvez fosse.

Talvez você tenha razão. Talvez tenha sido demais para ela. Eu me lembro de passear com ela por Bloomsbury certa vez. Um bando de pombas levantou voo ao nosso redor e ela as ficou olhando. Se eu pudesse ser qualquer coisa, seria um pássaro, comentou. Eu lhe disse que ela seria um martim-pescador; ela disse que ficaria feliz em ser um pardal.

Tento não me permitir pensar que talvez ela tivesse mudado de ideia e estava a caminho de me ver.

— Desculpe. Só Deus sabe por que estou lhe dizendo essas coisas. Fale-me sobre você. — Você se inclina na minha direção, atenta.

Levo a mão ao rosto. Devia ter encontrado uma lâmina e me barbeado. Tudo bem, digo a mim mesmo. Está tudo indo bem.

— É uma longa história — digo.

Você sorri e eu quase digo na hora: sou seu pai. Três palavras para desequilibrar o mundo. Imagino o homem que eu conhecia andando pela corda presa entre duas árvores, a concentração em seu rosto — o perigo.

— Você tem sorte — comento. Você franze a testa e eu insisto no erro. — De conhecer seu pai, de ter um bom pai. — O que estou dizendo? Por que isso? — Não conheci meu velho.

— Ele morreu?

— Não. Bem, sim, mas bem mais tarde. Só que ele não era quem eu achava que era. — Estou andando sobre areia movediça. — É complicado — acrescento. — Não vou importuná-la.

— Não me importuna.

Ficamos em silêncio. Você come seu bolo. O casal na mesa ao lado vai embora e uma mulher com longos cabelos pretos presos numa longa trança ocupa o lugar. Não há nada a impedindo de levantar a cabeça, pegar a bolsa na cadeira ao lado e dizer "preciso ir", porque o que mais há para você fazer? Sinto a Terra girar e tenho de me segurar na mesa para me impedir...

— Meu pai disse que minha mãe era difícil. — Você acumula as migalhas do bolo no seu prato com um garfo.

— Ela era linda — digo, e engulo em seco. — E espontânea, impetuosa, acho. Ela gostava do inesperado.

— Como você a conheceu?

— Nós nos conhecemos... — Não consigo organizar meus pensamentos. — Nós dois gostávamos de galerias de arte. — Você está fechando a cara. — Eu a conheci numa galeria.

Você faz que sim, lentamente, como se não tivesse certeza.

— Ela era o tipo de pessoa que se dispunha a fazer uma coisa e acabava fazendo outra. — Sorrio para você. — E talvez fosse um pouco frustrada.

Você inclina ligeiramente a cabeça.

— Não quero parecer... — Meu rosto fica todo vermelho.

— Tudo bem.

— Só quero dizer que talvez não tenha sido fácil para ela — digo. — Ela tinha um espírito livre e acho que ter filhos significa estar limitado. Não que ela não amasse vocês... você.

Você passa a mão no queixo. Quero estender o braço e segurá-la pela mão.

— Você já a viu usando um vestido azul-turquesa? — você pergunta. — De mangas compridas.

Faço que não.

Você pega um dos saquinhos de açúcar e o torce de um lado para o outro. Cristais de açúcar caem na mesa por um rasgo no papel.

— Eles ferram com a gente, o pai e a mãe — você diz, e eu rio e você ri, e parece que de algum modo há mais ar para respirar. — Sabe, saí com um homem por três anos e nunca conheci seus pais, irmãos, ninguém; eles nem sequer sabiam que eu existia. Fiquei com tanta raiva, mas acho que não estava pensando sobre isso na hora. — Você continua torcendo e retorcendo o saquinho de açúcar. — Isso deveria nos libertar, era o que ele dizia, mas era claustrofóbico. Eu me sentava no apartamento e ouvia o telefone tocar e não podia atendê-lo, e isso fazia com que eu quisesse gritar.

Não sei o que dizer. Posso ver nuvens cinza, cheias de chuva, atrás de você. À sua esquerda, a mulher de tranças lança olhares para nós. À sua direita há um jovem casal dividindo um copo de refrigerante. Eles notaram também: um mendigo com uma mulher bela. Eles se inclinam na direção um do outro e especulam, silenciosamente.

— Deve ter sido difícil — acabo por dizer.

Mas eu a perdi. Você balança a cabeça.

— Desculpe — você diz. — Estou tentando entender algumas coisas. — Vejo, por um instante, como você deve ter sido quando criança. Adorável, inquisidora, com medo, mas curiosa. Fugidia. Esta é a palavra que usaria: fugidia. — Acho que deixar o pedreiro esperando não era a coisa certa a fazer — você comenta, e ri novamente. — Devo voltar e ligar para ele. Foi... Foi bom conhecê-lo. — Você sorri como de uma piada, depois se levanta e estende a mão.

Se eu a tocar, vou ter de deixá-la partir, e não tenho certeza de que sou capaz. Olho para sua mão e fico impressionado pela fragilidade dela. Se eu esperar demais, não haverá nada para deixar partir.

— Tenho de explicar uma coisa — digo.

Você hesita e se senta com a bolsa no colo, olhando-me com expectativa.

— Gostaria de saber — diz, depois de uma pausa. — Sobre... — Você inclina a cabeça na direção de Heath.

Fecho a boca. No outro extremo do jardim, um cachorro preso por uma corrente late para o nada.

— A... O que estou tentando dizer... — Olho para você. Você está roendo a unha. Que bem lhe fará isso? Já há mágoa o suficiente na sua vida agora, posso ver isso. — Tenho um amigo chamado Anton — continuo. Você está ouvindo, mas tem o mesmo olhar que sua mãe exibia quando estava desconfiada, ou entediada, ou com raiva. — Ele é polonês. Eu o ajudei a escrever uma carta para sua filha. — Só de dizer a palavra fico envergonhado. Você não diz nada. Posso ver sua testa ligeiramente enrugada. — Ele acha que sua esposa tem outro homem, entende? — Estou arruinando tudo, dizendo tudo errado. — Ela não o deixa falar com a filha e agora ela nem mesmo atende ao telefone quando ele liga.

— Por que ele não volta e as encontra? — pergunta você.

— É complicado.

Você olha o relógio — você tem de voltar, tem de ligar para o pedreiro. As palavras estão ali, na minha cabeça; posso ouvi-las.

— Não sei por que você deixou todas aquelas coisas na amurada — você diz. — Na casa do papai.

Quero colocar minha mão sobre a sua. Quero lhe dizer que está bem, que tudo está bem.

— É simplesmente uma coisa que você faz? — Você ri, nervosa. — Você conheceu mesmo minha mãe ou isso é uma espécie de piada? Você simplesmente escolhe alguém e inventa uma história? Outras pessoas também permitem?

Faço que não.

— Não, não. Ninguém mais. — É a coisa errada a se dizer. Eu a perdi de novo. Vejo o medo transparecer em seus olhos. E no que mais você poderia pensar, exceto que sou um louco, que sou perigoso, maluco, solitário, insano.

— Desculpe — você diz —, mas tenho mesmo que ir. — Você se levanta. Fico onde estou e a olho.

— Seu nome é azul — digo. — Um azul-claro, congelado. — Não estou me ajudando.

— Adeus, Daniel. — Você sorri, mas é um sorriso tenso, mais para um riso amarelo. Você se afasta de mim, seus chinelos se arrastando pelo cascalho. Posso ver a curva do seu calcanhar sob a barra da calça jeans.

— Alice.

Você se vira. Eu a amo. Amava sua mãe. Sou seu pai. Sei que isso é confuso, mas é importante.

— Boa sorte com o pedreiro — desejo.

Você sorri. Você ajeita um cacho de cabelo atrás da orelha.

— Obrigada — você diz, se vira e vai embora.

Sou um tolo. Nenhuma novidade. Eu a observo ir embora. Você não olha para trás. Segura forte uma tira da bolsa com a mão. Seu pescoço é rígido e reto. Quero chamá-la novamente, mas já estraguei tudo. Você desaparece sobre a parede verde da cerca viva. Não tenho mais desculpa para estar aqui. Se não fosse pelas xícaras vazias e pelos pratos com migalhas, me pediriam para ir embora. Pego a rosa do meu bolso e tiro as pétalas, uma a uma, até que restem apenas as sépalas e o estame. Depois pego uma xícara e a seguro com ambas as mãos.

— Gostaria de ter sido avó — disse minha mãe. Dois anos antes de morrer. Ela disse isso antes, mas desta vez eu me lembro. Estávamos sentados na sala de estar, um ambiente cheio de cadeiras de veludo e mobília coberta por lençóis. Só conseguia pensar em ficar sentado naquele café, com a palavra *grávida* no ar entre nós.

— Desculpe por decepcioná-la — eu disse.

— Não, amor, você não é uma decepção. Só que... Teria sido bom para você também, não acha? Talvez se ajeitar um pouco.

Eu me concentrei no papel de parede, uma estampa de folhas que emergia do carpete espesso verde.

— Sempre esperei que você conhecesse alguém — disse ela. — Seu pai também. Teríamos gostado disso: almoços de domingo, Natal. — Ela suspirou nesse instante. Seus olhos estavam amarelados e havia sempre lágrimas prestes a rolar por seu rosto.

Eu me senti como se fosse feito de concreto — com medo de não conseguir me levantar de novo, que acabasse como ela, num lugar feio e desgastado, vendo o mundo passar por uma janela. Pensei na sua mãe sentada à minha frente na mesa, anos antes, com você — só uma coleção de células: tudo começando e parando ao mesmo tempo.

— Tenho que ir — eu disse.

— Você acabou de chegar — minha mãe disse.

— Não estou me sentindo bem.

— Eu o irritei.

— Não, não, estou bem.

— Você sabe que o amo, Daniel. Você sabe que seu pai o amava.

Arrasto-me pela tarde cinzenta. Entro no primeiro bar que encontro — um lugar esparso e estéril com uma televisão exageradamente grande num canto. Bebo uísque quente e barato até que eles me pedem para sair.

Fico sentado por muito tempo. Uma garçonete se aproxima, vê a xícara em minha mão e se afasta.

A chuva começa a cair em gotas gordas. Os outros clientes se movimentam, como se surpresos, apesar de poderem ter sentido o cheiro da chuva se tivessem prestado atenção. Eu os vejo correr, resgatando bolos metade comidos e bebidas, rindo. Fico no meu lugar, segurando a xícara. Vejo a chuva escorrer pela superfície do que resta do meu chá. Vejo-a ensopar as migalhas de bolo. Fico sentado por muito tempo, me segurando, porque sei que, quando for embora, não haverá volta, por muito tempo; nunca.

Dez coisas que você não deveria fazer

1) *Perseguir seu ex-namorado no Facebook.*
2) *Aceitar convites de estranhos.*
3) *Antropomorfizar casas.*
4) *Comer chocolate antes de dormir.*
5) *Pensar demais.*
6) *Ficar num só lugar por muito tempo.*
7) *Colocar a cabeça sob a água quando estiver na banheira e pensar em ficar por lá.*
8) *Preocupar-se demais com a cor da tinta.*
9) *Apegar-se a plantas.*
10) *Roubar uma imagem da sua própria mãe.*

Shaun, o pedreiro, é surpreendentemente compreensivo e surpreendentemente solícito. Digo-lhe que algo de urgente surgiu e que deixei meu telefone em casa. Ele se oferece para vir amanhã. Sento-me no chão da cozinha e bebo meia garrafa de vinho tinto. Penso no homem — Daniel — e me pergunto se ele tem algum lugar seco para onde ir; se ele realmente conheceu minha mãe; como ele acabou daquele jeito. Tento me imaginar contando a Tilly e Cee sobre ele, mas não consigo. Penso em Kenwood House e todas aquelas pessoas bebendo chá no meio do dia. Deveria ter comprado duas garrafas de cerveja, borbulhante e fria. Deveria ter feito mais perguntas.

Costumávamos ir àquele café como um agrado nas férias escolares. Meu pai era o tipo de homem que sempre usava paletó. Ele tinha vários — agora todos estarão num bazar de caridade em Oxfam, do outro lado de Londres. Ele atravessava Heath até o café e demorava uma eternidade decidindo que bolo pedir. Usava um paletó bege; aquele que, se você acariciava de baixo para cima, parecia a pele de um animal, macia e cálida. Passando a mão do jeito errado e ele criava estampas feias. Eu ficava na ponta dos pés para ver o que tinha disponível, com as mãos pegajosas no vidro. Implorava a meu pai para me deixar beber chá — não gostava do sabor, mas aquilo fazia com que eu me sentisse adulta. Ele comia uma Florentina e bebia uma xícara de Earl Grey, e às vezes eu olhava para ele e seus olhos estavam longe e eu sabia que ele estava pensando na mamãe.

Tilly me liga quando estou na cama.

— Alice, estive conversando com a Cee.

Viro de barriga para baixo. Não jantei; não tinha energia.

— Estamos preocupadas com você.

Passo a mão sobre os olhos.

— Não é preciso.

— Ela quer uma reunião na casa dela.

Cee mora numa casa insuportável em Berkhamsted.

— Amanhã — diz Tilly.

— Não posso. O cara da cozinha vem.

— Você não lhe deu uma chave?

— Ainda não.

— Bem, ela não nos quer antes do jantar.

— Tenho que ir?

— Sim, tem. Como está a cozinha? Eles começaram bem?

— Tudo certo. — Olho para a fronha azul-marinho.

— Você está bem, Alice? Tem comido?

— Estou bem.

— Não há nada de mal em conversar com alguém.

Passo os dedos pelo travesseiro.

— Sabe, percebi outro dia que nunca desisti de você, ou de Cee. Nem mesmo de Cee. Não sei ao certo o que pensar sobre isso.

— Alice, você está preocupada com a casa, é isso?

— Vou embora, Tilly, logo.

— Para onde?

Sento-me.

— Algum lugar distante. Estou pensando na Índia. Déli primeiro, e depois talvez Varanasi ou Bangalore. — As palavras giram em minha boca. Só de dizê-las sinto meus pulmões inflarem.

— Você não pode continuar fugindo, Alice.

Deito e ouço o silêncio.

— Desculpe — diz ela, finalmente.

— Não acho que seja fugir. É viver, é isso o que é: viver.

Ela não diz nada durante um tempo. Uma sirene soa lá fora, perto, se afastando cada vez mais.

— Talvez você seja uma nômade — arrisca Tilly, finalmente. — Como aquelas pessoas sobre as quais nos contou, na China.

— Mongólia.

— Aqueles nas tendas.

— Tem razão.

— Posso imaginá-la vivendo numa tenda.

Sorrio.

— Caçando marmota e cozinhando cordeiro. Fazendo vodca de leite?

— Comunicando-se com a natureza. Acordando no meio da noite e observando as estrelas.

A terra sob meus pés. Os maiores céus que você já viu. Ninguém em quilômetros.

— Sinto sua falta quando você viaja — confessa Tilly.

Encaro o teto, a luz espremida na vastidão do gesso branco.

— A Cee também.

Bufo.

— Certamente a Cee me prefere do outro lado do mundo.

— Você deveria lhe dar mais crédito, Alice. Ela a ama, mesmo que você não perceba.

✿✿✿

Shaun chega com seu assistente às oito e meia em ponto. Verifico se é ele pela janela da sala de estar antes de abrir a porta.

— É Geoff — diz ele. — Com G-E-O, e não com J.

Geoff é um homem magro e alto, com uns vinte e cinco anos, pele clara, cabelos escuros, uma barba por fazer, olhos cansados. Posso sentir sua mão suada ao cumprimentá-lo. Vejo a amurada antes de fechar a porta, mas não há nada.

— Vamos desmontar as coisas, então — diz Shaun. Ele tem um dente de ouro na boca.

Eu lhes mostro a cozinha. Eles ficam na porta, olhando. Preparo chá, aponto o saco de biscoitos sobre a mesa e lhes digo onde fica o banheiro. Dou a Shaun um molho de chaves e explico sobre a porta da frente que emperra.

— Estarei no andar de cima — aviso. — Grite se precisar de alguma coisa. — E então me retiro.

Posso ouvir os barulhos, mesmo do sótão, mesmo sentada na cadeira de balanço com as mãos nos ouvidos; posso ouvi-los reduzindo a cozinha a pedaços.

No meio do dia, desço. O lugar já está irreconhecível. Eles desmontaram as bancadas e as colocaram contra a mesa. As paredes têm cicatrizes — cortes profundos no gesso. Lembranças de uma cor anterior — uma espécie de verde — se revelam por sob a tinta branca descascada. O fogão está no meio da cozinha.

Sorrio para Shaun e Geoff. Geoff tem gotas de suor escorrendo pelas têmporas e sobre seu lábio superior. Ambos estão cobertos de pó e têm pedaços de madeira e tinta nos cabelos. Consigo entrar em meio ao cenário de destruição e sair para o jardim.

As plantas parecem solitárias. Elas cresceram, mas suas folhas parecem menos robustas do que estavam na segurança da bandeja. Ajoelho-me e toco nelas com cuidado. Elas estão começando a parecer diferentes umas das outras — algumas longas e retas, outras com folhas maiores, com extremidades serradas. Vamos lá, sussurro, e depois olho para trás para ver se Shaun ou Geoff saíram. A flor de jornal caiu de lado e absorveu a água do solo. Tiro-a do chão e a jogo no lixo.

✿ ✿ ✿

Quando Cee liga, penso em não atender.

— Jantar às seis e meia — diz ela.

— Tudo bem, obrigada por convidar.

— Só quero saber se você vem mesmo.

— Tilly me obrigou.

— Certo. Steve pode pegá-la na estação. Que trem você vai tomar?

— Você sente a minha falta? — pergunto.

— Do que é que você está falando?

— Quando viajo. Estava só me perguntando se você pensa em mim.

— Bem, claro que penso em você. Você está bem, Alice?

— Eles estão destruindo a cozinha.

— Estão fazendo um bom trabalho?

— Difícil saber. O lugar parece bombardeado, mas acho que essa é a ideia.

— Alice, preciso levar os meninos para o futebol. Pode enviar uma mensagem de texto para o Steve com o horário do trem?

— Diga a Max para fazer um gol por mim.

— Você não deveria ter preferidos, Alice, você sabe disso. Crianças se apegam a esse tipo de coisa.

O trem para Berkhamsted está cheio de compradores: adolescentes comparando tênis, mulheres carregando sacolas enormes com alças gigantescas, assentos tomados por edredons, processadores de alimentos, impressoras. Tilly e eu nos sentamos de frente uma para a outra. Ela está distraída com alguma coisa. Suas mãos se entrelaçam e ela olha pela janela, os olhos piscando ao longo da paisagem.

Steve nos pega na estação. Sento-me no banco do passageiro, por mais que preferisse me sentar atrás, e olho para o saquinho de lavanda que pende do retrovisor.

Faço meu melhor. Admiro a nova sala: os sofás com suas almofadas floridas; a mesinha de café trançada com um vidro em cima; os cactos, como falos espinhosos, em potes castanhos combinando ao longo do peitoril baixo. Eu me solidarizo com o fato de a escola de Martin não o colocar na lista dos melhores em matemática; ouço a história do gol de Matthew que deu a vitória ao time na semana passada; admiro a pintura que Max fez de um foguete na geladeira. Eu me sento com Tilly, bebendo chá em banquinhos altos na bancada do café da manhã e observo Cee cortar peitos de frango em pedacinhos. Tento não me irritar com o fato de que, na cozinha de Cee, a chaleira combina com as xícaras, que combinam com o açucareiro, que combina com o pote de café, que combina com a bandeja, que fica num espaço entre o refrigerador e a adega.

— Vocês conhecem alguém chamado Daniel? — pergunto.

Ambas me olham.

— Alguém que conhecia a mamãe. Acho que ele estava no funeral. — Estou envergonhada. Sinto o calor invadir meu rosto e subir pelo pescoço. — Um cara mais velho, que parece um mendigo.

Cee está derramando molho de tomate por sobre os pedaços de frango, gordos e rosa, que estão numa travessa de vidro.

— Um mendigo? — pergunta ela.

— Ou o que quer que se tenha a dizer. Um sem-teto.

— Por que a mamãe conheceria um sem-teto? — Cee passa mais molho sobre o frango.

— Esqueça — digo. — Simplesmente me deparei com ele na rua, eu o reconheci do funeral. Acho que ele foi até a casa. E então aquela mulher, Marina... — Tenho razão, ela me perguntou se eu conhecia alguém chamado Daniel.

Vejo Cee e Tilly trocarem olhares.

— O quê? — pergunto.

Cee se afasta, abre a geladeira e de lá tira um pedaço de queijo.

— O quê? — pergunto para Tilly.

— Nada.

Arqueio as sobrancelhas.

— Não é nada. — Ela gira o pires.

— Você conversou com ele? — pergunta Cee. Ela rala o queijo sobre o prato e fica observando.

— Um pouco.

— O que ele disse?

Apoio os cotovelos sobre a mesa e o queixo na palma das mãos.

— Não muita coisa. Bebemos chá. Havia algo de familiar nele. Eu me pergunto se o conheci quando era pequena, se era algum tipo de amigo antigo da família.

— Você tomou chá com um mendigo?

— Cee. — A voz de Tilly está estranhamente ríspida. — Alice, estamos preocupadas com você.

— Não tenho mais cinco aninhos — ataco. — Posso cuidar de mim mesma.

— Sabemos disso — diz Tilly.

Ergo minha xícara. Queria jogá-la contra a parede, mas em vez disso bebo e a coloco de volta no pires, fazendo um barulho.

— Cee, posso usar seu computador?

— Claro. — Ela parece aliviada. — Está na biblioteca.

A biblioteca é um pequeno ambiente retangular na frente da casa. Há uma estante cheia de volumes da *Reader´s Digest* e números antigos da *Autocar,* de Steve. Deixo a porta da cozinha aberta. Depois de algumas conversas murmuradas, uma delas a fecha. Fodam-se.

Procuro voos. Quatrocentas libras para Déli. Quinhentas para Goa. Oitocentas para La Paz. Tento me imaginar com minha nova mochila: na fila do check-in; comendo comida processada quente de uma bandejinha de plástico; sentindo a adrenalina ao pousarmos. Não afirmei na minha apólice de seguros de viagem que voltaria para casa mais cedo, para ver o papai. Parece insensível. Mas tenho economias e o dinheiro que o papai me deu, e haveria dinheiro da casa logo também.

Procurei voos para Marrakesh, Bangcoc, Tóquio, Nairóbi, e depois desisti e me recostei na cadeira. É de couro preto falso, com rodinhas e apoio para os braços. Olho para os diplomas dos meninos pendendo na parede atrás da mesa. Meu pai está morto, digo para mim mesma. Ele era tão mau quanto aquelas duas na cozinha, sentencio. Talvez eu devesse desistir delas, no final das contas. Penso em Daniel e me pergunto se ele é um mendigo e como deve ser não ter quatro paredes e um teto. Penso que talvez eu devesse lhe dar algum dinheiro, reservar-lhe uma noite num hotel. Seleciono três voos para Déli e depois os envio para mim por e-mail.

Depois do jantar, quando os meninos foram mandados para a cama e Steve se recolheu à garagem, nós três nos sentamos na sala com os novos sofás, que estralavam a qualquer movimento. Cee abre a segunda garrafa de vinho. Seu rosto está vermelho por causa do álcool. Tilly está bebendo suco de laranja. Não mencionei Daniel novamente, nem elas.

Tilly está louca para dizer alguma coisa — posso sentir isso, ela está prestes a explodir a noite toda.

— Que houve? — pergunto.

— Estava só pensando que você se parece tanto com a mamãe, só isso.

Noto que Cee lhe lança um olhar. Engulo em seco.

— Você acha que é por isso que o papai...?

— Por que o papai o quê?

— Nada. — Encho minha taça. Por que ele não queria olhar para mim depois que ela morreu? Eu era nova, mas me lembro disso.

— Você não deve pensar que ele não a amava, Alice — diz Tilly.

— Por que pensaria isso?

Tilly dá de ombros e morde o lábio inferior.

— Tenho algo a dizer, na verdade.

Nunca foi fácil ficarmos juntas. Eu me lembro de visitar uma amiga da escola num feriado certa vez — três crianças, os pais; a coisa toda parecia tão simples. Observo as mãos de Tilly se revirarem sobre sua barriga.

— Estou grávida — diz ela.

Cee quase cospe o vinho. Nenhuma de nós diz nada. Tilly olha para mim e Cee, para mim de novo, seus olhos arregalados.

— Bem, pelo menos o papai não está por perto para ouvir essa — finalmente diz Cee.

Observo as lágrimas caindo dos olhos de Tilly.

— Pare — reclamo com Cee.

Ela cruza os braços.

— E o que Toby pensa de tudo isso? — pergunta ela. — Ele vai deixar a esposa? — Ela fala como se fosse algo que jamais aconteceria. Ela tem certa razão, mas, céus!

— Você está feliz, Tilly? — Estou sentada no sofá ao lado dela. Aproximo-me e pego sua mão. Está quente e suas palmas estão escorregadias de suor. Ela me olha agradecida e me faz encará-la e sorrir. Ela faz que sim. Uma lágrima escorre por seu rosto.

— Você tem quase quarenta anos, Tilly — diz Cee.

Tilly se cala e faz que sim com a cabeça.

— Não acho que daria certo — lamenta ela.

Cee franze a testa.

— Vocês dois planejaram isso? No que ele estava pensando?

Tilly se ajeita no sofá, que ruge como um animal ferido.

— Ele não sabe. — Ela diz isso com tanta suavidade que é quase impossível escutar.

— Você vai lhe contar? — pergunto.

Ela dá de ombros.

— Ele vai sair correndo — diz Cee.

— Você não sabe o que ele fará — retruco.

— Cee tem razão — diz Tilly. — Crianças não faziam parte do acordo.

— E daí? Um aborto? — pergunta Cee.

Tilly treme e aperta minha mão. Ouço os sons abafados da televisão no andar de cima; o clique metálico do relógio da sala de estar.

— Eu quero — diz Tilly. — Terei o bebê.

— E o perderá? — pergunto.

Ela dá de ombros.

— Queria que isso acontecesse.

— Serei tia novamente — anuncio, sorrindo. — E você também, Cee.

— Bem, suponho que ele pagará pensão — desconversa Cee.

Tilly faz que não.

— Não é fácil, Tilly — diz Cee.

— Sei disso.

Olho para Tilly. Ela está usando calça de algodão azul e uma camisa branca folgada. Imagino o bebê, do tamanho de uma unha, ou talvez de um punho, curvado dentro dela.

— Quando...? — tento.

— Estou com dois meses e meio — diz ela.

Cee bebe o vinho num só gole.

— Não sei — diz.

— Não há nada para você saber, Cee. A decisão é da Tilly. Estamos aqui apenas para celebrarmos, não é? — Encaro Cee até que ela dê de ombros e diga:

— Só estou preocupada que...

— Acho que a situação merece um brinde — interrompo. Encho a taça de Cee e ergo a minha no centro da sala. — Ao bebê de Tilly — brindo. — Que ele seja feliz e amado e saiba que tem o mundo todo a seus pés.

Dez vezes que quis morrer

1) Meu primeiro dia na escola, quando uma menina roubou minha mochila, jogou tudo fora e riu.
2) Depois da vez no café, quando ela disse não.
3) Depois que fiquei sabendo do acidente.
4) Antes de saber sobre o acidente.
5) Quando minha mãe me ligou para dizer o que ele tinha feito.
6) Aquele inverno em Preston.
7) Quando minha mãe morreu. Segurei uma faca no meu pulso, mas não a apertei o bastante.
8) Quando a galeria fechou e eu perdi o único emprego de que já gostei.
9) Aquela vez na praia – não porque não estivesse feliz, mas porque parecia fazer sentido.
10) Nunca realmente quis isso, por causa de você, mas há momentos em que parece que seria mais fácil do que passar por tudo isso.

Sou um covarde, simples assim, um covarde de merda. Voltei aqui porque não sei para onde ir. Você não entendeu o que eu estava tentando dizer. O que é justo. Pego a garrafa de uísque metade enterrada, semivazia, tiro a tampa e bebo do gargalo. Ele queima na minha garganta. Estou velho demais para me sentar no chão. As folhas mantiveram distante o pior da chuva, mas a água se infiltrou no solo; é como se sentar numa toalha molhada. Não importa. Olho para as nuvens. Alice. Filha. Amor. Desculpe. Pai.

Praia de Brighton. Ficamos na margem — sua mãe e eu — de mãos dadas, nossos pés descalços nas pedras brancas. Era de manhãzinha e o mundo cheirava a sal e alga marinha.

— Podíamos encher nossos bolsos de pedregulhos e caminhar — sugeriu ela. Olhei-a sem expressão e ela me contou sobre Virginia Woolf. Ela entrou num rio, disse, em Sussex, usando botas e um casaco de peles com uma pedra enorme no bolso.

Bebo mais. Faz tempo que não me permito beber, mas parece familiar, este naufrágio lento.

Enchi meus bolsos — todos eles: da calça, do paletó, da camisa —, as pedras saindo pelas costuras, se avolumando no tecido. Ela me observou e riu. Dancei ao redor dela, agitando o peso e depois peguei na mão dela e caminhamos para o mar. A princípio, ela veio por vontade própria, quase ao meu lado. Tive um momento de hesitação e depois segui adiante, a água pressionando as roupas contra minha pele, as pedras me puxando para baixo. Ela hesitou, tentou parar, tentou soltar minha mão, mas eu não deixei.

Estava brincando, disse-lhe depois, não queria lhe fazer mal, claro; fora ideia dela, por que ela tinha de estragar as coisas, era apenas uma piada. Ainda me lembro, porém, do pânico em sua voz elevando-se sobre a água e a sensação profunda de paz que senti entrando no mar, segurando a mão dela, sem intenção nenhuma de voltar.

Pego uma folha de um galho sobre minha cabeça. O arbusto se agita e joga gotas de chuva pelo abrigo como se fossem balas minúsculas e frias. Aperto o polegar na folha até que ela rasgue e minha unha encontre o indicador, depois deixo cair o semicírculo no chão, e arranco outra, e outra, até que reste apenas o galho.

Conhecia Julianne o bastante na época para reconhecer como iam as coisas. Primeiro vieram as palavras ríspidas, cobertas por um rugido vermelho, espesso, vulcânico; e depois o silêncio azul cortante. Estraguei o fim de semana. Planejamos ficar até o pôr do sol, mas ela cruzou os braços e anunciou que queria ir embora imediatamente.

Em silêncio, caminhamos de volta ao hotel. No quarto ela tirou as roupas molhadas e as jogou em mim. Eu a abracei, escondi meu rosto em seus cabelos e disse que a amava. Ela me arranhou, bateu no meu peito, mas ao mesmo tempo seus dedos procuravam os botões das minhas roupas. Depois ela se virou, me deixou no oceano vazio da cama, ouvindo a água cair sobre sua pele no banheiro estreito da suíte. Ela insistia em ir embora mais cedo e o silêncio ainda esfriava o carro com seu azul-gelo na volta para casa.

Acho que foi naquela manhã que você foi concebida. Com raiva — com a ideia da morte pairando sobre o quarto. Não era para ser assim; desculpe por isso.

Ainda bebo como se bochechasse, passando da esquerda para a direita. Coloco meu dedo no solo úmido e o sinto se assentar sob minha unha.

É mais fácil destruir uma coisa do que fazê-la. Começo devagar, quase relutantemente. Puxo as cores até que os galhos se inclinem e o algodão se estique. Tensiono meu corpo a cada quebra, o movimento folhoso para cima, o balançar das gotas de chuva; plástico, fio, papel metal em minha mão — nada além de lixo. Cinza-escuro. Rosa-magenta. Azul-gelo. Magnólia. Verde. Prateado. Marrom. Alaranjado. Dourado. Fui tolo em pensar — nunca pensei. Não mesmo. Deixo tudo cair no chão até que seja apenas uma colagem sem sentido de lixo sob meus pés.

Poderia voltar para casa. Há uma chance de você ainda estar lá. Mas para quê? Que bem lhe faria?

Tudo acabou rápido demais. Ando confundindo as cores sob meus pés, procurando mais, mas terminei. O algodão pende como nós desfeitos, as extremidades desfiadas e frágeis. Não basta.

Quando entendo o que estou prestes a fazer, caio de joelhos. Um som — abrupto e animalesco — escapa de meus lábios.

Carrego este retrato da sua mãe desde aquela tarde no café, quando ela passou o dedo no meu rosto e eu o senti como o corte de uma faca que deixa a dor para mais tarde. Tomei todo o cuidado para que o papel se mantivesse inteiro, a tinta ainda contorna seu rosto. Coloco a mão no bolso.

Não.

Meu coração bate forte contra minhas costelas. Não resta mais nada agora. Não importa mais. Tiro a imagem do bolso e a tiro do saco plástico.

Não.

Ela olha para mim. Sorrindo, como se soubesse de algo que eu não sei. Não resta mais nada. Não importa mais.

O papel está macio com a idade. Ele mal resiste quando seguro a extremidade com os dedos e o rasgo bem no meio do rosto da sua mãe. Se ele tivesse resistido, talvez eu pudesse parar. Mas, depois que seguro dois pedaços em vez de um, alguma coisa me acontece e eu rasgo e rasgo até o desenho ficar irreconhecível, até eu estar cercado por pedacinhos de papel, como confete. E eu choro — em soluços patéticos e infantis, sons úmidos que não quero mais ouvir.

É demais para meu coração. Não só a imagem, não só as cores, mas tudo. Tento pegar o spray, mas ele não está lá.

Dez coisas que queria esquecer

1) *A cor da pele do meu pai antes de ele morrer.*
2) *Quando éramos crianças, Cee costumava, durante o jantar, esconder comida debaixo do suéter, levar para o quarto e descer de mansinho para jogar fora no meio da noite. Eu a persegui e contei para o papai. Não acho que ajudou.*
3) *Que Kal e eu terminamos.*
4) *Passei por uma fase cleptomaníaca — maquiagem, barras de chocolate e meias.*
5) *Pegava o dinheiro que o papai me oferecia — por hábito, porque era fácil.*
6) *Traí Kal. Só uma vez, e não de todo. Um beijo — beijei um homem numa casa noturna. Vodca e estresse. Sem desculpas.*
7) *Sou órfã.*
8) *Costumava desejar que Cee tivesse morrido no lugar da mamãe — supostamente ainda desejo.*
9) *Todas as vezes que fui rude com meu pai.*
10) *Que nunca falarei com ele de novo.*

Tilly na sala de estar de Cee; grávida. Deito-me no sofá-cama no sótão, sob o edredom grosso, com frisos brancos e flores azuis bordadas pela superfície. Os travesseiros têm a mesma estampa; posso sentir as pétalas contra meu rosto. Não há cortina na abóbada e estou acordada desde o nascer do sol, pensando em Kal.

Puxo o edredom para o lado, visto minha camiseta e minha calça jeans e me sento com as costas apoiadas contra os travesseiros, de pernas cruzadas, minha bolsa — uma Slazenger preta retirada do sótão do papai — diante de mim. Tiro os presentes um a um do bolso lateral da bolsa e os enfileiro.

Ele é louco. Essa é a única explicação. Exceto que não parece. Velho, precisando de um banho, provavelmente mendigo, sim — mas não mais louco do que eu. Pego a florzinha rosa — ela se encolheu numa bolinha frágil.

A porta se abre com um barulho para me alertar. Passo meus dedos sobre os presentes, como se para protegê-los, e levanto a cabeça para ver Cee. Mas é Max e ele está no quarto e sobe na cama antes que eu possa dizer qualquer coisa.

— Titia Alice, posso ficar aqui com você e não ir à igreja? — Seus cabelos loiros ainda estão despenteados da noite e ele tem o sono incrustado como lágrimas nos cantos dos olhos. Ele usa pijamas azuis com aviõezinhos. Os três botões de cima se abrem para revelar a pele macia e clara do seu peito. Sinto uma pontada de amor. Claro que Tilly quer o bebê, penso; claro que sim. Max remexe no edredom até estar ajoelhado ao meu lado. Os presentes se confundem quando ele se move e eu os envolvo com os braços para mantê-los no lugar.

— O que é isso? — pergunta ele.

Olho para baixo. Lixo. É apenas lixo.

— Acho que você terá que ir à igreja — aviso. — Senão estarei encrencada com sua mãe.

Max faz uma careta erguendo o lábio, torcendo o nariz e revirando os olhos. Ele pega o pedaço de papelão alaranjado. Estendo a mão.

— Deixe isso, Max, é apenas...

— Olhe, são as estrelas. Que legal! — Ele ergue o papelão para o teto. — Estudamos o espaço na escola. Aquela é Órion; ele era um caçador. E lá está o Grande Carro. Ela tem outro nome também.

— Faz parte da Ursa Maior. Você está falando sério? — Pego o papelão dele e olho para os buracos feitos com uma caneta, com manchas de tinta nas bordas.

Max revira os olhos.

— Antigamente, eles deitavam e olhavam as estrelas por tanto tempo que aprendiam todas as formas e como elas se moviam. Foi o que a sra. Jordan disse.

— Você gosta disso? — Pego a flor prateada.

— É de menina.

— Não acha bonita?

Max faz uma careta.

— Um velho me deu.

Max me olha, inclina a cabeça para o lado e franze a testa.

— Quem é ele?

— Não sei.

— Mas ele a conhece?

Dou de ombros.

— A mamãe diz para não falar com estranhos.

— E ela tem razão.

Max pega as pérolas falsas. Ele as segura de modo que os pedaços plásticos, o papelão, o fio, a castanha e a rosa balançam. Tamborilo com os dedos no meu colo. Quero que ele pare.

— Talvez ele seja um mágico. — Max levanta a cabeça. Ele coloca as pérolas em volta do pulso. Estendo a mão, mas ele não me devolve. — Fizemos mágicas na escola também — acrescenta. — Todos nos vestimos e eu era um mago, mas Bradley Stevens tinha o melhor chapéu, grande assim. — Ele estica o braço para as laterais da cabeça e as pérolas pendem no ar. Depois ele para e as coloca no edredom com uma repentina reverência. — Talvez estes sejam seus feitiços — diz ele. Ele olha todos os presentes e depois me olha sério. — Espero que ele seja um mago bom.

— Ah, tenho certeza de que é. Não acho que você precise se preocupar com isso.

✿✿✿

Todos vamos à igreja. Sento-me ao lado de Tilly, atrás de Cee, Steve e os três meninos. Olho para a nuca dos meus sobrinhos, penso em Daniel e no papelão pontuado por estrelas. Todas as vezes em que nos ajoelhamos penso em Tilly, seus olhos estreitos, as mãos unidas com força, murmurando uma oração. A igreja é outra coisa que tem mais a ver com elas do que comigo.

Ficamos para o almoço. Cee está toda conciliadora e preocupada hoje. Ela pode ser calorosa ou fria; de acordo com Tilly, é algo que ela herdou da nossa mãe. Ela contou para Steve; ele insiste em sorrir e oferece água a Tilly enquanto nos serve com vinho. Estamos comendo a mousse de chocolate de baixa caloria de Cee quando Max anuncia que eu conheço um mago de verdade. Sinto o olhar de Cee. Tento rir.

— Ele lhe deixou feitiços.

— É só uma brincadeira. — Não olho para Max. — Só uma piada. — Passo a colher pela minha tigela e olho para os guardanapos brancos e castanhos com seus anéis prateados, os jogos americanos com imagens de frutas. Preciso sair. Ajudo a limpar as coisas, coloco os pratos na máquina de lavar e limpo as taças de vinho. Cee começa a fazer café.

— Tenho que ir — aviso. — Ver como Shaun está se saindo. — E então o pensamento dos armários da cozinha do papai arrancados das paredes me faz parar e levar a mão à boca.

— Você está grávida também? — Cee está de pé com a cintura apoiada na máquina de lavar.

— Não.

— Talvez você deva vir e ficar aqui por um tempo. Não pode ser muito divertido ficar naquela casa.

Olho para Cee. Ela está falando sério.

— Nós nos mataríamos.

Em vez de sorrir, ela parece triste.

— Quero que você pense nisso como sua casa, Alice.

O que ela quer dizer é que o papai está morto, o apartamento de Tilly é do tamanho de um selo postal e que você é uma pessoa sem rumo, por isso esta é a sua base de agora em diante.

— Comprarei uma passagem esta semana — comunico.

— Para onde você vai?

— Déli, acho. — Longe. Para algum lugar onde eu possa parar de pensar. — Não se preocupe, a casa está praticamente pronta.

Cee olha para a sala de jantar. Tilly e Steve estão conversando tranquilamente. Ela se volta para mim e arqueia as sobrancelhas.

Dou de ombros.

— Ela vai dar um jeito.

Cee se cala.

— Acho que ela será uma ótima mãe — acrescento.

— Claro que vai. Só me preocupo...

Aperto o braço de Cee.

— Ela se preocupa demais com a gente, Cee. Vamos ser apenas... apoiadoras.

— Você vai apoiá-la de Timbuktu, então?

— Vou andando até a estação.

Coloco a cabeça na porta da sala e me despeço. Digo que tenho de voltar correndo; digo a Tilly que ela não precisa se incomodar.

Quando volto, a van de Shaun não está. A casa parece cansada e vazia. Não quero entrar sozinha, por isso continuo andando. Queria que fosse inverno, que o ar fosse frio contra o meu rosto, que meus membros estivessem confortáveis na minha calça jeans e na minha malha. Queria que o céu parecesse uma pintura a carvão e não uma tela azul de computador.

Heath está cheia de gente. Ando rapidamente, a bolsa batendo no meu ombro. O vento balança as árvores. Posso ver o solo escuro e úmido entre os trechos de grama. O suor começa a molhar minha camiseta e se eleva como um pássaro preso em minha garganta, batendo ... Não consigo encontrar. Conheço este lugar, digo a mim mesma, ... onhecer este lugar, mas ele me foge.

Não consigo nem mesmo encontrar Kenwood House, e já estive lá centenas de vezes, milhares de vezes. Sempre me orgulhei de ficar feliz ao me perder, de dar um jeito sempre. Hoje, porém, estou no limite. Quando finalmente alcanço o alto da colina e vejo a forma branca de Kenwood House ao longe, é que sinto algo mais parecido com decepção do que com alívio. O café está cheio. Uma fila serpenteia rumo à sorveteria no canto. Crianças gritam e correm, animadas com o açúcar e o sol. Conversas em francês, italiano, espanhol e polonês se fundem no ar imóvel.

Compro café e encontro uma mesa bem no meio do jardim, depois me arrependo de me sentar num lugar tão exposto. Continuo olhando para a frente. Mas ele não vem. Ninguém vem.

✿✿✿

Quando estou infeliz, me escondo sob o edredom. É um hábito de criança. A cabeça é o apoio da tenda e o edredom serve como as paredes. É como uma palhoça, mas melhor. Gosto mais quando há luz do lado de fora; gosto quando se pode ver a estampa de patos sob o algodão, como ela nunca parece a mesma. Gostaria de fazer isso agora: sentar-me sob um edredom, as paredes pendendo do alto da minha cabeça.

Movo-me como se estivesse andando no escuro, tentando calar meu cérebro e ouvir meu corpo. Direita, esquerda, pela trilha que dá para o jardim. Quando o encontro — pelo menos acho que é — paro e olho em volta. Um casal passa por uma trilha mais larga, paralela à minha, mas eles não me veem. Espio por entre as folhas. Um pedaço de tecido amarelo, outro de plástico azul. É o lugar certo.

Exceto que ele está arruinado. Entro no espaço e olho em volta, não para as cores pendendo dos galhos, e sim para a bagunça espalhada pelo chão. Fios de algodão colorido pendem, inúteis, dos galhos. Ajoelho-me. Pego um pedaço de embalagem dobrada num quadrado; um fio verde; a parte de dentro de uma caneta esferográfica — a tinta azul como sangue na veia; um grampo de cabelo, a tinta rosa desgastada nos cantos; uma tampinha azul-clara; um pedaço de papel marcado com tinta fraca; um selo de cantos dourados. Remexo-os como se, ao tocá-los, eu acertasse novamente as coisas.

Imagino o rosto de Daniel, a cicatriz pelo seu rosto, seus olhos infantis. Ele não teria feito isso. Alguém deve ter encontrado e pensado que era divertido arruinar o lugar. Por isso é que preciso deixar esta cidade: porque é o tipo de lugar onde alguém destruiria algo feito obviamente com cuidado, só pelo prazer de destruir. Podia acontecer em qualquer lugar, digo a mim mesma. E mesmo assim é estúpido fazer algo tão frágil, vulnerável, inútil. É na verdade um convite.

Na extremidade do lugar há uma garrafa vazia de uísque. De uma marca que não reconheço. Acho que talvez eu possa sentir o cheiro do uísque na pele de alguém. Imagino-o agachado sob as folhas, bebendo.

Fumo dois cigarros e coloco os tocos no maço. Depois pego o grampo de cabelo e o prendo num pedaço de algodão azul. Quando o solto, ele pende como se imaginando um sopro de vento. Pego a caneta — sua ponta com a tinta seca — e a envolvo com outro grampo de cabelo. Trabalho lentamente e ao acaso. Descubro que há certo consolo em se concentrar na maneira como se conectam fios e objetos.

Há vários quadradinhos de papel marcados com uma tinta quase apagada. São as únicas coisas no espaço que têm ligação uma com a outra. Tento reuni-los e concluo que alguém rasgou a imagem de uma mulher. Percebo um olho, talvez uma orelha, e penso que é minha mãe. Aquilo me faz lembrar a imagem que encontrei no sótão. É uma estupidez se importar com isso. Faço uma pilha com os pedacinhos na borda do espaço e continuo unindo as coisas. Sinto-me desequilibrada.

Não está certo. Deito-me no chão e olho para cima. Havia uma ordem antes, devia haver. Olho para as formas. Há muito azul e marrom, um pouco de dourado e rosa. Qual?, pergunto, expirando a palavra até que ela tenha uma forma a ser ouvida.

Fico deitada e espero, mas nada acontece, então me sento e puxo a bolsa na minha direção. Pego os presentes — os presentes dele — um a um e os prendo aos galhos também. Deixo as flores para o final: a prateada e a rosa; a feita de jornal, que resgatei — manchada e murcha — do lixo, mesmo a contragosto. Eu a viro entre os dedos e leio fragmentos de palavras: *pap, mília, rto, fi, gredo*. Faço um buraco para cada uma e as planto lado a lado no chão.

Pronto. Terminado. É hora de ir. Vou à cafeteria e peço outro café. Vou bebê-lo, fumar um cigarro e pensar. Na verdade, vou comprar outra caderneta rumo à cafeteria, e uma caneta — uma daquelas de gel que fazem com que a escrita pareça mais fácil — e abrirei a caderneta na primeira página, sentada com meu café. No alto da página escreverei "A fazer"; não, escreverei "O que vem a seguir?" ou talvez "E agora?" e sob isso escreverei... Não faço ideia do que escreverei, mas, quando estiver lá, com o caderno, a caneta e o café, pensarei em alguma coisa.

Sento-me e fico ouvindo.

Pássaros cantando — um perto, outro mais distante, seu canto mais baixo do que o do primeiro. Eu me lembro de ouvir um programa de rádio sobre como os pássaros da Amazônia aprenderam a imitar o som de serras elétricas; como ri e depois contei para Kal, percebendo como aquilo era triste.

Folhas — há um vento fraquinho, mas elas batem umas nas outras como pessoas numa multidão.

Pés se arrastando pelo cascalho.

O estampido de uma bola de futebol.

Outro pássaro, um pio insistente, interrompido por silêncios impacientes. Espero por uma resposta, que não ouço.

Hora de ir. Hora de sair. Mas fico. Olho no meu relógio: sete da noite. Cee estaria preparando torradas com queijo, cortando bolo de chocolate em triângulos. Os meninos se espalharão pelos sofás diante da televisão. Tilly estará lendo o *Rough Guide to Pregnancy* ou tentando tomar uma decisão em relação a Toby. Daniel — não faço ideia de onde ele está ou o que estará fazendo. Imagino-o como um pontinho no mapa de Londres. Há muitas varandas, pontes e esquinas. A cidade é grande demais para uma pessoa.

Não pretendo pensar em Kal. Ele estará com quem quer que seja. Um filme e comida entregue em casa, era o que sempre fazíamos nas noites de domingo; nada original, mas eu adorava. Sinto falta disso: sentar no sofá de couro que ele comprou ao passar nos exames e que era na verdade grande demais para o ambiente; caixas de comida na bancada da cozinha; a luz da televisão reluzindo em nossa pele.

Pego meus cigarros e meu celular na bolsa. Não há chamadas perdidas. Ligo para Tilly.

— Oi, Alice.

— Oi.

— Você está bem?

— Não é uma noite linda? — Deito de lado e equilibro o telefone contra minha orelha.

— Obrigada por ontem, Alice.

— Ela vai se acostumar. Você sabe como ela é.

— Você vai mesmo viajar de novo?

— Eu lhe disse. — O cheiro de uísque desapareceu ou me acostumei a ele. Sinto um cheiro metálico de terra e o cheiro veronil das folhas.

O papai insistia que todos saíssemos de férias juntos, todos os anos, mesmo quando Tilly estava na universidade. Nós o acompanhávamos por sítios arqueológicos — o templo de Knossos, a Acrópolis, Alhambra, fazendo-o rir ou ficar irritado. Fecho os olhos e ponho a mão no chão. O que eu daria por cinco minutos daquelas férias, sandálias novas queimando meus pés, a euforia de andar em calçadas com cheiros desconhecidos e palavras incompreensíveis, com o papai andando ao meu lado.

— Você se lembra daquelas férias de verão? — pergunto.

— Onde você está? Ouço pássaros. Você está no jardim?

— Você se lembra daquela vez em que todos tivemos intoxicação alimentar? Onde foi?

— Foi em Bruges, não? Comemos mexilhões e fritas e passamos a noite toda competindo pelo banheiro.

— Eu vi Kal — digo.

Ela não diz nada. Posso ouvir a TV baixinho ao fundo.

— Você sempre foi boa com ele — digo. — Admiro isso.

— Você está bem?

— Acho que o que você está fazendo é corajoso, Tilly.

— A Cee acha que sou estúpida.

— Ignore-a.

— Estou apavorada.

— Claro que está. — Viro-me de costas e olho para os pedaços de lixo sobre mim. — Tilly, continuo pensando naquele cara, Daniel, aquele sobre o qual falei.

Ela tosse.

— É como se ele estivesse tentando me falar alguma coisa, mas não entendo — acrescento.

— Como você disse que o conheceu?

Penso nos presentes na amurada da porta da frente.

— Simplesmente me deparei com ele — respondo. — Eu o reconheci.

— Mesmo?

— Do funeral. Mas tem alguma coisa a mais, como se eu o conhecesse, mas me esqueci. — Pego a flor prateada e a giro nos dedos. — De qualquer forma, eu o perdi. Não sei onde ele está. Mas continuo pensando que talvez seja importante, o que quer que ele esteja tentando me dizer. Continuo achando que é sobre a mamãe.

— Alice, você acha...?

— O quê?

Tilly não diz nada. Eu a imagino deitada no sofá — uma coisa exagerada, com estampa de flores amarelas feias.

— Acho o quê? — insisto.

— O papai sempre dizia que é sempre melhor não dizer algumas coisas, não é?

— A maldição da família Tanner.

— É só...

— Se Toby abandonar você, vou arrancar os olhos dele. Juro.

— Não quis dizer... — Ela para. — Obrigada.

Falamos sobre a ultrassonografia e depois desligo o telefone. Deito-me e observo o céu escurecer e o mundo se tornar preto e branco.

Meu corpo dói na parte que encontra o solo. Algo dentro de mim está gritando, me dizendo para levantar, comprar algo para o jantar, ir para casa. A voz é muda, como se distante e, de qualquer modo, digo, não há casa para ir. É perigoso, insiste a voz — não posso lhe dizer que ela grita por causa da marca atrás das palavras —, você está sendo estúpida, ela me diz. Mas me sinto segura aqui. Sei que não deveria, mas me sinto segura aqui.

Dez motivos para não pular

1) Alguém terá de limpar a sujeira.
2) Tenho uma filha.
3) Você pode descobrir e eu não estaria lá para lhe explicar.
4) Às vezes você tem de confiar...
5) Não quero ser como meu pai.
6) Acho que ele foi um covarde.
7) Vi o que aquilo fez com a minha mãe.
8) Não desisto.
9) Amo você.
10) E talvez...

A Albert Bridge parece um jardim dos prazeres vitoriano: fios de luzes; as colunas como bolos de casamento; uma linha de flores de ferro douradas se esparramando sobre o rio. Ando pela Chelsea Embankment rumo a ela. Não há pressa. O rio se move regularmente, como um animal vagando pela cidade, refletindo a ponte e todas as demais luzes. Viro-me e sigo na outra direção, podia andar pela costa. Eu me pergunto se há uma divisão entre o rio e o mar — ou se há apenas uma porção onde eles são ambos e nada.

A calçada é estreita. Paro no lado norte, na escuridão entre dois postes, e coloco as mãos na amurada fria de ferro. O rio está alto. Imagino a água: estará fria, um beliscão como de uma criança insistente. Ela tirará a vida de mim. Insistirá que meu coração pare, de uma vez por todas. Olho para o rio, as torres angulares da World´s End, as janelas ainda reluzindo amarelas; para o volume escuro da estação de luz Lots Road; e o rio, passando por tudo isso.

Imagino sua mãe ao meu lado e sinto que consigo fazer isso sem o pânico e ansiedade comuns. Olhe, Julianne, não é lindo? *Você está evitando o assunto, Daniel.* Mas a encontrei. Depois de todos esses anos encontrei nossa filha. *E fez o quê?* E a deixei ser quem era.

Há uma brisa fria no meu rosto. Aqui o cheiro não é o mesmo da cidade e o céu parece mais alto e claro do que quando se está cercado por tijolos e pedras. Ainda sinto o sabor do bolo que você me comprou, sob o gosto do uísque.

Não salto. Nunca fui de grandes gestos, mas você já entendeu isso. E parece que meu coração não está preparado, não ainda.

Em vez disso, caminho, pelo restante da noite e rumo ao amanhecer, por ruas silenciosas e praças vazias. A cidade é mais bela do que nunca nas primeiras horas da manhã, quando se consegue ouvir o som dos passos na calçada; quando se pode sentir o mundo todo esperando por outro dia. E o amanhecer — há algo de mágico na sua repetição: sempre o mesmo, sempre diferente. Hoje o sol entra pela esquerda no grande palco do céu. Tudo o que ele toca se suaviza e se aviva, e a cidade — nossa cidade — reaparece, como um sonho, uma névoa matinal transformando o concreto em azul-bebê.

Ando para o norte: pelos empertigados terraços de tijolos da Sloane Street; pelas embaixadas da Belgrave Square; por um estranhamente silencioso canto no Hyde Park e pela reluzente New Bond Street até a Marylebone Road. Chego ao Regent's Park quando um homem de paletó está destrancando os portões. Ser a primeira pessoa no Regent's Park numa segunda de manhã — há certo prazer nisso. Atravesso-o, vendo o céu virar rosa e depois azul, manchado por nuvens. Passo pelo zoológico e ando perto da cerca, sob as árvores. Duas araras com penas vermelhas ficam de frente uma para a outra. Uma delas se vira e me vê passar.

Voltarei para Heath. Não sei direito por quê. Não sei o que quero. Não sinto uma atração assim há muito tempo. Talvez tenha restado um bocado de uísque — podia bebê-lo e depois me deitar e dormir.

✿✿✿

Entretanto, quando enfio a cabeça no espaço, vejo você deitada no chão. Ajoelho-me, mas não posso tocá-la. Seu rosto está branco como mármore, seu cabelo espalhado. Não há sangue. Não há ângulos artificiais.

— Alice? — Mal posso dizer a palavra em voz alta. Você não se mexe. — Alice. — Mais alto agora. Nada. Deito-me, afastando-me do seu corpo com os braços, e abaixo o rosto para a sua boca. Lá está. Uma respiração; tenho certeza. Sento-me sobre os calcanhares e me ajeito. Alice. Minha filha. Eu a vejo dormir e, ao fazer isso, a ideia que estava se cristalizando na minha mente desde que a encontrei se revela. Você está perdida e, se eu lhe contar, você estará mais perdida do que nunca. Há outros tipos de verdade. Há outras maneiras de contá-las.

Quando você abre os olhos, não parece surpresa em me ver. Você ergue a cabeça e depois a deixa cair novamente no chão.

— Você voltou também — você diz.

— O que você está fazendo aqui? — Minha voz treme.

Você se apoia num cotovelo e resmunga.

— Você dorme assim?

Dou de ombros.

— Me sinto com cem anos.

Você está aqui. Você talvez tivesse morrido. Você voltou.

— Você tem a casa, não tem? Aconteceu alguma coisa com a casa? — pergunto.

— Não suporto mais ficar lá. — Você enfia a camiseta por dentro da calça e esfrega o pescoço. — Tive um sonho estranho — continua, e desvia o olhar, e eu penso que talvez você tenha sonhado comigo.

— É perigoso, Alice, dormir fora — alerto.

Você abaixa a cabeça e a vira para o lado.

— Estou bem.

— Você não deve fazer isso de novo — acrescento. — Nunca. Você está tremendo. — Tiro o paletó e o estendo para você. Você hesita. — Desculpe — digo. — Vista isso apenas por um minuto, para se aquecer.

Você o coloca sobre os ombros, mas não enfia os braços nas mangas. Olho para minha camisa. Não está limpa e falta um botão. Uma onda de exaustão me assola.

— Para onde você foi? — pergunta. Tem terra e galhos nos seus cabelos.

— Andei.

Você arqueia as sobrancelhas, esperando mais. Pego uma folha do chão e a rasgo.

— Onde você dormiu? — você pergunta.

— Não dormi.

— Você parece cansado.

— Vou sobreviver.

— Tentei... — Você aponta para as folhas e só agora vejo o que você fez. Eu me emociono. As cores estão fora de ordem, como uma linguagem que nunca vi antes. — Vim trazer de volta suas coisas — você explica. Eu as pego: o papelão alaranjado, as pérolas, o boné, pendendo sobre nós. —Estava tentando... — Você dá de ombros e sorri, e eu quero abraçá-la. Sinto uma pontada de dor no peito. Não agora.

— Acho que não as coloquei na ordem certa — você diz.

— É lindo. Obrigado.

Vejo a pilha de papéis rasgados à sua direita e meu coração dói de novo. Não deveria ter feito isso. Talvez, porém, de alguma forma, isso a trouxe de volta até mim. Pego os pedaços e os guardo no bolso da calça. Você me observa, mas não pergunta nada. Há coisas que não precisam ser ditas. Você tem coisas demais com o que se preocupar: Malcolm e o homem no funeral.

Seu estômago ronca e, como se respondendo, o meu se manifesta também.

— Estou morrendo de fome — você fala. — Por que não lhe pago um café da manhã? — Você me devolve o paletó.

— Não.

Você levanta a cabeça. Eu a assustei.

— Você gosta de amoras silvestres? — pergunto.

Você faz que sim.

— Vamos. — Ao sair do espaço, sinto algo sob meu pé. É a flor de jornal. Você a plantou, ao lado da prateada — e até mesmo da rosinha morta — no solo, como uma criança teria feito.

✿✿✿

— Não faço isso há anos — você diz. Seus dedos estão arroxeados como os meus e há uma mancha de suco no seu rosto. — Elas são ácidas.

— Ficarão melhores em algumas semanas.

Você faz que sim e eu nos imagino voltando aqui, fazendo isso de novo.

— Conheço uma macieira também — digo.

Você franze a testa e sorri. Chegando lá, porém, as maçãs estão pequenas e impossíveis de colher. Eu a observo, seu braço esticado ao máximo. Você me encara e ri.

— Você acha que consegue me erguer? — pergunta. — Nos seus ombros? — E daí você faz que não. — Desculpe, não sei no que estou pensando.

— Não, posso fazer isso. — Agacho-me, olhando para o outro lado.

— Tem certeza?

— Vá em frente.

Sinto suas pernas perto dos meus ouvidos. Começo a me erguer e você se agarra à minha cabeça.

— Você tem certeza... — você diz, mas estou de pé. Nunca me senti tão alto, tão forte e tão feliz. Quero gritar. Quero gritar: olhe para mim, com minha filha. Olhe para nós. Você balança um pouco e eu a seguro pelas pernas. Aproximo-me da árvore e a sinto se esticando, suas pernas se pressionando contra minhas mãos.

— Peguei uma — você fala. — E outra. — Sinto-a pegar cada maçã do galho. — Não consigo segurá-las — você diz, e deixa cair uma, duas, três, quatro maçãs no chão. Elas ainda não estão boas para comer. — O.K., O.K., para baixo. — Dobro os joelhos, ignorando a dor na coluna, e você desce rindo. — Temos o suficiente para uma torta — você diz, segurando três maçãs e apontando para as demais no chão. Imagino nós dois sentados à mesa, com tigelas de maçã picada e massa de torta.

As maçãs têm um gosto ríspido e ácido. Comemos fazendo cara feia.

— São maçãs para cozinhar — explico. — Elas não estão boas ainda. Desculpe.

— Elas acordam a gente — você comenta, e sorri.

— Talvez você possa levar o restante para casa.

Você faz que sim e as acumula no braço. Não quero que você se vá. Não quis dizer isso.

— Vamos deixá-las no... — Você aponta para o espaço. — Posso pegá-las mais tarde. Gostaria de lhe pagar um café em troca.

✿ ✿ ✿

Fico do lado de fora enquanto você deposita as maçãs. Quando você volta, está usando o colar de pérolas falsas. Os pedaços de papelão e plástico, a castanha e a rosa de seda pendem como estranhos amuletos.

Pai.

Você me compra uma xícara de chá numa embalagem de papelão numa cafeteria em Swains Lane — digo-lhe que não gosto daqueles cafés metidos e você ri, gentil. Voltamos a Heath, passando pelo Parliament Hill. Sentamo-nos nos bancos com vista para a cidade.

— Meu sobrinho acha que você é um mágico — você diz, e ri.

— Seu sobrinho?

— Tenho três. O mais novo é meu preferido, apesar de a Cee dizer que não posso ter um preferido. — Você coça a calça jeans. — Ele se chama Max.

— E você falou para ele? Sobre mim? — Não consigo ocultar a empolgação na voz.

— Na verdade, não — você diz. Ele só viu o... — Sua mão pousa nas pérolas ao redor do pescoço. Uma gaivota passa por nós, gritando. — Elas sempre parecem tão tristes, não acha? — você pergunta. — Como se estivessem de luto por alguém.

Penso na sua mãe em Brighton Beach, seu vestido molhado até a cintura.

— Talvez ela esteja de luto pelo mar — você diz. — Não imagino por que viriam para Londres, quando podiam estar lá, na água.

— Às vezes acho que Londres é como o mar.

Você não diz nada. Você está olhando para a cidade.

— Ela está sempre mudando — observo. — Ela tem seu humor. — Pareço um tolo.

Você se vira ligeiramente para me olhar.

— Estou indo para Déli — avisa. — Semana que vem.

Meu coração emudece.

— Pensei em ficar, talvez, mas... — Você ajeita um cacho de cabelo. — Gostaria de sentir que posso ficar. — Você coloca os pés sobre o banco, aproxima os joelhos do peito e os abraça.

O pensamento retorna. Você não precisa fugir das raízes — isso é o que acontecerá se eu lhe contar. Você precisa de estabilidade, algum tipo de conexão. Podia lhe dar isso. Podia lhe oferecer isso, tenho certeza.

Dez motivos para ficar

1) *Minha irmã está grávida.*
2) *Minha outra irmã provavelmente será uma vaca em relação a isso.*
3) *Estou cansada.*
4) *Às vezes sinto que estou andando em círculos.*
5) *Odeio quartos de hotel.*
6) *Odeio jet lag.*
7) *Talvez conheça alguém. Droga, talvez até me case e tenha um filho.*
8) *O papai gostaria que eu ficasse; ele se preocupava comigo, viajando sempre para um lugar novo.*
9) *Minha irmã acha que estou sempre fugindo.*
10) *Queria parar de fugir.*

Aliso as contas plásticas contra meu peito e sigo Daniel pela grama, pelo Parliament Hill. Não sei por que as coloquei no pescoço. Devo parecer uma idiota. A castanha bate no osso enquanto caminho. Eu costumava colecionar castanhas quando criança, pilhas delas. Todos os anos eu ficava decepcionada quando suas cascas amoleciam, mesmo sabendo que isso aconteceria.

Antes da pista de corrida, Daniel vira à esquerda, passa pelas quadras de tênis, o coreto, o café e depois perto da piscina com sua multidão, rumo à estação Gospel Oak. Ficamos sob as luzes e imagino o que os motoristas pensam, se eles alguma vez viram uma jovem — que dormiu sob uma árvore em Hampstead Heath — com um homem que é seguramente um mendigo. Eles não notarão e, mesmo que notem, não se importarão. Vejo se o pedaço de papelão está seguro no bolso da minha calça jeans.

Passamos por um oásis de sacadas bem pintadas, glicínias e alfenas, antes de chegarmos aos apartamentos altos no Seventies. Pela ponte, Daniel para e olha a cerca de metal entrelaçado, para os trilhos do trem abaixo.

— Para onde você iria agora, se pudesse ir a qualquer lugar? — pergunto.

Um trem passa e a ponte treme sob nossos pés. Daniel passa o dedo pela cerca — pancadinhas metálicas.

— Ficaria aqui — responde, olhando para mim.

Sonhei com ele — um sonho vívido e desconcertante. Ambos tiramos nossas mãos, como se fôssemos bonecas, e as trocamos. Quando olhava para baixo, porém, via minhas próprias mãos na extremidade dos pulsos. Ao acordar, ele estava lá e eu me senti estranhamente em casa. Há uma ideia em minha mente de que talvez ele e minha mãe — mas é algo estúpido e não quero pensar nisso. Gosto dele, isso é tudo.

— Eu iria para Inverness — digo. — Ou mais para o norte. Iria para o alto da Escócia e depois pegaria um barco para a Islândia ou para algum lugar na Noruega. Procuraria as auroras boreais. Vi fotos e elas nunca parecem reais.

Ele sorri, mas é um sorriso triste, por isso me calo. Caminhamos, passando por um prédio solitário com placas de "aluga-se", uma placa verde para uma fazenda urbana, uma rua de apartamentos se estendendo à direita, com bicicletas e vasos de plantas e bandeiras de times de futebol contra as sacadas. Emergimos no caos da Kentish Town Road, até ele atravessar a St. Pancras Way, à esquerda para a Agar Grove. Não falamos muito, mas de algum modo o ritmo de nossos pés parece uma conversa. De vez em quando, Daniel para e pega alguma coisa — uma tampinha dourada; um botãozinho amarelo com uma estrela no meio; um prego dobrado. Ele olha para as coisas por um instante e depois as põe no bolso.

— Gosto do seu paletó — digo.

Ele ri.

— Um homem chamado Hunter me deu.

— Hunter?

— Como as botas. Era para... — Ele olha para mim. — Era para uma ocasião especial.

Na esquina da York Way ele para e pega um pedaço de plástico azul que pende de uma cerca de arame.

— Você tem um nome azul — diz.

Um caminhão passa por nós e eu sinto a mesma adrenalina que se sente quando o avião levanta voo ou quando se está na plataforma da estação e o trem passa sem parar.

— Azul-gelo, como a água de uma geleira — acrescenta ele. — É parecido com isso. — Ele segura o pedaço de plástico e eu o pego sem saber o que dizer. Ele abaixa a cabeça. — É assim que eu vejo — continua. — Suponho que você não seja assim.

Sorrio para ele, mas é forçado e tenho certeza de que ele percebe. Viramos na York Way, passamos por sob uma ponte na qual o som dos caminhões reverbera no concreto. Daniel para numa cerca com vista para a parte de trás da estação King's Cross. Um muro alto de tijolos guarda a memória de outra construção. Prédios pré-fabricados se acocoram no chão, como se intimidados por todo o espaço no meio da cidade. Mais ao longe, ficamos do lado oposto do vidro da estação King's Place e vemos um cisne solitário nadando pelo canal. Um homem ergue uma vara de pesca e a lança novamente. Outro homem se senta num banco de madeira, observando o pescador, uma lata dourada de cerveja na mão. Na amurada da ponte, um aviãozinho de brinquedo, com um nariz pontudo e asas alaranjadas, está de cabeça para baixo. Daniel o pega e me dá. É feito de metal e estranhamente frio e pesado. Coloco-o na amurada, voltado para o oeste, pronto para decolar.

— Você conheceu minhas irmãs, então? — pergunto. — Quando você conheceu minha mãe?

— Só uma vez — responde ele.

Ele leva a mão ao peito e faz uma cara de dor.

— Você está bem? — pergunto.

— Estou. Elas se lembram de mim?

Faço que não.

— Não. Acho que eram novas demais.

Ele se vira e começa a caminhar novamente. Eu o sigo pela agitação da King's Cross, pela Euston Road até a estação St. Pancras. Ele continua com a mão no coração.

Andei numa geleira no Canadá. Com um grupo de estranhos; entramos num veículo com pneus da largura do meu corpo e depois subimos e subimos, para fora da estrada e para o gelo azulado. Fomos soltos por meia hora e dei passos lentos e cuidadosos para longe dos outros, dando as costas para eles e para o veículo de modo que só pudesse ver o gelo, como pele rachada, como lágrimas sujas e congeladas; como algo que nunca vi.

— Então de que cor é o seu nome? — pergunto.

Ele para de andar, mas não responde. Devo ter dito algo errado, devo tê-lo irritado. Estamos na Euston Road, os tijolos alaranjados e brancos de St. Pancras à nossa direita, o tráfego barulhento à nossa esquerda.

— Achei que você tinha dito que meu nome era azul. — Tenho de erguer a voz para ser ouvida. — Por isso fiquei pensando se seu nome tinha uma cor também. — Louco, ele é louco. Eu sou louca. Este não é um lugar para ficar. Estamos no meio do caminho. Não é o lugar para uma conversa.

— É alaranjado — diz ele, finalmente. Sua voz é tão baixa que tenho de me inclinar na sua direção para entendê-lo. — Laranja claro, quase transparente, quase sem cor. — Espero que ele diga alguma coisa, mas ele não fala nada. Um caminhão passa, carros resmungam sobre a rua, um telefone toca num bolso, um bebê chora.

Penso no papai, deitado na cama com as cortinas fechadas, e aquelas horríveis letras de cravos vermelhos no carro fúnebre.

— Às vezes meu pai costumava olhar para mim como se... — Daniel está me observando atentamente. Começo a andar e o ouço se apressar para me acompanhar. — Tivemos uma pequena... Ele não me disse uma coisa e eu não deixei passar e o que isso importa no final das contas? Quem se importa? Quero dizer, só existe o agora, não é, somente o momento presente.

— Encontrei um homem que me disse exatamente isso uma vez — comenta Daniel. — Ele era budista.

— Talvez eu seja mais espiritualizada do que pensava. — Tento fazer uma piada.

— Tenho certeza de que ele entendia — diz ele.

Engulo em seco e ando mais rápido, a cabeça baixa. Gower Street. Drury Lane. Aldwych. Lancaster Place. Paramos na Waterloo Bridge, os blocos de concreto do National Theater à direita, a Somerset House tranquila e majestosa à nossa esquerda. Olho para a água. Ela se move com mais força do que se imagina.

— O que aconteceu ao seu amigo? — pergunto.

— Quem?

— Não consigo me lembrar do nome dele: o polonês com a filha.

Daniel está apoiado na amurada, a mão no queixo. Ele morde o lábio inferior e não diz nada. Viro-me para ver um homem de cabelos escuros com uma câmera acenando para a namorada — para a esquerda, mais, um pouquinho mais. Ela está de pé, as mãos enfiadas na calça jeans justa, os ombros erguidos e um sorriso amarelo no rosto.

— Ele tem um trabalho — diz Daniel finalmente. — Ele vai voltar para casa.

Um barco da polícia emerge da ponte sob nossos pés, seis homens num espaço restrito, como meninos brincando de guerra num bote plástico.

— É bonito. — Observo o barco. O piloto fica atrás, o corpo relaxado, o olhar no horizonte. Tenho um forte e repentino desejo de ser abraçada por um homem maior do que eu, de encostar a cabeça em seu peito e inspirar. Seguro as contas no meu pescoço.

— E quais letras são brancas? — pergunto.

Vejo-o cerrar os punhos.

— Desculpe. Isso é irritante?

— P — diz ele. P de pai. É branco, uma espécie de madrepérola.

Arranho o corrimão e observo o visor digital do National Theater, letras alaranjadas enfileiradas pela tela. Podia lhe perguntar de novo: quem é você? Como você conhece a mamãe? O que você está tentando me dizer?

Olho para as mãos dele perto das minhas. Temos as unhas iguais. Olho para o rosto dele. Ele não parece bem — pálido e suado, quase cinza. Ele abre e fecha os punhos. Ao nosso lado turistas se reúnem ao lado de guias e câmeras e depois saem em busca de algo novo para ver. Pássaros voam pelo céu. O que ele disse? Londres é como o mar.

Inclino a cabeça de modo a ver a vista como um todo: Blackfriars Bridge, Southwark Bridge, Gherkin, St. Paul's, a luz no alto da Canary Wharf a distância, e imagino tudo transformado em água, os tijolos e o pavimento, as janelas e os corrimãos de metal. Imagino a BT Tower flutuando e caindo, reaparecendo alta e reluzente, flutuando, caindo de novo: a cidade toda se elevando e caindo, linha após linha de ondas brancas intermináveis, e, sob elas, a corrente.

Viramos em uma esquina e vemos um trator amarelo enfiando o nariz na extremidade de velhos prédios comerciais — azulejos verde-claros quebrados como terra, como vidro. Há algo de íntimo na maneira como ele se move: sussurrando nadas adocicados nos ambientes vazios, retirando o entulho com a atenção de um amante. Fico de pé, observando. Posso sentir Daniel olhando para mim, mas o ignoro. O trator tenta uma, duas, três vezes, e então uma nova parede cede, uma porção de poeira se eleva.

Passamos por Old Vic e me lembro de ir lá com Kal — sua coxa contra a minha, seus dedos num ritmo impaciente na palma da minha mão durante todo o tempo em que estivemos lá vendo o que quer que seja: algo com espartilhos, sombrinhas e rostos brancos. No canto do parque alguém faz churrasco; a fumaça se eleva por entre as árvores. Passamos pelo bar cubano com seu mural alto: uma mulher em cima do mundo com os braços levantados. Meu celular toca. Fico na calçada olhando para a tela azul.

— O pedreiro de novo? — pergunta Daniel.

— É Kal. — O celular continua tocando.

— Aquele que fez você se sentir claustrofóbica? — pergunta Daniel, olhando para mim e depois para meu telefone. Ele se interrompe no meio de um toque. Espero. Nenhuma mensagem. Penso no trator batendo no prédio estilhaçado.

— A gente não deve retroceder, meu pai sempre dizia — declaro. — Estávamos apenas retrocedendo.

— O que você quer? — Ele está ao meu lado, perto o bastante para estender o braço e me tocar, mas ele não o faz.

— Não sei. Só quero sentir... Não sei.

Ele sorri e depois me toca brevemente. Um resvalar de dedos no meu braço. Ele retira a mão, a esconde ao lado do corpo. Depois balança a cabeça como se fosse dizer "vamos lá, deixe estar", e recomeça a andar. Estamos indo para a Elephant e Castle. Posso ver guindastes adorando a forma da torre, banhada de plástico azul.

— Ele mora ali — digo. — Não tenho certeza se quero...

Ele faz que sim e vira à esquerda numa ruazinha estreita, voltando para o rio.

— Você sempre pode mudar de ideia — diz. — Fiquei muito tempo sem perceber isso.

— O que você quer dizer?

Ele dá de ombros.

— Só que você pode decidir que a coisa que você achava que queria não é mais certa. — Ele tosse. — Só que você pode mudar de ideia sobre as coisas. — Ele olha para mim. — Como meu pai, por exemplo — continua. — Odiei meu velho por muito tempo e achava que morreria odiando-o, mas comecei a pensar que tudo é mais complicado do que isso. Comecei a pensar que talvez ele tivesse feito o melhor que pôde.

— Então você não o odeia mais?

Ele dá de ombros.

— Não sei. Estou tentando.

Seguimos o rio até a Hungerford Bridge. Subimos os degraus, por sobre a cabeça dos homens que emitem ritmos de seus trompetes na escuridão lá embaixo. A ponte como uma colmeia de metal sob nossos pés. Um trem passa, dividido em triângulos pelos suportes de metal. Ferros brancos se elevam sobre nossa cabeça e convergem no céu,

— Imagine construir uma casa aqui — comento.

— Na ponte?

Paro.

— Sim, bem aqui no meio. Imagine acordando com isso todas as manhãs. — Encosto-me no corrimão de metal e olho para o rio até Westminster. — Por que você...? Quero dizer, como você...? — hesito.

— Algumas coisas aconteceram e tomei decisões erradas, isso é tudo — responde ele. Coloca-se ao meu lado. Penso no papelão no bolso da minha calça, pontuado por estrelas. — E então... Bem, isto combina comigo — continua ele. — Não o tempo todo, mas... Prefiro me sentar no canal e observar o sol se pôr a passar a noite em alguns dos buracos em que morei.

— Talvez sejamos parecidos — digo. Sinto-o ficar tenso, como se o surpreendesse. — Quero dizer, eu podia comprar um apartamento, não podia? Estamos vendendo a casa do papai, então eu podia. Mas é como se eu tivesse o hábito de vagar, e não sei como parar. Talvez sejamos parecidos nisso.

Ele não diz nada.

— Você deve me achar uma mimada.

— Não. Fico feliz por você. Ter um lugar seu; é uma coisa boa.

— O lugar em Heath. É como uma espécie de casa?

Ele faz que não.

— Para você... Um apartamento em Londres, isso é uma coisa boa.

— Eu ia comprar uma passagem de avião ontem, na casa da minha irmã — digo. — Para Déli.

— Você pode ficar aqui por um tempo.

Olho para o rio correndo sob nós. Estou cansada. Meu corpo dói. Preciso de um banho.

— Vamos continuar andando? — pergunto.

Saímos da luz do dia para a luz fluorescente, as paredes do túnel ladeadas por azulejos sujos, uma lâmpada protegida por uma teia metálica, fileiras de ninhos empoeirados de pombos. Daniel anda à minha frente, a cabeça baixa. Posso ver a bainha esfarrapada de sua calça, um rasgo na perna esquerda, pouco acima do joelho. Alcançamos a plataforma a céu aberto de Villiers Street, como uma sacada italiana, dando para o parque e, mais além, para o rio. Quase ignoro: o esqueleto de uma folha alaranjada — o tipo de coisa que a gente compraria numa loja para acompanhar um cartão. Está quebrada, as extremidades esfarrapadas como seda rasgada. Daniel continua caminhando rumo ao mercado sobre a rua. Eu fico observando-o ir. Quando ele para e se vira, mesmo a distância percebo o pânico em seu rosto.

Seguro a folha e caminho na direção dele.

— Aqui — digo. — Para você. — Ela não pesa nada, como se nem sequer existisse. — Sei que não é da cor exata do seu nome, mas a achei bela, então... — Ele me olha e me obriga a encará-lo. Um casal passa e a mulher se volta para olhar. — Então quis dá-la a você — completo.

O sorriso atinge seus olhos antes de chegar aos lábios. Ele pousa a folha numa das mãos e a cobre com a outra.

— Alice — diz ele, a voz macia e trêmula. — Não ia lhe contar isso...

— Então não conte.

Ele franze a testa.

Penso no papai, sentado na cama, o cigarro tremendo entre seus dedos. Eu devia ter deixado para lá. Devia ter dito que o amava e deixado o restante para lá.

— Às vezes é melhor deixar as coisas como estão, não acha? — pergunto.

Ele me encara por um instante e depois sorri, faz que sim e se vira.

Eu o sigo pela Strand e para a Trafalgar Square. Passamos pela Nelson's Column e descansamos perto de uma das fontes: uma mulher de traços serenos se segurando num golfinho. Moedas de dois pence nos azulejos azuis, distorcidos pela água. Turistas indo e vindo pela praça. À nossa direita estão as colunas da National Gallery.

— Minha mãe costumava nos levar para a National Portrait Gallery — digo. — Mas não me lembro. — Afundo meus dedos na água. — Parece que não me lembro de muitas coisas boas da minha família. — Daniel está ao lado da fonte, as mãos entrelaçadas no colo. — Foi lá que você a conheceu? — pergunto.

— O quê? — Ele levanta rapidamente a cabeça.

— Você conheceu minha mãe na galeria?

Ele olha para a Charing Cross Road. Percebo o azul de seus olhos e o imagino jovem de novo. Belo, magro, um tanto estranho, mas com um lindo sorriso. Eu me pergunto se ele foi casado. Eu me pergunto o que minha mãe achava dele.

— Eu tinha uma foto dela — digo. — Na minha mochila, mas ela se perdeu no voo para casa.

— Eles não a encontraram?

Tiro minha mão da água, gotas barulhentas sobre a superfície.

— Não perguntei — digo. — É estúpido, mas simplesmente não consegui. Acho que porque o papai... — ofereço-lhe um meio sorriso. — Eu meio que esperava que ela acabasse em algum lugar interessante, não numa sala de Heathrow sem janelas. Estava pensando num lugar com belas praias: Jamaica, Sumatra, ilhas Maurício.

— Você se parece muito com ela. — Ele está segurando a mão esquerda com a direita, firme o bastante para a pele parecer branca. — Amei uma mulher certa vez — continua. Ele leva a mão ao queixo. — Não deu certo. — Ele abaixa a cabeça.

— Acontece às vezes — digo.

— Nunca fui capaz de esquecer. — Ele diz isso como se não fosse mais verdade. — Comecei a caminhar — continua. — Eu costumava andar por horas, dias e tentar esquecer. Depois aprendi a olhar, a notar as coisas. — Ele se ajeita. Sinto o cheiro da sua pele, o suor em suas roupas. — E depois aprendi a ficar imóvel. — Ele me olha como se tivesse dito algo importante. — Isto é o mais importante — diz. — Ficar imóvel.

Observo os turistas tirarem fotos, seguidas vezes. Penso que algumas das fotografias mostrarão nós dois perto da fonte, conversando. As pessoas baixarão as imagens em suas casas na França, nos Estados Unidos, na Nova Zelândia, e estaremos lá, em suspenso, ignorados, mas presentes.

— Se você ficar imóvel num lugar tempo o bastante, ele se mostrará para você. Leva tempo, mas você encontra estampas e, depois que as encontra, pode começar a se sentir em casa — diz ele.

Sinto lágrimas, rápidas e inesperadas, no meu nariz. Fecho a boca e me concentro num grupo de adolescentes usando camisetas *I Love London* amarradas em nós sobre o umbigo.

Quando tenho certeza de que não vou chorar, olho para Daniel. Ele está olhando para a praça, seu rosto bem sereno.

— Estou feliz por tê-lo conhecido — Não tenho certeza de por que disse isso.

Ele se vira e sorri. Depois pega minha mão, e sua pele áspera me surpreende, mesmo a tendo sentido antes. Olho para baixo — para minha própria mão, cheia de anéis prateados, e para a dele, uma mão de homem, calosa, mas ainda delicada o bastante para dobrar pedacinhos de papel na forma de uma flor.

— Vamos ver o céu — diz ele, e para agradar-lhe inclino a cabeça e olho o céu.

— Não. — Ele parece irritado. — Não assim.

Ele solta minha mão, anda alguns passos e se abaixa até se deitar de costas no meio da Trafalgar Square, a Nelson's Column se elevando desdenhosamente sobre ele. Procuro a ajuda de alguém; se não para ajudar, para reagir, me dizer o que fazer. Daniel simplesmente fica lá deitado, com a folha alaranjada contra o coração. Puxo as contas ao redor do meu pescoço. P é branco. D é alaranjado. A é azul. Penso no espaço em Heath, as cores presas aos galhos. E então ele diz alguma coisa, ou pelo menos acho que diz, mas não tenho certeza, porque as formas das palavras se perdem em meio às outras vozes, o escorrer da fonte, o tráfego. Noto um casal olhar para Daniel e depois um para o outro. Um sorriso de escárnio cruza o rosto deles e eu sinto raiva. Não há nada de errado com isso, quero lhes dizer, ele está olhando o céu — nenhum crime. Caminho na direção dele e meus pés quase tocam suas coxas. Espero que ele levante a cabeça, que acene com as mãos para eu também me deitar no meio da Trafalgar Square às cinco horas da tarde de uma segunda-feira. Mas ele não faz nada. Espero e ele não faz nada. Eu me pergunto se ele pegou no sono ou morreu, mas ele ergue o braço direito e protege os olhos com a mão.

Em vez de me deitar ao lado de Daniel, me posiciono perpendicularmente: minha cabeça perto da dele, meu corpo afastado. Tenho consciência da cabeça dele perto da minha. Posso sentir seu cheiro — suor e sujeira e não sei o quê. O chão se pressiona contra minhas costas, sinto as lacunas entre as pedras pela minha camiseta. Imagino um pé pisando em mim. Imagino um braço uniformizado me agarrando pelo ombro e me levantando. Mas nada acontece. Nada acontece e por fim minha respiração se torna mais profunda e consigo me concentrar no céu acima de mim.

É como voar, como se eu estivesse me movendo, e não as nuvens. Se reviro os olhos, posso ver o alto dos prédios — South Africa House, Canada House, a National Gallery, St. Martin-in-the-Fields — e fragmentos dos transeuntes. Uma gaivota passa. Acompanho o caminho lento e silencioso de um avião e penso nos passageiros lá dentro, olhando para nós, vendo Londres ficar cada vez menor. Eles serão capazes de perceber o contorno dos prédios, mas as pessoas, eu, Daniel e todos os outros — serão invisíveis.

Penso que talvez demore um pouco até que eu entre num avião de novo, vendo o mundo se encolher sob mim.

As pessoas passam ao nosso redor; sinto o peso delas e ouço porções de suas palavras, que pendem no ar por um instante antes de desaparecer. É perigoso ficar imóvel na cidade; posso ouvir o papai dizendo isso, sua testa franzida de um jeito todo reservado às meninas dele. Olho o céu e desejo por ele: o cheiro da fumaça de cigarro e do suor; a maneira como seus olhos brilhavam quando ele falava de civilizações que deixaram para trás apenas pedras cuidadosamente organizadas, uma peça de cerâmica, uma ferramenta feita à mão. E depois penso no que Daniel disse: *se você fica num lugar tempo o suficiente, pode começar a se sentir em casa*. Quero estender a mão para ele. Quero dizer obrigada, mas não sei ao certo pelo que e não sei como começar. Em vez disso, pego o pedaço de papelão alaranjado do meu bolso. Envolvo-o com as mãos e o coloco à minha frente, fechando os olhos para focar nos furinhos de luz. Ursa Maior. Ursa Menor. Peixes. Órion. Sinto Daniel virando a cabeça para me olhar e afasto o papelão um pouquinho, para que nós dois possamos ver as estrelas.

Agradecimentos

Três lugares foram especialmente importantes na escrita de *Dez Coisas Que Aprendi Sobre o Amor*. A ideia me veio durante um mágico curso Arvon na Hurst em Shropshire, comandado por Maggie Gee e Jacob Ross em 2007. Sou grata à Fundação Arvon pelo apoio que me deram para participar do curso, a Maggie e Jacob por seu entusiasmo, sabedoria e apoio contínuo e aos demais participantes do curso pelo encorajamento antecipado.

Em 2009 fui agraciada com uma bolsa de estudos Hawthornden e passei um belo mês de outono vivendo e escrevendo no castelo Hawthornden em Midlothian, na Escócia. Devo agradecimento a todos aqueles envolvidos em Hawthornden, a meus colegas escritores de lá pela companhia e gentileza.

Dez Coisas Que Aprendi Sobre o Amor é, em parte, uma carta de amor a Londres, cidade onde passei oito anos vivendo, andando de bicicleta, amando, odiando e redescobrindo. Eu me envolvi em projetos artísticos e residências para escritores em toda a cidade, e tudo contribuiu de alguma maneira para meu texto. Obrigada a todos os que compartilharam comigo suas histórias e reflexões sobre o lugar.

Obrigada a Spread the Word, The Literary Consultancy e Evie Wyld, pela "leitura livre" e pela Arts Council England por apoiar o programa de leitura livre. Também sou grata à Spread the Word, pelos anos de apoio e pelas oportunidades, e à Arts Council, por financiar uma relação de orientação com Martina Evans durante a escrita de um antigo romance não publicado; obrigada, Martina, por seus conselhos e por aquela tigela de sopa de pimenta quando eu mais precisava.

Tenho a sorte de ter o apoio interminável de incríveis amigos, muitos dos quais também fabulosos escritores. Devo agradecimento especial a Emma Sweeney, brilhante escritora e incrível leitora, e a Emily Midorikawa e Will Francis. Obrigada também a Emma Sweeney e Ed Hogan, por me apresentarem a Francesca Main, sem cujos conselhos, carinho e entusiasmo este livro não seria o que é hoje.

Obrigada a Andrew Kidd, por sua calma e seus conselhos; a Andrea Walker; por sua fé no livro; e a todos da Picador — principalmente Francesca Main e a equipe de direitos autorais, que transformaram um sonho numa realidade maior do que eu imaginava.

Por fim, obrigada a Matt, por seu amor e constância; e à minha família, especialmente meus pais, por serem brilhantes e fomentarem a crença de que, se eu tentasse e me esforçasse o bastante, poderia fazer tudo o que meu coração quisesse.